Kathinka Wantula

Mörderisches Blut

Flensburg-Krimi

Husum

Umschlagabbildung: Fotos von Günter Pump

Bibliografische Information der Deutschen Nationalbibliothek

Die Deutsche Nationalbibliothek verzeichnet diese Publikation in der Deutschen Nationalbibliografie; detaillierte bibliografische Daten sind im Internet über http://dnb.d-nb.de abrufbar.

Gesamtherstellung: Husum Druck- und Verlagsgesellschaft
Postfach 1480, D-25804 Husum – www.verlagsgruppe.de

ISBN 978-3-89876-583-1

Vorwort

Liebe Leserinnen, liebe Leser,

als ich nach Flensburg reiste, um für drei Monate in der Gästewohnung des SBVs in der Schultze-Delitzsch-Straße auf dem Sandberg zu wohnen, ahnte ich bereits, dass diese Stadt vieles parat haben würde, was ich bisher noch nicht kannte.

Es wurden drei wunderbare Monate mit vielen positiven Erfahrungen, die ich nicht mehr missen möchte. Ich habe tolle, jederzeit hilfsbereite Menschen erlebt und interessante Gespräche geführt, für die ich Gott dankbar bin. Habe Neues entdeckt und vielleicht auch Details herausgefunden, die so manchem Flensburger bisher noch nicht bekannt oder (nicht mehr) bewusst waren.

Wie Udo Wachtveitl, der bekannte bayerische Schauspieler und „Tatort"-Kommissar, als Flensburger Stadtdenker u. a. in einem seiner Vorträge in der Alten Post sinngemäß sagte: „Flensburg ist reich: Reich an Hardware und an Software." Er meinte damit die schönen, alten, architektonischen Gebäude der Stadt und die wunderbaren Menschen, die darin wohnen und leben.

Ich kann ihm von ganzem Herzen nur zustimmen.

Die Handlung meines Flensburg-Krimis ist fiktiv. Sämtliche Namen sind erfunden, auch wenn mancher Leser eventuell einige Ähnlichkeiten mit bestimmten Menschen, Häusern oder Plätzen zu erkennen glaubt. Selbstverständlich gibt es im Roman Orte, Straßen, Kirchen, Kneipen, Restaurants und Lokale, die den Flensburgern real bekannt sind, jedoch haben die Szenen nie in dieser Form dort stattgefunden.

Die Darstellung des Champions-League-Spiels ist frei erfunden. Natürlich habe ich versucht, so nah wie möglich an der Realität zu bleiben, habe auch selbst in der Campushalle recherchiert und mit Unterstützung der SG Flensburg-Handewitt mehrere

Bundesliga- und Champions-League-Spiele der SG Flensburg-Handewitt (darunter auch gegen den THW Kiel) in der „Hölle Nord“ live miterleben dürfen. Aber Sie, liebe Leserinnen und Leser, werden schnell feststellen, dass ich in diesem Kriminalroman von meinem Recht auf freie, künstlerische Gestaltung und auf Verfremdung der Realität oft Gebrauch gemacht habe.

Man möge mir verzeihen, dass in dem Interview des dänischen Handballers einige „Rechtschreibfehler“ zu finden sind, da ich versuchte, den dänischen Akzent in einer nahezu lautsprachlichen Schriftweise und dem entsprechenden dänischen Satzbau darzustellen.

Die Fans der SG Flensburg-Handewitt mögen mir außerdem verzeihen, dass ich in diesem Kriminalroman so oft das „verbotene Wort“ benutzt habe.

Und nun wünsche ich Ihnen viel Spaß beim Lesen!

1

Es herrschte eine mörderische Stimmung in der „Hölle Nord". Die Campushalle in Flensburg war schon seit Wochen bis zum letzten Platz ausverkauft, denn die Handball-Fans der SG Flensburg-Handewitt wussten, dass heute eines der wichtigsten Spiele des Jahres stattfinden würde: das erste Finalspiel der Champions-League-Meisterschaft!

Ihre Mannschaft hatte bisher alle internationalen Gegner geschlagen: Ciudad Real in ihrer Don-Quijote-Halle, die Franzosen aus Montpellier ... niemand hatte die Flensburger stoppen können. Doch ihr norddeutscher Erzrivale aus Kiel war auch erfolgreich in Barcelona, Valladolid und Zagreb gewesen, und so kam es heute in der Campushalle zwischen der SG Flensburg-Handewitt und den Kieler „Zebras" zum innerdeutschen Kampf um den Thron in der Königsklasse des europäischen Handballs.

Doch das interessierte einen Mann im braunen Jackett nicht, der auf dem Weg in die Halle in seine linke Hosentasche griff und das kalte Blei einer Spitzkugel zwischen seinen verkrampften Fingern fühlte. Ein unbarmherziges Lächeln überflog sein Gesicht, als er daran dachte, wie er heute seinem Ziel, seiner Rache, wieder einen Schritt näher kommen würde. Die Kälte der Kugel tat ihm gut. Sie beruhigte ihn und gab ihm die Kraft, das zu tun, was er tun musste: Er würde Jesper Rasmussen heute töten.

Die Handballfans strömten schon seit Stunden in die Halle, um die besten Plätze auf der Nordtribüne oder entlang der Galerie zu erobern, während die Sitzplatzkartenbesitzer erst kurz vor Spielanpfiff eintrafen. Auch die „Club 100"-Mitglieder, Unternehmer und Selbstständige aus der Region, kamen erst kurz vor Spielbeginn mit ihren Gästen in den Logen und auf den Logenplätzen oberhalb der Westtribüne an, während die meisten SG-Fans in ihren *Northside*-T-Shirts oder 15er- und 14er-Trikots auf der Zuschauer-Galerie entlangmarschierten, wo sie auf Freunde trafen und sich am Getränkestand ein frisch gezapftes Bier abholten. Die Kieler „Zebrasprotten" hingegen bevölkerten mit ihren schwarz-weiß gestreiften Trikots, Bommelmützen und Schals draußen den Bier- und Wurststand und brachten sich für spätere Fan-Gesänge in Stimmung.

Heiser johlten sie dem Mann im braunen Jackett etwas zu, der, ohne sie zu beachten, die Treppenstufen zum Haupteingang erklomm, sein Ticket aus der Jackett-Innentasche zog und es einem Türsteher zeigte. Der entwertete es und gab es dem Besucher mit einem freundlichen Grinsen zurück. Dann trat der Mann im braunen Jackett in den Eingangsbereich der Campushalle und sah die Informationsstände der Fanclubs und den Restaurant-Bereich. Doch der Mann hatte keinen Durst auf Cocktails oder Bier. Sein Durst konnte nur anders gestillt werden, und heute würde er diesem Ziel wieder einen Schritt näher kommen. Das spürte er.

In der Umkleidekabine der SG Flensburg-Handewitt saßen die Handballspieler auf der harten Holzbank wie auf glühenden Kohlen. Sie versuchten sich auf den Kampf gegen ihren Erzrivalen von der Kieler Förde vorzubereiten: Einige zogen sich wie in einem Ritual zuerst den rechten Schuh, dann den linken an und knoteten geradezu meditativ die Schnürsenkel zu, während sie mit ihren Gedanken bereits in der Halle waren.

Es würde heute wieder eine „Hölle Nord“ werden, wie man sie in Handballer-Kreisen schon seit Jahrzehnten fürchtete. Über 6000 Menschen würden wie ein Mann hinter den SG-Kämpfern stehen und sie anfeuern.

Leif Kristensen streifte sich das blau-weiß-rote SG-Trikot über und setzte sich zu Rasmussen, der sich gerade die Gelenke der Zeige- und Mittelfinger seiner rechten Hand mit Leukotape verband. Er stieß seinem Landsmann den linken Ellenbogen in die Seite und parlierte mit schönem dänischen Akzent.

„Hej, Jesper. Das schaff'n wir heute. Du wirst sehn. Wir haben die Tore aufgeteilt: Tommy un' Jens machen beide fünf, Carsten acht, Jan sechs, ich mach sieben un' du den Rest, den wir brauchen zum Gewinnen, okay?“ Er hielt seinem Kollegen eine Mineralwasserflasche hin, die Rasmussen mit einem schmallippigen Lächeln entgegennahm. Er hatte in der vergangenen Nacht schlecht geschlafen und seit heute Morgen ein ungutes Gefühl in der Magengegend. Aber das lag sicher nur an dem wichtigen Spiel, das ihn in wenigen Minuten erwarten würde.

„Doping?", fragte er kurz, da er Kristensen vorher eine Brausetablette in die Flasche hatte werfen sehen.

„Ja glarr", antwortete der grinsend. „Doping mit Traubenzucker, Magnesium un' Citron." Dann stand er auf und ging zu Janusz, dem er auch noch schnell einige aufmunternde Worte sagen wollte.

Links neben Rasmussen saßen Tommy Larsen und Jan Mikkelsen, die einige Spielzüge durchgingen, während Niels Lauridsen in Badelatschen aus dem Nebenraum kam. Hallgrimsson nutzte sofort seine Chance und legte sich als Nächster auf die blaue Massagebank des Physiotherapeuten, um sich seinen verhärteten linken Oberschenkelmuskel lockern zu lassen.

Trainer Per-Kjell Larsson hatte nur noch eine Rumpfmannschaft zur Verfügung, in der fast jeder Spieler blaue oder rote Kinesio-Tapes an den Knöcheln, Knien oder im Schulter- und Nackenbereich trug, um die Schmerzen der langen Saison in Grenzen zu halten. Doch war er sich sicher, dass sie heute sowieso kaum Schmerzen spüren würden. Larssons Jungs waren bereit, sich die Seele aus dem Leib zu spielen. Das wusste er.

Gegen Kiel immer.

Und die Zuschauer würden sie unterstützen. Die „Hölle Nord" würde heute wieder brennen!

Die Nordtribüne hinter dem Flensburger Heimattor war als Stehtribüne das Hauptziel jedes jungen SG-Fans und Hauptstammplatz der SG-Fan-Vereine „Die Wikinger", „Hölle Nord" und „Die Nordlichter", die alle zusammen ihre Mannschaft lautstark anfeuerten. Viele von ihnen hatten bereits die Zeit in der Wikinghalle in Handewitt erlebt, der ursprünglichen Keimzelle der „Hölle Nord", wo sie damals auf mitgebrachten leeren Bier- und Flaschenkästen in der dritten Reihe gestanden hatten, um überhaupt etwas vom Spielfeld sehen zu können. Selbstverständlich waren sie „ihrer SG" treu geblieben und hatten aus Tradition jedes Jahr ihre alten Sitzplätze in der Fördehalle und in der Campushalle übernommen.

Weiße „Bangersticks" straften sie mit äußerster Missachtung und legten sie unbenutzt unter ihre Sitze. Sie brauchten diese dünnen Kunststoffröhren nicht, mit denen man handschonend Beifall klatschen konnte. Nein, die waren ihnen viel zu leise. Ein echter Fan würde sich lieber sechzig Minuten lang die Hände wund klatschen. Das gehörte zu einem Spiel gegen Kiel dazu. Genauso wie der Tinnitus, den man danach tagelang in den Ohren hatte. Einige kluge Mütter, die mit ihrem Nachwuchs in der Halle waren, hatten bereits vorgesorgt und Watte und Ohropax für ihre Kinder mitgenommen, um sie vor dem Lärm zu schützen. Eine Vorsichtsmaßnahme, die merkwürdigerweise bei Spielen gegen Ciudad Real, San Antonio oder den HSV nie nötig war. Aber wenn der THW kam, war alles anders.

Ja, die Fans der SG Flensburg-Handewitt hatten ihre eigenen Regeln, wie auch Heinzi, einer der Hallenmoderatoren, erst herausfinden musste. Auf seinen Befehl hin eine „La Ola" in Gang setzen? Die Fans dachten im Traum nicht daran. Sie waren es gewohnt, selbst zu entscheiden, wann sie eine „La Ola" durch die Halle jagten. Sie spürten, wann ihre Mannschaft ihre Unterstützung brauchte, und handelten entsprechend. Trommeln, Klatschen, anfeuernde Gesänge … so waren sie es seit vielen Jahren gewohnt. Sie brauchten keinen Einpeitscher, der die Halle zum Kochen brachte. Die Halle kochte von ganz allein!

Die Menschen der „Hölle Nord" waren hier die treibende Kraft. Die Spieler wussten, dass der „8. Mann" oben auf den Tribünen für sie überlebenswichtig war. Es gab nichts Schöneres, als begeisterte Rufe aus 6000 Kehlen zu hören. In so einem Augenblick lebten sie allein für diese Menschen … und diese Menschen lebten für sie. Dann ein eigenes, kurzes Jubeln und das Hören des Torliedes, tosender Applaus von den Rängen … die Euphorie des Moments genießen … das ist Handball!

Es ertönte *Vi er røde, vi er hvide*, ein Lied, das auf die rot-weißen Farben des „Danebrog", der dänischen Nationalflagge, anspielt. Wenig später folgte die erste Strophe des traditionellen

Schleswig-Holstein-Liedes *Schleswig-Holstein meerumschlungen* von Bellmann und Chemnitz.

Niemeier, der zweite Hallenmoderator, berichtete nun über das letzte Spiel der SG in Hamburg vor vier Tagen, an dem über sechshundert Fans mit dem ORION-Express in die Hansestadt gereist waren, um ihrer Mannschaft mit Sprechchören tatkräftig zum Auswärtssieg zu verhelfen.

Doch der THW Kiel war in den vergangenen Wochen auch erfolgreich gewesen. Nordhorn hatte man zuletzt mit 33:32 niedergekämpft, ebenso den SC Magdeburg, während man vom Jadebusen mit zwölf Toren Unterschied nach Hause fuhr. Auch in der Champions League waren schwere Spiele gegen Celje und Zagreb gewonnen worden, leider auf Kosten zweier Spieler. Ein Kreuzbandriss und ein Haarriss im rechten Schultergelenk machten sie heute nur zu Zuschauern, aber sie waren dennoch nach Flensburg mitgereist, da sie wussten, dass ihre Kameraden von den Tribünen nicht viel Unterstützung bekommen würden. Einige Hundert schwarz-weiß bekleidete Kieler mussten sich gegen 6000 Flensburger Fans wehren. Ein ungleicher Kampf. Aber das wusste jeder THW-Fan, der die Campushalle betrat. Sie würden es den Flensburgern in der nächsten Woche in Kiel heimzahlen. So viel stand fest. Trotzdem waren sie die achtzig Kilometer an die nördliche Förde gefahren, um ihre Spieler zu unterstützen.

Es war ein Champions-League-Finalspiel in einer Traumzusammenstellung, wie sie sich viele deutsche Handballfans und Sportjournalisten im Januar nach der Vorrunde gewünscht, aber niemals vorzustellen gewagt hätten. Niemand hatte geglaubt, dass das Finale ohne eine der hochklassigen spanischen Mannschaften stattfinden würde, deren millionenschwere Mäzene die teuersten Spieler aus ganz Europa einkauften. Doch es hatte ihnen dieses Mal nichts genutzt. Die Flensburger und Kieler hatten sie eines Besseren belehrt und sich dieses innerdeutsche Finale hart erkämpft.

Ein Kampf, der jetzt mit aller Konsequenz weitergeführt wurde. Flensburger … Kieler …, jeder war bereit, sein letztes Blut, seine letzten Reserven für diesen Champions-League-Titel zu geben. Viele der Spieler spürten, dass sie ihm noch nie so nah gewesen waren und vielleicht nie wieder sein würden.

Jeder von ihnen war bis auf die letzte Fiber gespannt. Hoch konzentriert.

Genau wie die Fans, deren Gesänge nun verstummten, als die Champions-League-Hymne erscholl und Cheerleader die Banner der EHF, der Europäischen Handballföderation, in die Mitte des Spielfeldes trugen. In der Halle wurde es dunkel, und ein breiter Lichtspot traf die Mitte des Spielfeldes. Eric Claptons Anfangsriff von *Layla* rollte durch die Lautsprecher, als Niemeier „die heißesten Wischerinnen der Champions League" begrüßte. Die jungen Frauen winkten kurz in die dunkle Menschenmenge, ehe sie schnell zu den Spielfeldecken rannten und dort Stellung bezogen. Dann erscholl die Star-Wars-Fanfare und einige Mädchen kamen mit einem überdimensionalen Trikot der Flensburg-Handewitt in die Halle.

„Jetzt ist es wieder so weit: Die Cheerleader tragen das Trikot mit der Nummer 8 in die Campushalle! Die Rückennummer 8 trägt hier kein SG-Spieler. Die 8 ist reserviert für das Publikum. Wir alle streifen uns jetzt symbolisch dieses Trikot über! Gemeinsam sind wir stark!", rief Niemeier beschwörend ins Mikrofon, während das große Trikot langsam zum Hallendach hochgezogen wurde. Gleichzeitig standen alle Zuschauer auf und klatschten mit den Händen. Bizets *Auf in den Kampf* wurde auf einer Trompete geschmettert. In diese aufgeheizte Stimmung liefen nun beide Mannschaften in die hell erleuchtete Halle, winkten den Zuschauern kurz zu und gingen dann zur gegnerischen Mannschaft, um mit ihnen ein faires, aber nicht allzu herzliches Shakehands auszuführen, während die Zuschauer auf der Nordtribüne bereits mit den ersten Fan-Gesängen Stimmung machten.

„Die Mutter aller Spiele" konnte beginnen!

Beide Mannschaften starteten unerwartet nervös. Der erste Anlauf der Flensburger wurde vom französischen Nationaltorhüter reflexartig mit dem rechten Knie abgewehrt, und auch der erste

Wurf der „Zebras“ prallte von Dennis Bergers Schulter gegen die Latte des SG-Torgehäuses und landete danach im Aus.

Wencke Myhres Lied „Er steht im Tor, im Tor, im Tor und nicht dahinter!“ hallte launig über die Ränge, während Berger seine Fäuste triumphierend emporstreckte.

Nach sechs Minuten stand es immer noch 0:0.

Keine der Mannschaften hatte bisher zu ihrem normalen Spiel gefunden, aber dann gelangte der Ball zu Jesper Rasmussen, der, vom rhythmischen Klatschen der Zuschauer unterstützt, die rechte Seite ins Spiel brachte, und Jens Hallgrimsson erzielte mit einer „Fackel“ aus dem Rückraum endlich das erlösende erste Tor für die SG! Ein tausendfacher Jubel erscholl und *U Can't Touch This* dröhnte durch die Halle.

Der Bann war endlich gebrochen!

Die Kieler versuchten sofort eine schnelle Mitte und wollten den Spielerwechsel der Flensburger nutzen, aber Niels Lauridsen klammerte den Ballführenden und stoppte so den Angriff der „Zebras“. Es folgte ein Freiwurf und ein langes Hin und Her der Kieler Zuspiele, ehe Luka Kovac sich ein Herz nahm, seine hundert Kilogramm Kampfgewicht vor dem Flensburger Mittelblock in die Höhe schraubte und machtvoll aufs Tor hämmerte. Doch Dennis Berger parierte erneut! Jubelnd stieß er seine Fäuste in die Höhe, was seinen Fans einen einzigen Begeisterungsschrei entlockte. Berger zeigte mit seiner Leistung, wo die Flensburg-Handewitt heute hinwollte und dass um jeden Ball hart gekämpft werden würde.

Schnell spielte er nach diesem Erfolgserlebnis Carsten Madsen an, von dem der Ball seinen Weg zu den Außenpositionen fand. Die liefen im Wechsel in die Mitte ein und warfen sich das verharzte Leder blind zu. Zuletzt machte Jesper Rasmussen ein riskantes Tipppassanspiel auf Madsen am Kreis, der sich den Ball gegen zwei Kieler erkämpfte und Henri Orieux mit einem Wurf durch die Beine zum 2:0 überwand.

Es folgten mehrere Angriffe auf beiden Seiten, die die Kieler mit schönen Hebern und wuchtigen Rückraumwürfen durch Kovac und Zimmermann ins Tor vollendeten, während die Flensburger mit einigen Kreiswürfen und einem sehenswerten Kampa-Tor wieder in Führung gingen. Jubelnd sprangen die Menschen von ihren Sitzplätzen hoch und klatschten frenetisch ihrem Publikumsliebling zu, der ihnen mit einem entschlossenen Lachen triumphierend die rechte Faust entgegenstreckte und schnell in die eigene Spielhälfte zurücklief.

„Da ist sie: Unsere Nummer 15“, rief Niemeier begeistert ins Mikrofon. „Leeeeif ...“

„Kristensen!“, scholl es ihm tausendfach entgegen.

„Leeeeif!“

„Kristensen!“

„Leeeeif!“

„Kris-ten-sen!“

Leider kam es bei der SG nun zu ersten technischen Fehlern. Rasmussen verlor den Ball in der gegnerischen Hälfte, wo das Leder sofort von einem Kieler aufgenommen wurde und durch einen schnellen Diagonalpass bei Ahland landete. Der Schwede verwandelte gnadenlos durch einen harten Wurf ins lange Toreck, gegen den Berger diesmal machtlos war.

Die schwarz-weiß gestreiften Fahnen oberhalb der Südtribüne wurden heftig geschwenkt und so mancher Hein-Daddel, das THW-Zebra-Maskottchen, das liebevoll nach dem Spitznamen des unvergessenen Heinrich „Hein“ Dahlinger benannt wurde, selbstbewusst in die Luft der Campushalle gestreckt.

Dann erklang die Halbzeitsirene und alle Spieler marschierten erschöpft, aber relativ zufrieden in ihre Kabinen. 15:15 unentschieden. Jetzt kam es darauf an, die letzten Kräfte zu sammeln und sich in der Pause zu erholen.

Viele Zuschauer verließen ihre Sitzplätze, um sich schnell eine Bockwurst, eine Laugenbrezel oder ein Bier zu holen, während die Raucher sich eine lang ersehnte Zigarette außerhalb der Halle gönnten. Doch nach wenigen Minuten hallten bereits wieder die schweren Glockenschläge der *Hells Bells* von AC/DC über die Ränge und riefen die Zuschauer auf ihre Plätze zurück.

Die wichtigsten dreißig Minuten dieses Tages, dieser Saison konnten beginnen!

Tatsächlich kamen die „Zebras“ nach der Pause mit mehr Aggressivität aus der Kabine zurück und gingen in den ersten Minuten mit zwei unhaltbaren Toren in Führung. Allerdings holte die SG mit einem Sieben-Meter-Strafwurf von Kristensen und einem Hüftwurf von Hallgrimsson wieder auf. Die Fans stimmten ein lang gezogenes „Fleeennnsburg“ an, das von den Zuschauern der gegenüberliegenden Südtribüne mit einem „Haaaaandewitt!“ laut und stolz beantwortet wurde. Selbst die Kieler Fans konnten sich mit Pfiffen und Buhen nicht gegen diesen Wechselgesang durchsetzen. Der Name der Flensburger Mannschaft echote von einer Seite der Campushalle zur anderen und ließ jedes SG-Herz höher schlagen. Ja, hier war man mittendrin im wogenden Meer der SG Flensburg-Handewitt! Einer Mannschaft mit grenzenloser Leidenschaft!

Nur einem Mann im braunen Jackett auf der Westtribüne war das alles völlig egal. Er stand nicht auf, wenn die Menschen um ihn herum aufsprangen und die Hände jubelnd in die Luft reckten, weil Leif Kristensen wieder ein Tor geworfen hatte, und er versteckte sein Gesicht auch nicht in den Händen, wenn die Flensburger eine hundertprozentige Chance vergaben. Ihn interessierte nur ein einziger Spieler: Jesper Rasmussen. Eiskalt beobachtete er ihn und sah, wie der Kreisläufer sich so manches Mal durch den Abwehrblock der „Zebras“ bohrte und nach einem gewagten Anspiel den Ball ins THW-Tor versenkte. Aber im Gesicht des Mannes auf der Tribüne zeigte sich keine Bewunderung. Er würde Rasmussen töten, denn dieser Kerl hatte den Tod verdient! Doch noch war es nicht so weit.

Seine Zeit würde kommen.

Einer der Schiedsrichter unterbrach nun einen Angriff der Kieler mit dem Time-out-Zeichen, da Tommy Larsen Zimmermann gefoult hatte. Der Kieler, den alle wegen seines Namens und seines harten Wurfes immer nur „Zimmi“ nannten, blieb mit verkrampftem Körper auf dem Boden liegen. Er hielt sich die Hände vors Gesicht, während der Schiedsrichter den Mannschaftsarzt vom THW zu sich winkte. Die zwei Wischerinnen eilten auch aus den Hallenecken herbei und stellten sich neben Zimmermann, um den Schweiß vom Boden aufzuwischen, sobald der Spieler aufgestanden war.

Die Schiedsrichter beratschlagten sich mit gestikulierenden Handbewegungen über das Strafmaß des Foulspiels. Sie waren sich anscheinend nicht ganz einig.

„Oh Mann, jetzt spielen sie wieder Tsching, Tschang, Tschong“, stöhnte jemand neben dem Mann im braunen Jackett, ehe der Zuschauer aufstand und, wie mehrere Tausend andere, lang gezogene Pfiffe gegen die Unparteiischen ausstieß. Doch es half nichts. Die internationalen Schiedsrichter ließen sich von der „Hölle Nord“ nicht beeindrucken, sodass Larsen eine Zwei-Minuten-Zeitstrafe bekam, die der Spieler selber mit einem verständnislosen Kopfschütteln kommentierte. Auch die Zuschauer waren mit dieser Strafe, die in ihren Augen völlig ungerechtfertigt war, nicht einverstanden und quittierten die Entscheidung des Schiedsrichters mit einem minutenlangen Pfeifkonzert. So mancher silberhaarige Rentner stand wutentbrannt, mit hochrotem Kopf auf, hielt dem Mann in seinem signalgelben Trikot die Faust entgegen und machte seinem Unmut lautstark Luft. In der Campushalle schonte niemand seine Nerven, und wer ein schwaches Herz hatte, durfte sowieso nicht zu den Spielen gegen Kiel kommen.

Das freundschaftliche Abklatschen mit seinem Trainer und die von Hallgrimsson gereichte Wasserflasche hielten Larsen nicht davon ab, ungnädig nach den beiden Unparteiischen zu gestikulieren und einige norwegische Flüche auszustoßen.

Die Nummer 8 der SG Flensburg-Handewitt war wieder lautstark vorhanden und pfiff Zimmermann nun bei jedem Ballbesitz gnadenlos aus, aber das hatten die „Zebras“ auch nicht anders erwartet. Sie kannten die heimische Kulisse ihres Erzrivalen aus dem Norden und die Leidenschaft seiner Anhänger.

Die Kieler spürten, wie die Abwehrreihe der Flensburger zu schwanken begann. Schnell gingen sie mit zwei Toren in Führung.

Das Spiel begann zu kippen!

Das erkannten auch die Zuschauer und so peitschten sie ihre Spieler mit rhythmischem Klatschen erneut nach vorn. Die letzten zwanzig Minuten hatte niemand mehr auf den teuer bezahlten Sitzplätzen gesessen. Alle Fans standen. Die Halle schien nur noch aus einer lebendigen Masse zu bestehen.

Jetzt übernahm Rasmussen wieder den Ball und rannte direkt auf den THW-Abwehrblock zu. Kurz davor bediente er Jonas Held mit einem blinden Pass. Held, ein Flensburger Nachwuchstalent, sollte Rasmussen am gegnerischen Kreis unterstützen und brachte sich in diesem Derby ohne die geringsten Anlaufschwierigkeiten sofort mit seinem ersten verwandelten Torwurf ins Spiel ein.

36:37! Die Halle tobte! Die SG hatte noch lange nicht aufgegeben. Madsen und Lauridsen stellten sich den THW-Angreifern entgegen und blockten den ersten Wurf ab, aber der Abpraller landete bei einem Kieler Spieler! Es folgte ein wütender Schmetterball, den Dennis Berger diesmal nicht aufhalten konnte. Doch das Tornetz zeigte keine Bewegung! Der Ball war links hinter Berger gegen den Pfosten und dann ins Toraus geprallt!

Drei Minuten vor Schluss!

12 000 Fäuste reckten sich in die Höhe, während bereits der nächste schnelle Angriff der SG gegen den „Zebrastall" rollte und Rasmussen den Ball verwandelte.

37:37! Ausgleich! Nur noch zwei Minuten!

Jetzt unterbrach der THW-Trainer die Drangphase der SG und warf die grüne Karte auf den Richtertisch. Time-out.

Nach der Auszeit ließen die Kieler es ein wenig ruhiger angehen, damit die SG danach nur wenige Sekunden für einen Gegenangriff haben würde. Luka Kovac prellte den Ball langsam bis zur Neun-Meter-Linie, wo er von Larsen abgefangen wurde, der inzwischen wieder spielen durfte. Gerade noch zur rechten Zeit, um seiner Mannschaft in den letzten Sekunden des Spiels helfen zu können.

Kovac drehte sich schnell und spielte Benedict Groß an. Der Ball lief lange durch die Reihe der THW-Spieler, bis er bei Ahland landete, der einen Rückhandwurf versuchte, doch dabei unsanft von Madsen behindert wurde. Der Angriff geriet ins Stocken. Die „Zebras" fanden keine Lücke im SG-Bollwerk. Unruhig wanderte der

Ball von einem zum anderen Spieler. Wer sollte die Verantwortung für den letzten Wurf übernehmen? Wer hatte nach der langen Saison und diesem harten Derbyspiel noch die Kraft und die Nerven, um den Sieg mit einem alles entscheidenden Tor zu erzwingen?

Der Schiedsrichter hob nun den Arm und deutete Zeitspiel an. Die Kieler mussten sich beeilen. Der Ball landete erneut bei Kovac, der ihn entschlossen in die linke Hand nahm und ihn kraftvoll aufs Tor warf. Der Ball fegte an Bergers Kopf vorbei. Der Schwede war geschlagen. Doch dann prallte das Leder gegen die Latte, gegen den Pfosten, gegen Bergers rechte Schulter und sprang ins Feld zurück! Jonas Held packte den Ball und warf ihn im Rückwärtsfallen Rasmussen zu! Der wirbelte herum und gab ihn an den frei stehenden Leif Kristensen weiter, der das Leder auffing und es mit einem harten Wurf über Orieux' Kopf hinweg ins THW-Gehäuse versenkte!

38:37! Die Schlusssirene ertönte! Das Spiel war vorbei! Flensburg hatte das erste Finalspiel der Champions League gewonnen!

Die Campushalle war am Beben! Jubelnd lagen sich wildfremde Menschen auf den Tribünen in den Armen. Es gab kein Halten mehr. Während sich die Kieler Spieler dem Tunnelgang ihrer Kabine näherten, stürmten die Fans der SG das Spielfeld und umringten ihre Helden. Leif Kristensen wurde sofort von zwei Fans in Beschlag genommen und grinste in das hochgehaltene Handy eines Freundes, der es wieder herunternahm und ziemlich ratlos auf die moderne Technik schaute, die anscheinend nicht funktionieren wollte.

„Is' sicher ein Motorola", flachste der dänische Spieler, der ein herzhaftes Lachen der Menschen um sich herum erhielt, da man in Flensburg seit der Produktionsverlagerung des amerikanischen Handyherstellers nicht gut auf die Firma zu sprechen war. „Kauf dir lieber ein anderes", meinte Kristensen und lächelte dann in eine Ersatzkamera, die dem Fan schnell von einem Freund in die Hand gedrückt worden war, ehe der Spieler von anderen aufgefordert wurde, sich mit Unterschriften auf T-Shirts, Caps, Programmheften und sogar Turnschuhen zu verewigen.

Währenddessen beantwortete Rasmussen die Fragen eines Fernsehmoderators, der ihm sein Mikrofon entgegenhielt. „Jesper, was sagen Sie zu diesem Herzschlag-Finale?"

Rasmussen strich sich mit einem gequälten, aber glücklichen Lächeln den Schweiß von der Stirn und antwortete mit seinem unverwechselbaren dänischen Akzent. „Irgendwann wird es swierig für die Handball mit so viele Spiele: Bundesliga, Final Four, Champions League un' WM. Unnse Mannschaft is' ein bissjen angeschlagen. Ich glaube, wir haben so ein Gefühl bekommen, wir hätten schon das Schbiel gewonn', aber das is' gefährlich. Diese Einstellung kann man sich gegen Kiel nich' erlauben, un' das wurde auch von Kiel kurz vor Schluss bestraft."

Der Reporter versuchte, gegen die laute Musik im Hintergrund anzureden. „Sie sprechen auf die Schwächeperiode der SG zwischen der fünfzigsten und der achtundfünfzigsten Minute an, als man das Gefühl hatte, dass der THW das Spiel noch kippen würde?"

Der Däne nickte. „Ja, genau, aber wir haben uns zusammengerissen. Dass is' eine unglaubliche Gefühl, un' dass is' sensassionell. Wir sin' superglücklich über diese Sieg. Es is' auf jeden Fall, dass wir haben Moral gezeigt."

„Vielen Dank, Jesper Rasmussen, dass Sie sich für unser Interview zur Verfügung gestellt haben. Ich sehe gerade, dass Jonas Held jetzt für uns bereit ist. Vielen Dank, und erholen Sie sich gut."

Rasmussen nickte kurz und drehte sich zu seinem Kollegen um, der die Fragen des Moderators wenig später mit einem Credo beendete: „Hier in Flensburg wird nicht nur Handball gespielt, hier wird Handball gelebt. In der Stadt und in der gesamten Region! Und darauf sind wir stolz!"

Selbst nach einer Stunde hatten noch nicht alle Fans die Halle verlassen. Sie hatten keine Lust, in der Autoschlange zwischen den Parkplätzen und der Ost-Tangente zu stehen, und blieben noch etwas länger, bis sich die Lage auf den Ausfahrtwegen beruhigt hatte.

Auch der Mann im braunen Jackett war noch in der Halle. Er hatte aufmerksam beobachtet, welche Spieler wann in die Kabine gingen. Sein Opfer war vor etwa einer Viertelstunde in den Katakomben verschwunden, sodass er genug Zeit haben würde, um alles vorzubereiten. Gelangweilt beobachtete er, wie einige Spieler frisch geduscht und im Trainingsanzug ihre Frauen in der Halle abholten und mit ihnen zusammen in den VIP-Bereich der „Club 100"-Lounge, einem Gebäude neben der Campushalle, gingen, der von Sicherheitsleuten abgeschirmt wurde.

Der Mann im braunen Jackett beobachtete sie unauffällig, ging dann mit verbissener Miene zu den Haupteingängen der Halle zurück, schritt die Treppe zur Campusallee hinunter und ging langsam zu seinem Wagen.

In der „Club 100"-Lounge herrschte nach diesem Sieg gegen den Erzrivalen aus Kiel eine zufriedene und ausgelassene Stimmung. Die exklusiven Gäste saßen auf den dunklen Lederstühlen und Bänken der Lounge, redeten ausgiebig über das Spiel, tranken ihren Havana-Club-Drink und bedienten sich gut gelaunt am Büfett, das unterhalb der marmorgetäfelten Wand mit den Sponsorennamen neben dem Eingang für sie aufgebaut war. In aller Ruhe genossen sie an der Theke Bier oder Wein und plauschten mit Bekannten oder Geschäftsfreunden, während neben ihnen große silberne und goldene Pokale von früheren Titelsiegen der SG zeugten.

Man kannte sich. Man war unter Freunden. Jedenfalls die meisten Gäste der „Club 100"-Lounge, denn man traf sich regelmäßig zu den Heimspielen und viele waren sich bereits seit Langem privat vertraut. Einige Mitglieder waren früher zusammen zur Schule gegangen. Andere hatten dieselben Studiengänge belegt oder waren im selben Segelverein. Wieder andere hatten jahrelang auf beruflicher Ebene zusammengearbeitet … So wurden hier in der Lounge nicht nur sportliche Gesprächsthemen diskutiert, sondern auch manch Geschäftliches besprochen und unter Dach und Fach gebracht.

Nach und nach trafen einige Handballer der SG ein, die an diesem siegreichen Tag mit lautem Applaus empfangen wurden. So auch Jesper Rasmussen, der sich an einen Tisch mit Carsten Madsen und dem Isländer Jens Hallgrimsson unterhalb der breiten Fotogalerie setzte, die von unsterblichen Augenblicken der SG berichtete. Er nahm sein Handy und überlegte, ob er Tina, seine Frau, anrufen und Bescheid sagen sollte, dass er später kommen würde, doch dann entschied er sich dagegen, da sie ihn wegen der Lautstärke der feiernden Menschen sowieso nicht verstehen würde. Schnell überprüfte er noch die Kurzmitteilungen und fand eine Nachricht seines Managers, der ihn an den Termin eines Sponsors erinnerte. Rasmussen seufzte und griff nach seiner Zigarettenschachtel. In der Lounge durfte nicht geraucht werden, sodass er dafür nach draußen zu den Bistrotischen zwischen der Campushalle und der Lounge gehen musste. Da es sich um ungemütliche, windige Standplätze handelte, gab es nicht mehr viele Lounge-Gäste, die noch Spaß an ihren Zigaretten hatten, doch Rasmussen ließ sich sein Laster nicht nehmen. Er rauchte seit über zwanzig Jahren und brachte trotzdem immer seine Leistung im Spiel. Warum sollte er damit aufhören?

„Kommt ihr mit nach draußen?“, fragte er und warf die Schachtel auf den Tisch, doch die beiden Freunde winkten ab.

„Nein, danke. Ich hab’s mir abgewöhnt. Und du solltest es auch, dann würdest du beim Dauerlauf in der Marienhölzung nicht immer so laut schnaufen und zwei Minuten hinter uns her rennen“, neckte der Isländer ihn, wofür er von Rasmussen einen leichten Schlag gegen die linke Schulter einstecken musste.

„Dich häng’ ich immer noch ab, Jens. Mit zehn Kippen im Mund. Also, was is’? Ihr kommt nich’ mit?“

Da spürte er, wie eine Hand ihn leicht am rechten Ärmel zog. „Lass sie, Jesper. Ich geh mit dir nach draußen“, sagte eine ruhige Stimme neben ihm, die zu einem Mann Mitte fünfzig, mit dunklem Anzug und blauer Krawatte, gehörte, der schon oft zusammen mit Rasmussen an den Bistrotischen gestanden hatte.

„Klasse, Schultz“, sagte der Däne dankbar und verschwand mit ihm zusammen vor die Tür, wo sie sich neben einen anderen Gast der Lounge an den ersten Tisch stellten, Rasmussen sich eine Zigarette anzündete und mit seinen Gesprächspartnern über den Sieg des heutigen Tages sprach.

Gegenüber der Campushalle federte sich eine schmale Person, die bereits seit Langem auf diesen Moment gewartet hatte, von der Hauswand eines Universitätsgebäudes ab, zog sich die Kapuze der Jacke tief ins Gesicht und marschierte langsam, aber zielsicher über die Straße zum Behindertenaufgang der Campushalle, der serpentinenartig neben der Lounge verlief. Niemand beachtete ihn, da es nichts Besonderes war, wenn sich nach den Spielen Fans auf dem Campusgelände befanden, doch dieser Mann wollte keine Autogrammkarte. Er wollte mehr.

Seine rechte Hand verkrampfte sich um den Griff einer alten Pistole, die er versteckt in der breiten Jackentasche trug. Er bog um die Ecke der Lounge und ging mit langen Schritten die Hälfte der Rampe hinauf. Sein Opfer drehte ihm den Rücken zu. Zwar hatte er keine Skrupel, ihm in den Rücken zu schießen, aber er wollte ihm in die Augen schauen.

„Jesper Rasmussen!“, rief er mit rauer Stimme zu den Bistrotischen hoch, an denen drei Männer sich mit leicht verärgerten Gesichtern zu ihm umdrehten.

„Ich gebe jetzt keine Autogramme mehr. Es is’ schon spät“, erklärte Rasmussen und deutete auf seine Armbanduhr, doch im nächsten Augenblick schleuderte er von einer Kugel getroffen gegen den Bistrotisch und fiel unter den entsetzten Augen seiner Gesprächspartner zu Boden. Beide waren zu schockiert, um zu kapieren, was gerade geschehen war. Schultz sah auf die Behindertenrampe, von wo der Schuss hergekommen war, aber der Täter hatte sich bereits umgedreht und bog gerade um die Ecke der Lounge, gefolgt von einem schwarz gekleideten Sicherheitsmann, der auf ihn anlegte und zwei Schüsse abfeuerte. Die Kugeln schlugen in die Backsteinmauer der Lounge und in einen Lieferwagen, der auf der Straße parkte.

Der Täter sprang über das Metallgeländer der Rampe und rannte von drei Sicherheitsleuten verfolgt über den Wendekreis hinüber zu den Gebäuden der Fachhochschule.

„Halt! Stehen bleiben!“

Zwei von ihnen zielten auf den Flüchtenden, doch genau in dem Augenblick rannte einer ihrer Kollegen in die Schusslinie.

„Scheiße! Verdammt, Axel! Hau ab da!“

Der Mann stoppte, aber nur, um selber auf den Täter anzulegen. Er schickte ihm fünf Kugeln hinterher, und beim dritten Schuss schien er ihn wirklich getroffen zu haben, denn der Täter taumelte kurz im Laufen und hielt sich den linken Arm.

„Stehen bleiben!“, versuchte er den Flüchtenden nochmals zum Aufgeben zu bewegen, da sich der Vorsprung des Mannes trotz des Treffers eher vergrößerte als verringerte. Auf ihn zu schießen, war äußerst riskant, da sich immer noch mehrere Menschen auf dem Campusgelände aufhielten. Der Sicherheitsmann mochte nicht daran denken, was geschehen könnte, wenn eine seiner Kugeln einen unschuldigen Passanten treffen würde.

Die drei Männer erreichten die Wegkreuzung vor dem FH-Verwaltungsgebäude und schauten sich um. Der Täter war nirgends mehr zu sehen. Von hier aus konnte er in mehrere Richtungen geflüchtet sein. Sie teilten sich schnell auf: Einer rannte in Richtung Munketoft, während die anderen beiden sich den Parkplätzen näherten.

Plötzlich hörten sie das Aufheulen eines Motors! Ein Auto raste die Straße entlang! Sie richteten ihre Pistolen auf den Wagen, aber sie konnten nicht schießen, da ein anderer PKW ihm entgegenkam und in die Schusslinie geriet. Wenige Sekunden später war der Wagen neben dem Wohnheim in die Kanzleistraße abgebogen und verschwand in Richtung Innenstadt.

2

Lisa Hinrichsen stahl sich zuerst einen Kuss von ihrem Mann und nutzte dann dieses Ablenkungsmanöver, um gleichzeitig in die große Chipstüte zu greifen, die er seit dem Handballkrimi im Fernsehen vor ihr erfolglos in Sicherheit zu bringen versuchte. Hastig steckte sie sich die Chips in den Mund und legte ihren Kopf mit einem leisen, zufriedenen Seufzer gegen seine breite Schulter. Wie sehr sie doch die gemeinsamen Sonntagabende genoss, an denen sie traditionell zu Hause in der Wrangelstraße den neuesten „Tatort"-Film schauten, und wie sehr sich ihr Mann dann immer über diverse unrealistische Szenen aufregte. Er war eben durch und durch Kriminalbeamter und konnte nicht aus seiner Haut. Vor einem Jahr war er trotz seiner Asthmaerkrankung zum Leiter des K1 der Flensburger Kriminalbezirksinspektion ernannt worden, was Lisa stolz machte. Mit seinen zweiundvierzig Jahren war er der jüngste Leiter einer Mordkommission in Schleswig-Holstein, und nicht alle seiner Kollegen waren über seine Ernennung glücklich gewesen. Doch hatte sie durch Gespräche bei Geburtstagen oder Grillabenden erfahren, dass seine Leute in ihm einen guten Chef sahen. Bei den Mordermittlungen war er leider nicht immer erfolgreich, wie sie zugeben musste, aber er war mit vollem Herzen dabei, und so hatten seine Recherchen und die seiner Kollegen schon so manchen Mörder hinter Gitter gebracht.

Nur nicht den Mann, der ihn im vergangenen Jahr beinah getötet hätte. Lisas linke Hand schlängelte sich um den Hals ihres Mannes herum, und ihre Finger suchten unter dem karierten Leinenhemd die Narbe oberhalb seines Herzens, die ihr immer wieder verdeutlichte, dass er einen gefährlichen Job hatte. Er war dem Mann damals nur knapp entkommen, und sie wusste, dass der Kerl vielleicht irgendwo, irgendwann ihrem Mann erneut auflauern würde. Ein Gedanke, der sie fast wahnsinnig machte, aber sie hatte gelernt, ihn beiseitezuschieben. So auch die Gedanken an die Mörder, die ihr Mann verhaftet hatte und die Rache schworen, ihn zu töten, sobald sie wieder frei sein würden.

Aber heute Abend wollte sie nicht an all das denken. Ihr Mann saß neben ihr auf dem Sofa, hatte seinen rechten Arm um sie gelegt und drückte sie an sich, während er mit der linken Hand die Chipstüte festhielt.

„Kannst du mir bitte mein Glas reichen? Ich komm da im Moment nicht ran", sagte er, ehe er sich einige Paprikachips in den Mund steckte und laut zerknackte.

Sie sah ihn erstaunt an. „Die rechte Hand darfst du gern lassen, wo sie ist, aber du kannst doch mit der linken Hand dein Glas nehmen."

„Nein, geht nicht. Mit der muss ich die Chipstüte gegen dich verteidigen. Sonst bleibt nichts für mich übrig", sagte er und stopfte sich noch mehr in den Mund.

„Das sagt ausgerechnet derjenige, der schon während des Handballspiels eine ganze Tafel Schokolade verdrückt hat."

„Nervennahrung. Nichts anderes. Außerdem habe ich mich für dich geopfert. Dann brauchst du nicht ins Fitnessstudio und wir können das Mitgliedsgeld sparen ..."

„... und noch mehr Chips und Schokolade kaufen. Schon klar. Apropos Fitnessstudio: Wann gehen wir mal wieder zu zweit hin?" Sie tätschelte seinen leichten Bauchansatz. „Ein Sixpack sieht anders aus."

„Wenn du einen Mann mit Sixpack haben willst, musst du dir einen Zwanzig- oder Dreißigjährigen suchen."

„Mach ich vielleicht auch, wenn du mir noch länger die Chipstüte wegnimmst. Das ist Folter, was du machst. Ich werde dich bei Karsten Rickerts anzeigen."

„Oh ja, gute Idee", meinte er, als er an seinen größten Konkurrenten innerhalb des Kollegiums dachte. „Der wartet nur darauf, mir irgendetwas anzuhängen."

„Siehst du? Ihm werde ich alles erzählen: die Chipstüte, die Schokolade, der Pudding heute Mittag, der Schokodonut heute zum Frühstück ..."

Er zwinkerte auf sie herab. „Ich seh schon: Die Anklageschrift wird mindestens drei Ordner füllen."

„Mindestens", flüsterte sie, griff nach dem Weinglas und reichte es ihm, aber ehe er es annehmen konnte, legte sie ihm noch einen Kuss auf die Lippen.

Doch ihr gemütlicher Abend wurde plötzlich vom fordernden Klingeln seines Handys unterbrochen.

Mit einem lauten Seufzer fuhr sie ihrem Mann durch die kurzen, braunen Haare, während er versuchte, das Handy am Ende des Couchtisches zu erreichen. Eigentlich hatte er es so weit wie möglich von sich weglegen wollen, aber irgendwie blieb es doch immer in Reichweite. Alte Berufskrankheit.

Das Display zeigte die Nummer des BvDs, des „Beamten vom

Dienst", was böse Zungen auch mit „Blöder vom Dienst" interpretierten. Er wusste, dass Dirk Jensen, der jüngste Kollege seiner beiden Teams, heute Dienst hatte. Wenn einer seiner Leute ihn am Sonntagabend anrief, hatte das meistens nichts Gutes zu bedeuten.

„Na, Dirk, was ist los?"

„Hallo Martin. Wir haben ein Problem. Ich befürchte sogar ein ziemlich großes", antwortete Jensen mit ernster Stimme.

Martin Hinrichsen ging in Gedanken schnell alle Fälle durch, die sie gerade bearbeiteten, aber er konnte sich nicht an irgendwelche Schwierigkeiten erinnern, außer dass ihnen in drei Fällen noch die Mörder fehlten. „Worum geht's?", fragte er und setzte sich plötzlich wie elektrisiert aufrecht hin. Jensens raue Stimme beunruhigte ihn. Normalerweise waren er und seine Kollegen einiges gewohnt. Verweste Leichen am Wegesrand, Wasserleichen in der Flensburger Förde oder Babyleichen auf einsamen Parkplätzen gehörten zu ihrer Arbeit. Keine schöne Arbeit, aber eine, die gemacht werden musste. Doch er wusste nicht, dass dieser Fall alle bisherigen Dimensionen sprengen würde.

„Es ist etwas passiert", versuchte Jensen die schlimme Nachricht hinauszuzögern. „Du musst zur Campushalle kommen."

„Campushalle?", echote Hinrichsen überrascht. Tausend Gedanken flogen ihm durch den Kopf. Er schaute auf die Uhr. Das Spiel der SG war schon lange vorbei. „Was ist los: Hat es zwischen den Fans eine Schlägerei mit Todesfolge gegeben?"

„Nein", erklärte Jensen ruhig. „Es hat keinen von den Fans erwischt. Jesper Rasmussen ist tot."

Lisa Hinrichsen sah, wie sich die Finger ihres Mannes um sein Handy verkrampften. Normalerweise reagierte er immer sehr gefasst auf die Meldung einer Leiche, doch diesmal war es irgendwie anders. Beunruhigt starrte sie auf sein angespanntes Gesicht.

„Ist schon eine Fahndung raus?", hörte sie ihn sagen, doch anscheinend bekam er eine verneinende Antwort. „Hast du die anderen schon informiert? Karsten ist schon bei dir, okay. Ich komme sofort", antwortete Hinrichsen mechanisch, als er hörte, dass Karsten Rickerts bereits vor Ort war. „Ich bin in einer Viertelstunde bei euch." Er beendete das Gespräch, klappte das Handy zu und steckte es gedankenverloren in die linke Brusttasche seines blauweiß karierten Sommerhemdes.

Lisa versuchte, die Gänsehaut auf ihren Armen zu ignorieren, als ihr Mann das Wort „Campushalle" genannt hatte. Martin war während des Telefonats immer blasser geworden. Eine Reaktion, die sie bei ihm bisher nur selten erlebt hatte. „Was ist geschehen?", fragte sie mit einer tiefen Sorgenfalte zwischen den Augenbrauen, doch eigentlich hatte sie das Gefühl, die Antwort gar nicht hören zu wollen. Ihr gemeinsamer Abend war vermutlich gerade abrupt beendet, und die kommenden würde sie wahrscheinlich auch alleine verbringen müssen, wenn sie die ernste Miene ihres Mannes richtig deutete.

Er strich ihr gedankenverloren über die hellbraunen Haare, die sie locker zu einem Pferdeschwanz zusammengebunden hatte, küsste sie auf die Stirn und erklärte ihr, was sein Kollege ihm erzählt hatte. Dann stand er auf und ging in den Flur, wo er eine dünne Windjacke vom Garderobenhaken nahm. Er wusste, dass in der linken Jackentasche sein Dosieraerosol war, das er nun herausnahm, es schüttelte und aus dem Asthma-Inhalator einen tiefen Atemzug nahm.

Lisa war ihm in den Flur nachgeeilt und bemerkte beunruhigt, wie er den Inhalator benutzte. Er hatte seit seiner Kindheit Asthma, was ihm oft zu schaffen machte. Anscheinend spürte er schon jetzt die ersten Stresssymptome, die bei ihm Luftnot verursachten, und sie bemerkte das typische leise Pfeifen aus seinen Lungen. Es gehörte zu ihrem und seinem Leben wie jeder normale Atemzug. Sie versuchte das Pfeifen zu ignorieren, lehnte sich gegen den Türrahmen zur Küche und lenkte ihre Gedanken auf den Toten.

„Rasmussen? *Unser* Jesper?", stieß sie fassungslos hervor. „Das kann doch nicht sein! Er hat doch gerade eben noch ein Interview gegeben."

Martin zog sich die Jacke an. „Ich weiß. Ich kann es ja auch nicht glauben, aber es ist leider so." Er mochte nicht daran denken, was sich gerade für Szenen vor und innerhalb der

„Club 100"-Lounge abspielten. Menschen in Panik, im Schockzustand. Und wenn das Mordopfer wirklich ein Spieler der SG war, wollte Hinrichsen sich lieber nicht die Medienberichterstattung vorstellen, die über den Fall hereinbrechen würde. Zum Glück hatten sie einen kompetenten Pressesprecher, der die Journalisten abhalten würde, damit sie in Ruhe arbeiten konnten.

In Ruhe ... Nein, das war wohl eher Wunschdenken.

Martin Hinrichsen war noch nicht aus dem Haus, da spürte er bereits den enormen Druck, der in der nächsten Zeit auf ihm und seinen Kollegen liegen würde. Jesper Rasmussen war der erste prominente Tote in seinem Zuständigkeitsbereich. Ein ermordeter SG-Spieler nach einem Champions-League-Finalspiel. Verdammt, ganz Handball-Deutschland, ja ganz Europa, würde ab sofort seine Ermittlungen mit Argusaugen verfolgen und von ihm den Kopf des Täters verlangen. Der Mord an dem dänischen Nationalspieler muss um jeden Preis aufgeklärt werden, dachte Hinrichsen entschlossen, als er sich mit einem schnellen Kuss von seiner Frau verabschiedete und das Haus verließ.

Eine Viertelstunde später stand Hinrichsen neben Jensen und Karsten Rickerts und betrachtete Rasmussens Leiche, die von Kollegen der Spurensicherung fotografiert wurde. Der Handballer lag auf dem Rücken, den Kopf ein wenig seitlich von ihnen abgewandt, als wenn er nichts mit den Menschen zu tun haben wollte, die ihn nicht hatten retten können. Neben ihnen standen Leute der Sicherheitsfirma, die eigentlich für seinen Schutz verantwortlich gewesen waren, und schirmten seine Leiche mit großen, weißen Laken vor Paparazzi-Fotografen ab.

Auf der großen Treppe vor der Campushalle und auf dem Wendekreis vor der „Club 100"-Lounge sammelten sich allmählich Hunderte SG-Fans, die, noch ehe eine Meldung durchs Radio versendet worden war, die schreckliche Nachricht bereits von Freunden gehört hatten. Die Information verbreitete sich wie ein Lauffeuer durch Flensburg und in der Region: „Jesper Rasmussen ist tot!" Viele konnten es nicht glauben, doch als sie ihre

Freunde anriefen, wurden ihre schlimmsten Befürchtungen bestätigt. Einige blieben zu Hause, unfähig das Geschehene zu akzeptieren, während andere wieder zur Campushalle zurückkehrten, um dort gemeinsam zu trauern. Unter den Fans herrschte eine unheimliche Stille. Kaum einer brachte ein Wort heraus. Pärchen lagen sich tröstend in den Armen, und man sah an diesem Abend nicht nur Frauen weinen. Viele gestandene Männer wischten sich Tränen aus den Augen. Tränen, für die sich niemand schämte. Sie alle hatten einen gemeinsamen Verlust erlitten und gaben ihm mit dieser stillen Totenwache Ausdruck.

Immer mehr Kriminalbeamte erschienen vor der „Club 100"-Lounge und begannen Zeugenaussagen und die Personalien der Besucher aufzunehmen. Vor allem von den Gästen, die vorn an der großen Fensterfront neben dem Eingang gesessen hatten und den Mörder eigentlich aus nächster Nähe gesehen haben mussten, versprachen sie sich wichtige Hinweise. Doch waren viele von ihnen zu sehr geschockt, um den Beamten eine genaue Auskunft geben zu können. Die wenigen, die ihre Fragen beantworteten, sagten alle das Gleiche. Wie die Sicherheitsleute hatten sie nur eine schlanke Gestalt mit einer Kapuzenjacke gesehen, die plötzlich eine Waffe zog, schoss und dann schnell verschwand.

„Das ist verdammt wenig", meinte Hinrichsen unzufrieden, als er Dirk Jensen nach neuen Erkenntnissen befragte. Gleichzeitig kam Dietmar Krüger von der Spurensicherung auf sie zu.

„Wir haben da was gefunden", sagte er und zog drei durchsichtige Plastiktüten hervor, in der jeweils eine Kugel, eine Patronenhülse und ein Stück Papier zu erkennen waren.

Er hob eine der Tüten. „Schätzungsweise eine Neunmillimeter. Sie lag hier auf dem Behindertenaufgang. Außerdem haben wir noch einige Fußspuren neben der Lounge im Gras gefunden, aber die werden wir wohl kaum auswerten können, wenn man an die ganzen Besucher denkt, die hier auf dem Campusgelände herumgelaufen sind. Da wird jeder x-Beliebige heute rübergetrampelt sein."

Hinrichsen stimmte ihm mit einem Nicken zu. Die Fußspuren würden ihnen sicher nicht weiterhelfen. Und dass die Waffe ein

Neunmillimeter-Kaliber hatte, machte die Suche nicht einfacher. Seine eigene Dienstwaffe, eine Sig Sauer, hatte wie viele andere auch dieses Kaliber. Vielleicht konnte der Ballistiker in Kiel etwas über die Kugel in Rasmussens Körper herausfinden, wenn er sie untersuchen würde. Möglicherweise hatte der Mörder seine Waffe schon früher mal benutzt und sie würden etwas im INPOL, dem polizeilichen Dateninformationssystem, über ihn herausfinden.

Als könnte Jensen seine Gedanken lesen, gab er einen wichtigen Hinweis an ihn weiter. „Die Sicherheitsleute meinten, dass er eventuell mit einer alten Waffe geschossen hat. Einer Luger oder so."

Hinrichsen stutzte. „Eine Luger? So ein altes Ding? Sind die sicher?"

„Nein, natürlich nicht. Dazu ging alles viel zu schnell. Aber es war auf jeden Fall keine normale Pistole und auch kein Revolver."

„Hm, interessant, das würde den Täterkreis eingrenzen."

„Also, vom Kaliber her würde es passen", erklärte Krüger zustimmend. „Aber vielleicht ist diese Kugel für euch viel interessanter." Er hob eine der Plastiktüten hoch und hielt sie seinen Kollegen entgegen.

Die schauten auf etwas, das sie in ihrem Leben noch nie zuvor gesehen hatten.

„Um Himmels willen, was ist das denn?", fragte Dirk Jensen, während Baumann sich nach dem Kaliber der ungewöhnlich breiten Kugel erkundigte.

Krüger betrachtete das seltsame Indiz mit der Neugier eines Wissenschaftlers. „Wenn ich es aus meinen Lehrgängen noch richtig in Erinnerung habe, ist es eine Spitzkugel. Munition eines Vorder- oder Hinterladers, würde ich sagen, aber Genaueres erfahrt ihr morgen in meinem Bericht." Er drückte die Tüte Hinrichsen in die rechte Hand. „Schau sie dir doch mal genauer an. Der Täter hat uns darauf eine Nachricht hinterlassen."

Zweifelnd nahm Hinrichsen die Tüte entgegen und drehte sich in das Licht einer Außenlampe der Lounge. Er stellte fest, dass es keine nachgegossene Bleikugel, sondern eine alte, mit weißem Staub behaftete Kugel war, auf der etwas eingeritzt war.

„Ich sehe zwei Buchstaben", sagte Hinrichsen und versuchte sich auf die Ritzungen zu konzentrieren. „Ein J und ein R."

„JR", knirschte Rickerts durch die Zähne hindurch und sah auf die Leiche neben sich. „Jesper Rasmussen. Wenn ihr mich fragt, sieht das ganz nach einer Visitenkarte aus."

„Welches Kaliber das ist, kann ich euch leider noch nicht sagen. Steht morgen in meinem Bericht."

„Und die weiße Anhaftung?"

„Morgen in meinem Bericht, falls sie sich leicht analysieren lässt."

Hinrichsen sah auf die dritte Tüte, die Krüger in der Hand hielt. „Und was ist das?"

Der Kriminaltechniker reichte sie ihm. „Wir wissen noch nicht, ob das Papier auch vom Täter stammt oder ob es ein Student vom Campus verloren hat, aber es lag unmittelbar neben der Spitzkugel. Deswegen haben wir's mitgenommen."

Hinrichsen las schnell den Text durch und reichte ihn dann an seine Leute weiter, aber auf den ersten Blick konnte niemand etwas dazu sagen.

„Du schickst uns eine Kopie", forderte er.

„Natürlich. Ihr könnt euch dann über die Prosa die Köpfe zerbrechen." Ein Mann trat neben ihn und forderte seine Aufmerksamkeit. Er flüsterte ihm etwas ins Ohr, das Krüger mit einem kurzen Nicken zur Kenntnis nahm. „Ist gut, ich komm gleich nach." Er wandte sich wieder an seine Kollegen vom K1. „Meine Leute haben eine Blutspur entdeckt. Sie endet auf dem Parkplatz an der Thomas-Fincke-Straße."

„Das stimmt mit den Aussagen der Sicherheitsleute überein, die ihn verfolgt und auf ihn geschossen haben", erklärte Jensen. „Einer von ihnen war sich sicher, dass er ihn getroffen hat."

„Gut so", meinte Hinrichsen grimmig. „Dann kriegen wir hoffentlich seine DNA. Und vielleicht ist er ja so stark verletzt, dass er einen Arzt oder das Krankenhaus aufsuchen muss. Sag sofort in der Diako und im Franziskus Bescheid, dass sie vorgewarnt sind, falls jemand mit einer verdächtigen Wunde bei ihnen auftaucht. Telefonier auch alle Allgemeinärzte durch. Der Kerl darf uns nicht durch die Lappen gehen."

„Mach ich", bestätigte Jensen die Order seines Chefs, wandte sich ab und begann einige Telefonate zu führen.

Doch Krüger schüttelte den Kopf. „Das wird nichts bringen, Martin. Die Blutspur soll nur aus wenigen Tropfen bestehen. Für DNA wird's reichen, aber der Täter scheint nicht ernstlich verletzt zu sein."

„Ist mir egal", sagte Hinrichsen unnachgiebig. „Ich will über jeden Verletzten informiert werden, der heute Abend oder in den nächsten Tagen einen Arzt aufsucht, selbst wenn er sich nur beim Grillen in den Finger geschnitten hat."

Krüger zuckte mit den Schultern. „Na gut. Musst du selber wissen. Ich verschwinde erst mal und schau mir die Blutspur an", erklärte er und ging an den trauernden Fans vorbei.

Hinrichsen marschierte zu Karsten Rickerts und Dirk Jensen, die neben Rasmussens vielleicht Leiche mit unterdrückten Stimmen anscheinend ein hitziges Gespräch führten.

„Rauchen gefährdet die Gesundheit", hörte er Rickerts gerade sarkastisch sagen und sah, wie er dem Toten einen mitleidlosen Blick zuwarf, während Jensen neben ihm nur den Kopf schüttelte.

„Lass die Sprüche, Karsten", knurrte Hinrichsen Rickerts ungnädig an. „So was können wir jetzt wirklich nicht gebrauchen."

„Wenn es dieses blöde Rauchverbot in der Lounge nicht gegeben hätte, wäre Rasmussen vielleicht noch am Leben", meinte Jensen. „Er wäre dann niemals hier rausgegangen und hätte nicht an diesem Bistrotisch gestanden."

Doch wollte Rickerts das nicht gelten lassen. „Der Täter hätte ihn auch auf dem Weg zur Lounge abpassen können."

„Nein. Da wären die Sicherheitsleute aufmerksamer gewesen, weil vielleicht auch Autogrammjäger hier gestanden hätten. Außerdem ist ein Opfer in Bewegung schlechter zu treffen als eins, das ruhig an einem Bistrotisch steht. Zu warten, bis er draußen eine Zigarette rauchen würde, war auf jeden Fall der sichere Weg."

„Der Täter hat also wahrscheinlich gewusst, dass Rasmussen Raucher war", stimmte Hinrichsen Jensen zu. „Er muss sich mit seinem Opfer beschäftigt haben."

„Nicht unbedingt“, gab Rickerts zu bedenken. „Vielleicht wollte er ja jemanden aus der Lounge erschießen und Rasmussen war nur zur falschen Zeit am falschen Ort?“

„Du meinst, Rasmussen war vielleicht ein willkürliches Opfer?“

„Na ja, es standen zwei Männer neben ihm. Vielleicht wollte der Mörder ja eigentlich einen von denen erschießen.“

„Nein“, erklärte Jensen. „Das widerspricht den Aussagen der Sicherheitsleute und der Männer neben Rasmussen, die gehört haben wollen, dass der Mörder ihn direkt mit Namen angesprochen hat, bevor er schoss.“

Hinrichsen fuhr sich durch sein kurzes, braunes Haar und starrte dann durch die großen Glasfenster in die hell erleuchtete Lounge, wo die angeforderten Kollegen immer noch Personalien und Aussagen der Gäste aufnahmen. „Was ist eigentlich mit Rasmussens Frau? Ist sie hier?“

„Zum Glück nicht. Sie ist zu Hause.“

„War schon jemand bei ihr?“

„Nein, wir dachten, dass du das persönlich übernehmen willst. Wobei ich denke, dass sie bereits weiß, was mit ihrem Mann passiert ist. Die Telefone stehen heute in Flensburg nicht still.“

Hinrichsen seufzte. Auch nach all den Berufsjahren war es für ihn nicht einfach, einem Hinterbliebenen die Todesnachricht zu überbringen. „Habt ihr ihre Adresse?“

Jensen nickte und schrieb sie ihm auf einen kleinen Zettel. „Handewitt.“

„War wohl zu erwarten“, gab Hinrichsen knapp zurück, da er wusste, dass einige der SG-Handballer dort wohnten.

„Nicht unbedingt. Rasmussen ist in Gravenstein geboren. Das ist ja nicht gerade weit von Flensburg entfernt, aber er war trotzdem nach Handewitt gezogen, um dem Verein so nah wie möglich zu sein.“

Hinrichsen betrachtete die drei Zeilen auf dem Papier, dann sah er auf. „Ich werde Martina und zwei von Krügers Leuten mitnehmen. Wenn irgendetwas ist, wisst ihr, wo ich bin“, sagte er und rief Martina Seefeldt, eine schlanke Frau Mitte dreißig, mit langen, schwarzen Haaren, zu sich, die zusammen mit Karsten Rickerts eines seiner Teams im K1 bildete. Wenn er zu Rasmussens Witwe ging, war es wahrscheinlich besser, wenn eine Frau an seiner Seite war.

3

Die Nacht erschien Hinrichsen dunkler als sonst, denn auch die Sterne verweigerten heute ihren strahlenden Schein, als er den weißen Bungalow mit Walmdach in Handewitt betrat und von einem Schutzpolizisten zu Tina Rasmussen geführt wurde, die mit rot geweinten Augen auf einem schwarzen Ledersofa im Wohnzimmer saß und anscheinend von einer Freundin oder Verwandten getröstet wurde. Sämtliche Gardinen waren zugezogen und einige Rollos runtergelassen, um einem Angreifer so wenig Zielmöglichkeit wie möglich zu geben. Anscheinend war sie sofort nach dem Mord unter Personenschutz gestellt worden. Etwas, das Hinrichsen absolut befürwortete, da man bisher nicht absehen konnte, inwiefern auch Rasmussens Ehefrau gefährdet war. Kinder hatten sie nicht, soweit er wusste.

Der Kommissar räusperte sich, als er vor der Witwe stand. „Frau Rasmussen … es tut mir leid, aber … wir haben einige Fragen an Sie, falls Sie sich in der Lage fühlen, sie jetzt zu beantworten."

Schwerfällig sah sie zu ihm auf. „Ja, natürlich. Was haben Sie für Fragen?"

Hinrichsen und Seefeldt setzten sich ihr gegenüber auf die Kante zweier Ledersessel. Ihnen war nicht danach, es sich in den weichen Sesseln bequemen zu machen. Von den Geschehnissen an der Campushalle waren sie noch zu sehr bis in die letzte Fiber angespannt. Dies war kein Fall wie jeder andere. Er war etwas Besonderes. Obwohl es inzwischen auf Mitternacht zuging, waren sie beide hellwach.

„Nun, wir fragen uns natürlich, ob Ihr Mann in letzter Zeit irgendwelche Probleme hatte. Privat oder beruflich. Irgendwelche Menschen, die es nicht gut mit ihm meinten. Hatte er Feinde?“

Tina Rasmussen sah ihn verständnislos an. „Feinde? Mein Jesper? Nein, eigentlich nich', aber …“

„Aber?“

„Es is' nichts, dass ich glaube, dass es wichtig wär', aber … ach, ich mag gar nich' darüber reden.“

„Bitte, Frau Rasmussen. Jede Einzelheit kann für uns wichtig sein.“

„Na ja“, sagte sie und schnäuzte in ein Papiertaschentuch, das sie danach zu Murmelgröße zusammenknüllte. „Da waren ein, zwei Briefe, die Jesper bedrohten.“

Martina Seefeldt warf Tina Rasmussen einen ungläubigen Blick zu. „Ihr Mann hat Drohbriefe bekommen? Warum haben Sie das denn nicht früher der Polizei gemeldet?“

„Jesper wollte nich'. Er meinte, das wär' nich' wichtig.“

„Wusste die Geschäftsführung der SG darüber Bescheid?“

„Nej, det tror jeg ikke“, verfiel Tina Rasmussen in ihre Heimatsprache, doch merkte sie es sofort und ergänzte auf Deutsch: „Das glaube ich nich'. Jesper hielt es für einen dummen Spaß un' dachte sich nich's dabei“, sagte sie und fing wieder zu weinen an. Die Freundin neben ihr nahm sie in die Arme und tröstete sie, so gut sie konnte. Dennoch dauerte es einige Minuten, ehe Tina Rasmussen sich gefasst hatte und ruhig weitersprechen konnte.

„Existieren diese Drohbriefe noch? Können Sie sie uns zeigen?“, fragte Hinrichsen vorsichtig, doch sehr bestimmt nach.

„Ja, ich hab' sie aufgehob'n. Sie sin' im Schrank in Jespers Büro.“ Sie deutete auf eine Tür am Ende des Wohnzimmers. „Er hat auch böse E-Mails bekommen.“

„Was heißt das?“

„Er wurde im Internet bedroht. Schon seit Monat'n.“

Hinrichsen und Seefeldt warfen sich einen hoffnungsvollen Blick zu. Sicher würde sich die Computer-IP-Nummer herausfinden lassen, von der aus diese E-Mails verschickt worden waren. Eine unverwechselbare Adresse, die normalerweise so genau wie eine Hausadresse war. Hinrichsen gab einen von Krügers Leuten einen Wink, der sich sofort auf den Weg in das kleine Bürozimmer machte.

„Ich hoffe, Sie haben nichts dagegen, wenn wir uns den Computer Ihres Mannes etwas genauer anschauen", sagte er. „Außerdem bräuchten wir die Passwörter zu seinen E-Mail-Adressen, falls Sie sie kennen. Glauben Sie mir, wir werden Ihre Privatsphäre nicht stören, aber wenn es in den Mails eine Spur zum Täter gibt, müssen wir sie finden und ihr nachgehen. Das verstehen Sie doch?"

Tina Rasmussen nickte. „Natürlich. Sie bekomm'n von mir alles, was Sie brauch'n, um … um …" Ihr versagte die Stimme.

„Gut", fiel Seefeldt ihr beruhigend ins Wort. „Als Erstes benötigen wir die Drohbriefe und wenn möglich auch die Umschläge, falls die noch vorhanden sind."

Die Witwe fragte ihre Freundin auf Dänisch, ob sie dem Kommissar die Briefe bringen könne, doch als sie aufstand, um sie zu holen, hob Hinrichsen die rechte Hand und hielt die Frau auf, da er mit seinen Schuldänischkenntnissen die Bitte von Tina Rasmussen zum größten Teil verstanden hatte und Schlimmeres verhindern wollte.

„Bitte fassen Sie die Briefe nicht an", sagte er ruhig, aber fordernd. „Benutzen Sie diese Latexhandschuhe." Er griff in seine Jackeninnentasche, holte zwei dünne Gummihandschuhe heraus, und reichte sie ihr. „Dann hinterlassen Sie keine Fingerabdrücke auf den Briefen." Die Frau nickte und folgte dem Mann der Spurensicherung in den Nebenraum.

„Mein Kollege wird den Computer mitnehmen, aber Sie bekommen ihn bald wieder. Vielleicht finden wir ja einen Hinweis, der uns weiterhilft."

Tina Rasmussen nickte und ließ alles über sich ergehen. Sie hatte das Gefühl, dass dieser Mann ihr wirklich helfen wollte, auch wenn er ihr den größten Wunsch ihres Lebens nicht mehr erfüllen konnte: ihren Mann wieder lebendig zurückzubringen.

Hinrichsens Kollegen machten sich sofort an die Auswertung der E-Mail-Daten, doch wussten sie, dass Ergebnisse vermutlich nicht so schnell zu erwarten waren. Am nächsten Nachmittag kam Dirk Jensen unerwartet mit einer guten Nachricht ins Büro seines Vorgesetzten gestürmt.

„Wir haben ihn! Seine Fingerabdrücke waren gespeichert!"

Hinrichsen sah auf, da er ihr Glück kaum glauben konnte. „Was, wirklich? Wer ist es?"

„Ein gewisser Fabian Kessler. Zweiundzwanzig Jahre alt. Wohnhaft in Kiel." Er gab ihm einen kleinen Zettel mit den Personen- und Adressdaten, die Hinrichsen genau durchsah und danach mit ernster Miene seinen Kugelschreiber malträtierte. Verdammt! Musste es ausgerechnet ein Kieler sein? Fehlte nur noch, dass er THW-Fan war. Der Kommissar schluckte hart, als er sich die Schlagzeilen in den Zeitungen vorstellte.

„Okay, ich ruf bei unseren Kollegen in der Blumenstraße in Kiel an. Die sollen sofort hinfahren", sagte er und griff nach dem Telefonhörer. „Du fährst nach Kiel. Nimm Jochen mit. Ihr meldet euch bei Frank Schiller."

Jensen nickte und verschwand aus dem Raum, während sein Vorgesetzter Schillers Nummer wählte. „Hallo Frank. Hier ist Martin Hinrichsen aus Flensburg."

„Martin, Moin. Was ist los?", fragte der Leiter des Kieler K1 sofort interessiert, da er an der vibrierenden Stimme seines Kollegen bemerkte, dass er etwas auf dem Herzen hatte.

„Wir haben in unserem Handballer-Mordfall eine heiße Spur, die zu euch führt. Wir haben einige halbe Fingerabdrücke auf dem Briefpapier und den Umschlägen von Morddrohungen an Rasmussen identifizieren können. Sie gehören einem gewissen Fabian Kessler, einem Studenten aus der Olshausenstraße, der mal nach einer Demo erkennungsdienstlich erfasst wurde."

„Glückwunsch", gratulierte Schiller säuerlich, da er sich zwar einerseits über den schnellen Ermittlungserfolg seines Kollegen freute, sich aber lieber einen Verdächtigen außerhalb seines Zuständigkeitsbereiches gewünscht hätte. „Mann, Martin. Muss es denn unbedingt ein Kieler Student sein?"

„Nicht mein Wunschprogramm, Frank, das kannst du mir glauben. Dass er in Kiel studiert, muss allerdings nichts bedeuten. Er kann ja auch aus Husum, Heide, Ratzeburg oder sonst woher kommen."

„Du machst mir Hoffnung."

„Natürlich. Bitte schnappt euch den Kerl. Ich sorge sofort für einen Haftbefehl. Meine Leute, Jochen Baumann und Dirk Jensen, sind schon zu euch unterwegs." Es war 14.30 Uhr. „Wer weiß, wo sich ein Student zu dieser Zeit aufhält. Er könnte überall sein. Aber ihr werdet ihn schon finden."

„Na toll: Wir machen die Arbeit und du lässt dich feiern. Ganz klasse."

„Nun tu mal nicht so, als wenn du hart für mich arbeiten würdest. Wer hat euch denn letztens den Lastwagenfahrer geliefert, der in Laboe die junge Frau ermordet hat? Das waren wir. Eine Hand wäscht die andere. Und jetzt sieh bitte zu, dass ihr diesen Kerl verhaftet. Er darf nicht ungeschoren davonkommen."

„Okay, ich trommel alle zusammen, und dann werden wir sehen, wo wir ihn auftreiben können, falls er nicht untergetaucht ist."

Hinrichsen hatte sich den Telefonhörer zwischen das linke Ohr und seine Schulter geklemmt und tippte wild auf der Tastatur seines Computers herum. „Ich schick dir die Daten rüber. Und seid vorsichtig. Er hat Rasmussen mit einer Neunmillimeter-Pistole erschossen. Die Aktion war sehr kaltblütig geplant. Vielleicht solltest du die Verhaftung doch lieber einem Einsatzkommando überlassen."

Schiller schnaubte verächtlich. „Ein SEK? Wegen eines Studenten? Nein, mit dem werden wir schon allein fertig. Wie willst du ihn haben: geschnitten, püriert oder in kleine Würfel?"

Hinrichsen musste schmunzeln. „Im Ganzen wäre optimal. Lasst ihn am Leben, und passt auf euch auf. Vielleicht unterschätzen wir ihn alle. Wir wissen nicht, was er für persönliche Probleme hat und ob er beim Zugriff nicht zu einer Geiselnahme fähig wäre."

„Das werden wir sehen", gab Schiller sich kämpferisch. „Mit ein bisschen Glück bringen Baumann und Jensen ihn dir heute noch nach Flensburg. Dann kannst du dir mit ihm den Abend um die Ohren schlagen."

„Wenn er Rasmussens Mörder ist, wäre es mir das wert."

„Ich weiß. Mir auch. Also, tschüss. Du hörst von mir."

„Okay, tschüss." Hinrichsen legte den Telefonhörer auf die Gabel zurück und warf durchs Fenster einen Blick aufs Christiansen-Haus vom Flensburger Museumsberg. Er stand auf, ging um seinen Schreibtisch herum zum kleinen, doppelflügeligen Fenster und öffnete es. Milde, warme Luft umwehte ihn. Er schloss für einen kurzen Moment die Augen, genoss die Ruhe und nahm einen tiefen Zug aus seinem Inhalator, bevor nach dem Termin beim Staatsanwalt ein anstrengender Abend und wahrscheinlich eine lange Nacht auf ihn warten würden.

Eine halbe Stunde später marschierten Frank Schiller und fünf seiner Leute in Kiel durch das Gelände der Olshausenstraße zwischen zweistöckigen Wohnanlagen aus gelbem Backstein mit grauer Holzverkleidung, bis sie an einer bestimmten Tür stehen blieben. Fünf weitere Kriminalbeamte hatte er an anderen Stellen postiert, falls der Tatverdächtige versuchen würde zu flüchten. Sie wussten nicht, was sie erwarten würde, waren aber auf alles vorbereitet. Sie zogen ihre Pistolen und gingen in Stellung, dann klopfte Schiller fordernd gegen die Haustür und ging sofort wieder in Deckung, falls der Verdächtige durch die Tür schießen wollte.

„Polizei! Öffnen Sie die Tür oder wir brechen sie auf!"

Er wartete zwei Sekunden, doch von innen war nichts zu hören. Vielleicht war er gar nicht da? Doch er wusste, dass er nicht zu lange zögern durfte. Er wollte gerade den Befehl zum Aufbrechen der Tür geben, als er schlurfende Schritte hörte und ihnen geöffnet wurde. Er erblickte einen jungen Mann in grauem Sportanzug, der ihn verschlafen anblinzelte, und selbst die auf ihn gerichteten Pistolenläufe schienen ihn nicht aus der Fassung bringen zu können.

„Watt is?", fragte er benommen und allmählich wurde Schiller klar, dass der junge Mann nicht nur vom Feiern und Alkohol am

Wochenende so müde war. Außerdem sah er nicht dem Foto ähnlich, das sie vom Verdächtigen in der Datenbank hatten.

„Sind Sie Fabian Kessler?"

„Nö, der schläft da hinten", sagte er matt, und wurde von Schiller und seinen Leuten sofort zur Seite gedrängt. Sie stürmten in den Raum und fanden jemanden auf einer Matratze liegend. Wieder richteten sich die Pistolenläufe auf einen jungen Mann.

„Aufwachen! Los, aufwachen! Ich will Ihre Hände sehen! Sofort!", rief Schiller, da er nur einen freien Arm sehen konnte, der oben auf der Bettdecke ruhte. Die linke Hand war unter der Decke versteckt.

Ein leises, verärgertes Brummeln kam ihm entgegen. „Was is?"

„Zeigen Sie mir Ihre Hände! Sofort! Oder wir schießen!"

„Schießen?", fragte die Stimme schwerfällig, und der junge Mann wollte sich zu ihnen umdrehen und sich aufsetzen, aber da kam nochmals Schillers fordernde Stimme.

„Keine schnelle Bewegung! Nehmen Sie die Hände hoch!"

Erst jetzt öffnete der junge Mann die Augen und schaute verwundert auf die vielen fremden Männer, die neben seiner Matratze standen und Waffen auf ihn gerichtet hatten. Langsam zog er seine linke Hand hervor und streckte beide in die Luft. Sofort stellten ihn zwei der Kriminalbeamten auf die Beine und legten ihm Handschellen an. Der junge Mann war immer noch irritiert.

„Aber was ist denn los? Was machen Sie denn da?", fragte er, als ihm die Arme auf den Rücken gebogen wurden.

„Sie sind Fabian Kessler?"

„Ja, aber ..." Allmählich wurde dem jungen Mann bewusst, was mit ihm geschah, und er hatte ahnte, weshalb die Männer ihn aufsuchten.

„Wozu die Handschellen? Wollen Sie mich etwa verhaften?"

„Das haben Sie gut erkannt", gab Schiller zurück, der seine Pistole wieder ins Gürtelholster steckte.

Kessler sah sich ungläubig um. „So ein Aufstand, nur wegen der paar DXM-Pillen und Stimmungsaufheller, die ich manchmal verticker?"

Schiller sah ihm direkt in die vergrößerten Pupillen.
„Nein, wegen Mordes.“

Zwei Stunden später brachte Jensen einen schlagartig ernüchterten Fabian Kessler in das Büro seines Chefs, wo er ihn unsanft auf einen Stuhl drückte. Auf dem Tisch stand eine Videokamera, die Hinrichsen nun in seinem Beisein anschaltete, um nach einer kurzen Datums-, Fall- und Personenangabe mit der Befragung zu beginnen.

„Sie wissen, dass Sie nichts sagen müssen, das Sie selbst belasten würde. Haben Sie schon einen Rechtsanwalt gewählt, der Sie vertritt?“

Doch Kessler schüttelte nur den Kopf. „Ich brauche keinen Anwalt. Ich habe nichts getan.“

Hinrichsen seufzte. „Sie glauben gar nicht, wie oft ich diesen Satz schon gehört habe. Und trotzdem sind die Leute im Gefängnis gelandet.“

„Aber ich habe nichts getan!“, schrie Kessler ihn an.

„Und was ist das hier?“, fragte Hinrichsen und warf einige Kopien der E-Mails und Drohbriefe vor ihm auf den Tisch.

Ein kurzes Aufflackern seiner Augenlider verriet ihn. Er wandte schnell den Kopf ab.

„Sie haben diese Drohbriefe an Jesper Rasmussen geschrieben!“, donnerte Hinrichsen ihm entgegen, um dann mit beherrschterer Stimme hinzuzufügen: „Sie können es ruhig zugeben. Sie waren zwar so klug, diese E-Mails nicht von Ihrem eigenen Computer im Studentenheim abzuschicken, sondern haben immer die Internetzugänge der Kieler Universität benutzt, aber wir konnten die IP-Adressen bis zur Uni zurückverfolgen.“

„Ja und?“, rief Kessler bissig. „An der Uni kann jeder an diese Computer ran. Das ist kein Beweis.“

„Das stimmt“, gab Hinrichsen ihm vorerst recht, ehe er ihn festnagelte. „Merkwürdigerweise sind aber immer ausgerechnet Sie auf der Liste der Nutzer aufgetaucht, der sich zur jeweiligen Zeit an diesem Computer angemeldet hatte, wenn Jesper Rasmussen eine Droh-E-Mail bekam. Außerdem hat die daktyloskopische Untersuchung ergeben, dass sich Ihre Fingerabdrücke auf den Drohbriefen befinden."

Erst jetzt schien Kessler wirklich zu begreifen, weshalb man ihn nach Flensburg gebracht hatte. „Das kann nicht Ihr Ernst sein. Glauben Sie wirklich, dass ich diesen Handballer umgebracht habe?" Fassungslos starrte er die beiden Kommissare an, die ihm mitleidslos gegenübersaßen.

„Deswegen sind Sie hier."

„Aber …" Der Student fuhr sich nervös mit der Zunge über die trockenen Lippen. „Das ist doch Wahnsinn! Ich habe ihn nicht umgebracht! Ich mochte ihn zwar nicht, weil er Orieux in jeder Saison so viele Bälle ins Netz legte, und ja, ich gebe zu, dass ich diese Briefe und E-Mails geschrieben habe, aber, meine Güte, ich bringe deswegen doch niemanden um! Das war doch alles nur Spaß!"

„Spaß? Sie nennen es Spaß, jemandem mit dem Tod zu drohen?"

„Das war doch nie ernst gemeint!"

„Tja, wer weiß? Unsere Ermittlungen haben jedenfalls ergeben, dass Sie zusammen mit einigen Freunden nach Flensburg gefahren sind, um sich das Spiel in der Campushalle anzuschauen. Sie waren also an dem Tag in Flensburg. Stimmt das?"

„Ja, so wie einige Hundert andere THW-Fans auch", murrte der junge Mann.

„Aber die anderen haben keine Drohbriefe geschrieben."

Kessler strich sich nervös durchs kurze Haar. „Wir haben das Spiel verloren, ich habe viel Bier getrunken. Ich kann mich nicht mehr genau erinnern, wie ich nach Hause gekommen bin. Soweit ich weiß, haben meine Leute mich in den Fan-Bus getragen und nach Hause gebracht. Das können Sie ja gern überprüfen."

Hinrichsen biss sich nach dieser Aussage auf die Unterlippe. Dann beendete er die Videoaufnahme und gab Jensen ein Zeichen. Der stand auf und führte den Studenten ohne ein weiteres Wort aus dem Zimmer.

Wenn sich dieses Alibi bewahrheiten sollte und Kessler zur Tatzeit sich im THW-Fan-Bus befand, würden sie wieder von vorn anfangen müssen. Hinrichsen wusste nicht, ob er darüber glücklich oder traurig sein sollte. Sie würden damit die einzige heiße Spur verlieren.

Am nächsten Tag rief Frank Schiller aus Kiel an. „Hallo Martin, ich habe schlechte Nachrichten für dich. Du musst den Jungen wieder laufen lassen. Unsere Überprüfungen haben ergeben, dass mindestens fünfzig THW-Leute ihn zur Tatzeit betrunken und schlafend im Fan-Bus gesehen haben wollen."

Hinrichsen kratzte sich an der Stirn. „Sind die Alibis glaubhaft?"

„Einige sind sicherlich gelogen und wurden aus falsch verstandener Solidarität gegeben, aber die Hälfte der Aussagen ist wohl glaubwürdig. Zehn haben wir schon überprüft. Sie stimmen. Außerdem haben wir Kessler nach seiner Verhaftung von einem Arzt untersuchen lassen. Er hatte nur Nasenbluten, weil er sich nachts irgendwo in seiner Wohnung gestoßen hatte, aber er hatte keine Schussverletzung oder sonstige Blessuren. Wenn die Sicherheitsleute der Campushalle den Täter angeschossen haben, war es jedenfalls nicht Kessler. Bei der Durchsuchung seiner WG haben wir auch nur geringfügige Mengen an Designerdrogen gefunden, für die er ein Verfahren bekommt, aber keine Tatwaffe. Tut mir leid, dass wir euch nicht weiterhelfen konnten."

Doch sein Kollege widersprach ihm. „Ihr habt uns weitergeholfen. Schließlich wollen wir nicht den Falschen einbuchten. Also, vielen Dank noch mal, Frank."

Mit einem lauten Fluch legte Hinrichsen den Hörer wieder aufs Telefon zurück. Rickerts ging gerade mit einer Mappe an der Tür vorbei und schaute kurz herein. „Ist alles in Ordnung?"

Sein Vorgesetzter zerknüllte ein Stück Papier und warf es in den Mülleimer neben seinem Schreibtisch. „Unsere Blumenfreunde aus Kiel haben festgestellt, dass es Kessler nicht gewesen sein kann. Sag der Staatsanwaltschaft Bescheid und sorg dafür, dass er heute noch freikommt."

Rickerts ließ sich von dem harschen Befehlston nicht beeindrucken. Stattdessen schien er von der neuen Entwicklung enttäuscht zu sein. „Schade. Ein unvorsichtiger THW-Fan ... das wär's doch gewesen. Eine schnelle Ermittlung, und der Fall wäre vom Tisch."

„Ist er aber nicht", gab Hinrichsen bissig zurück, da Rickerts ihm andauernd mit einer gewissen Schadenfreude unter die Nase rieb, wenn ihre Ermittlungen ins Leere führten. „Und jetzt sieh zu, dass der Junge freigelassen wird. Ich hab noch zu tun", sagte er ungnädig und sah demonstrativ auf den Bildschirm seines Computers.

Rickerts lächelte und schloss die Tür.

4

Bei der nächsten Besprechung mit seinen Teams legte Hinrichsen seinen Leuten mehrere Fotos der Spitzkugel und der Zitate vor, die er von Krüger erhalten hatte. „Hier, die letzten Hinweise, die wir vom Täter haben. Eine alte Spitzkugel mit den Initialen JR und ein Zitat, das ich an Prof. Diekmann der Philosophischen Fakultät der Christian-Albrechts-Universität zu Kiel geschickt habe. Ich erwarte jede Minute seinen Rückruf. Vielleicht kann er uns weiterhelfen. Was die weiße Anhaftung an der Kugel betrifft, so handelt es sich laut Krüger um Mörtel."

„Hat Krüger schon eine genauere Zusammensetzung?", fragte Baumann nach.

„Es handelt sich um Mörtel, wie man ihn hier im Flensburger Umland vor etwa hundertfünfzig Jahren benutzte. Aber ich denke, das hilft uns im Augenblick auch nicht viel weiter." Er deutete auf die Kopien mit den Texten. „Was sagt ihr dazu? Kommen sie euch bekannt vor?"

Alle nahmen nun die Texte zur Hand und lasen sie intensiv durch. *„Die Gegenwart ist die Zukunft der Vergangenheit"*, war da zu lesen.

„Unser Mörder ist ein Philosoph", stöhnte Rickerts, während die anderen ernsthaft über den Satz nachdachten.

„Nun, der Mann hat irgendwie recht", stimmte Baumann dem unbekannten Täter zu. „Unsere Gegenwart war irgendwann mal in der Vergangenheit eine eventuelle Zukunft."

„Er will uns einen Hinweis geben", meinte Jensen. „Aber welchen? Vergangenheit, Gegenwart, Zukunft ..."

„Das hängt alles miteinander zusammen."

„Eben", meinte Rickerts. „Nicht gerade eine neue Erkenntnis."

„Nein, aber es ist anscheinend eine Erkenntnis, die dem Täter wichtig ist. Was hat er uns sonst noch für Hinweise gegeben?", fragte Katja Seefeldt und blätterte in dem zweiten Text.

Alle nahmen die Fotos mit dem Zitat in ihre Hände, betrachteten es intensiv und hofften, eine Botschaft darin erkennen zu können:

„... verließ er das Gasthaus, um an der Flensburger Bucht hin einen langen Spaziergang zu machen. Erst herrschte Dämmerung; aber nicht lange, so zogen im winterlichen Glanze die Sterne herauf und spiegelten sich auf der weiten Wasserfläche. Holk fühlte, wie der auf ihm lastende Druck von Minute zu Minute geringer ward, und wenn er sich auch nach wie vor keineswegs in einem Zustand von Seelenruhe befand, so galt das, was ihm von Unruhe verblieb, doch mehr der Zukunft als der Vergangenheit und hatte vorwiegend den Charakter einer gewissen erwartungsvollen Erregung. Er malte sich allerlei anheimelnde Bilder aus, wie sie spätestens der nächste Mai heraufführen sollte. Bis dahin musste alles geordnet sein."

Auch Hinrichsen betrachtete nachdenklich den Text. *Bis dahin musste alles geordnet sein?* Der Mörder wollte, dass bestimmte Dinge, nein, dass ALLES bis zum nächsten Mai geordnet sein musste. Also bis zum nächsten Frühjahr. Gab es für den Mörder etwa ein Zeitlimit? Und wenn ja, warum? War er eventuell krank? Musste er Dinge schneller erledigen als andere? Oder musste er die Dinge erledigen, bevor seine Opfer sich seinem Zugriff entzogen? Verdammt, dieses Zitat konnte tausend einzelne Bedeutungen haben!

... und wenn er sich auch nach wie vor keineswegs in einem Zustand von Seelenruhe befand ...

Wenigstens etwas, das wir gemeinsam haben, du verdammter Mistkerl, dachte Hinrichsen mit einem tiefen Seufzer und legte das Foto auf den Tisch zurück. Plötzlich klingelte sein Handy. Das Display zeigte die Nummer Prof. Diekmanns.

„Unser Mörder zitiert aus dem dreißigsten Kapitel von Theodor Fontanes *Unwiederbringlich*", gab Hinrichsen die Information gleich an seine Teams weiter, nachdem er das Telefonat beendet und sich wieder zu ihnen an den Tisch gesetzt hatte.

Jensen hob eine Augenbraue. „Fontane? Ich wusste gar nicht, dass der etwas über Flensburg geschrieben hat."

„Dann weiß unser Mörder eben mehr als du. Und anscheinend mehr als wir alle." Hinrichsen sah sich um und bemerkte, wie Seefeldt sich unbehaglich zurücklehnte, die Arme vor der Brust verschränkte und auf ihrer Unterlippe herumkaute.

„Martina? Du hast eine Idee?" Er kannte seine Leute nur zu gut und konnte jedes Mienenspiel genau einschätzen. Sie wusste anscheinend etwas, das ihr unangenehm war.

„Na ja", meinte sie ausweichend. „Es ... es gibt eine Theodor-Fontane-Gesellschaft in Berlin."

„Aha. Und wie soll uns das weiterhelfen?"

Sie knetete immer noch ihre Unterlippe, ehe sie langsam weitersprach. „Diese Gesellschaft hat in ganz Deutschland Sektionen", gab sie zögernd zu.

„Und?"

Seefeldt atmete einmal tief durch. „Eine davon ist in Glücksburg." Als sie erstaunte Blicke ihrer Kollegen auffing, ergänzte sie: „Ich weiß das, weil meine Mutter und meine Tante Mitglieder sind und zu den Veranstaltungen der Gesellschaft gehen."

Hinrichsens Augen verengten sich. „Wie viele Mitglieder hat die Sektion?"

„Weiß ich nicht."

„Ist auch egal. Wir werden es herausfinden. Karsten, du beschaffst eine Mitgliederliste, und dann geht ihr alle einmal durch."

Rickerts lehnte sich enerviert gegen die Stuhllehne. „Aber das kann doch nicht dein Ernst sein, Martin. Wir können nicht die Alibis von jedem in Flensburg und Umgebung, der Mitglied in diesem Verein ist oder dieses Theodor-Fontane-Buch im Regal stehen hat, überprüfen!"

Auch Martina Seefeldt war blass geworden, als sie daran denken musste, wie ihre Kollegen vor der Haustür ihrer Mutter stehen und sie sachdienlich befragen würden.

„Da wir zurzeit keine anderen Spuren außer dieses Zitat haben, werden wir die Mitglieder der Gesellschaft durchgehen müssen."

„Das ist doch absurd! Dann müssten wir auch alle Leser überprüfen, die in letzter Zeit das Buch in der Stadtbibliothek oder in einer der Büchereien im Umland ausgeliehen oder es bei den Buchhändlern gekauft haben", warf Rickerts ein, während die anderen, außer Seefeldt, immer wieder interessiert von einem zum anderen dieses kleinen Rededuells hin- und herschauten.

„Gute Idee. Das machen wir, wenn wir mit den anderen fertig sind. Der Oberbürgermeister war heute bei Kriminalrat Fischer und hat ihm die Hölle heiß gemacht. Wir sollen endlich Ergebnisse bringen oder von ihm aus auch uns von einer Wahrsagerin aus dem Kaffeesatz neue Hinweise erfragen, wenn wir nicht weiterkommen. Die Flensburger wollen endlich Ruhe und keinen Mörder in ihrer Stadt herumlaufen haben, der ihre Handballhelden umbringt."

Rickerts verdrehte die Augen, dann stützte er seine Ellenbogen auf den Tisch und knetete seine Finger. „Nichts für ungut, Martin. Und viele Grüße an unseren lieben Oberbürgermeister für seine tollen Vorschläge, aber dieses Scheißzitat kann der Mörder sich auch aus dem Internet gezogen haben. Bei *gutenberg.online* oder sonst wo aus irgendeiner Schüler-Hausarbeit- oder Referatsseite."

Hinrichsens Gesicht verhärtete sich. „Du kennst dich damit aus? Mit Literaturseiten? Theodor Fontane und so?"

Rickerts fühlte sich auf einmal genauso unwohl wie seine Kollegin Seefeldt. „Mein Neffe musste letztens ein Referat über Fontane schreiben, und da habe ich ihm ein wenig weitergeholfen, weil seine Eltern keine Zeit hatten. Im Internet bin ich dann auf die Seiten gestoßen. Willst du meinen Neffen vielleicht auch verdächtigen? Soll ich ihn nach seinem Alibi fragen?“, ätzte er mit sarkastischem Unterton.

„Wohl kaum“, gab der Leiter der Mordkommission scharf zurück. „Allerdings haben wir im Augenblick keine anderen Spuren als dieses Fontane-Zitat und diese merkwürdige Spitzkugel. Da müssen wir jedem Hinweis nachgehen, der sich uns bietet. Es wird nicht viele Menschen in Flensburg geben, die dieses Zitat überhaupt kennen. Vielleicht weiß einer aus der Fontane-Gesellschaft etwas über eine Person, die sich vor Kurzem über diesen Text oder über dieses Buch bei ihnen informiert hat. Also, macht euch auf die Socken. Ich will Ergebnisse sehen!“

„Und du?“, wagte Rickerts zu fragen, der sich über Hinrichsens Befehlston ärgerte, während die anderen damit kein Problem hatten.

„Ich habe heute Nachmittag einen Termin bei Staatsanwalt Müller. Außerdem muss ich mich noch für morgen auf die Gerichtsverhandlung des Brix-Falles aus dem vergangenen Jahr vorbereiten. Wir haben alle genug zu tun, also lasst uns loslegen.“ Er nahm sein Notizbuch, stand auf und gab damit das Zeichen, dass er diese Besprechung für beendet hielt.

Rickerts und die anderen erhoben sich von ihren Stühlen und gingen wortlos aus dem Büro. Sie wussten, dass es keinen Zweck hatte, ihrem Vorgesetzten die Befragung der Mitglieder des Fontane-Vereins ausreden zu wollen, und vielleicht hatte er ja auch recht. Es würde eine langwierige Routinearbeit werden, aber wenn sich daraus auch nur die kleinste Chance auf einen weiterführenden Hinweis ergäbe, wäre es die Mühe wert. Das wussten sie, und deswegen gingen sie ohne einen weiteren Widerspruch an ihre Arbeit.

Es verging über eine Woche, in der sie die Mitglieder des Vereins einzeln befragten. Die waren zwar zunächst verstört und irritiert, dass die Flensburger Kriminalpolizei es überhaupt in Erwägung zog, unter ihnen könne sich ein Mörder befinden, aber nach der ersten Empörung sahen sie die Notwendigkeit der Ermittlungen ein und waren äußerst hilfsbereit. Allerdings war niemandem etwas Ungewöhnliches aufgefallen. Zwar kannten sie alle selbstverständlich Fontanes *Unwiederbringlich* und dessen Bezug zu Holnis und Flensburg, aber es hatte sie in letzter Zeit niemand zu dieser speziellen Textstelle persönlich, telefonisch oder per Internet befragt oder sich in irgendeiner Form auffällig verhalten. Natürlich besuchten auch Interessierte, die nicht zum Verein gehörten, die Lesungen und Vorträge, jedoch waren das freie Veranstaltungen, zu denen man sich nicht anmelden musste, sodass sie den Kriminalbeamten keine Namen nennen konnten.

Dafür brachte Jochen Baumann seinem Chef eines Morgens eine beunruhigende Nachricht, als er in sein Büro trat. „Martin? Hast du einen Augenblick Zeit?"

Hinrichsen hörte ein angespanntes Vibrieren in der Stimme seines Kollegen und sah neugierig von seinem Schreibtisch auf. „Was ist? Hast du etwas herausgefunden?"

„Ja, leider, kann man da wohl nur sagen. Sieh mal." Er überreichte ihm ein Papier, das Hinrichsen sofort mit einem schnellen Blick überflog, nur um sich danach in seinem Stuhl zurückzulehnen und sich mit der Hand über seine müden Augen zu fahren. Die Nacht war für ihn und seine Leute wieder lang gewesen, aber immerhin hatte es anscheinend ein sichtbares Ergebnis gebracht.

„Noch ein Toter?", seufzte Hinrichsen. „In Hamburg?"

„Ja, ein Hafenarbeiter. Er wurde letztes Jahr am 22. Februar mit einer Neunmillimeter ermordet. Und neben ihm fand man auch eine Spitzkugel mit weißer Anhaftung, die der unseren sehr ähnlich ist." Er reichte seinem Chef ein Foto. „Außerdem wurde ihm der Ehering abgenommen."

Hinrichsen schloss für einen Moment die Augen, ehe er sie wieder öffnete und sich gerade hinsetzte. Er wollte etwas erwidern, als Katja Seefeldt an die offene Bürotür klopfte.

„Ich hoffe, ich stör nicht, aber ich hab da etwas gefunden, das euch interessieren wird." Sie kam herein und sah von einem zum anderen. „Es gibt noch einen Toten, bei dem man eine Spitzkugel neben der Leiche fand."

„Ja, wissen wir. Letztes Jahr in Hamburg“, sagte Baumann. „Hab ich Martin gerade erzählt.“

Seefeldt warf ihm einen irritierten Blick zu. „Es gibt einen Spitzkugeltoten in Hamburg?“, fragte sie mit leichtem Entsetzen.

Hinrichsen und Baumann stellten sich die Nackenhaare auf. „Wieso? Hast du einen anderen Toten?“

Sie überreichte ihrem Chef den Ausdruck einer E-Mail aus Österreich. „Ein Tischler aus Graz“, antwortete sie kurz angebunden. „Er hieß Wilhelm Meier und wurde vor zwei Jahren am 6. Februar mit einer Neunmillimeter-Kugel in seiner Werkstatt ermordet.“

„Raubmord?“

„Nein. Außer seinem Ehering wurde nichts gestohlen. Dafür hinterließ der Mörder eine Spitzkugel.“

Hinrichsen betrachtete nochmals genauer die Papiere und Fotos, die seine Kollegen ihm gebracht hatten.

„Wurden Fontane-Texte neben den Leichen gefunden?“, hakte er nach, doch seine Leute verneinten beide. Er atmete einmal tief durch. Es gab also doch noch eine Chance, dass es sich nicht um denselben Täter handelte.

„Allerdings ...“, gab Baumann zweifelnd zu, „die Zusammensetzung des Mörtels auf der Spitzkugel des Hafenarbeiters ... ist identisch mit der von Jesper Rasmussens Kugel.“

„Meiers Kugel in Graz ebenfalls“, sagte Seefeldt mit trockenem Hals.

Hinrichsen starrte einige Sekunden auf die Papiere, dann warf er sie auf seinen Schreibtisch. „Ihr wisst, was das bedeutet“, sagte er knirschend durch die Zähne.

Seine Kollegen nickten nur.

„Wir haben es mit einem Serienmörder zu tun. Und er mordet nicht nur in Deutschland.“ Für einige Sekunden lehnte Hinrichsen sich in seinem Bürostuhl zurück und schloss die Augen. Baumann und seine Kollegin schauten sich kurz an und verließen dann das Büro, da sie merkten, dass ihr Chef eine kurze Pause benötigte, und sie mussten zugeben, dass auch sie die neuen Informationen erst mal verarbeiten und den gesamten Fall neu aufbauen mussten.

Ihr Chef wurde jedoch bereits nach kurzer Zeit vom Klingeln des Telefons unterbrochen. Das Display zeigte Kriminalrat Fischers Namen, was sicher nichts Gutes zu bedeuten hatte. Seufzend nahm Hinrichsen den Hörer ab und meldete sich bei seinem Vorgesetzten.

Eine halbe Stunde später hatte er seine Leute zur 14-Uhr-Besprechung in sein Büro einberufen. Mit einer verärgerten Geste warf er sein Notizbuch auf den Tisch und setzte sich zu ihnen. „Kann irgendjemand von euch Dänisch?"

Alle hoben verwundert die Köpfe.

„Warum fragst du?", wollte Martina Seefeldt wissen, während Rickerts sich in seinen Stuhl zurücklehnte und die Arme vor der Brust verschränkte.

„Ich kann nur ‚Røde grøde med fløde' und ‚Jeg elsker dig'", verkündete er seelenruhig, und auch seine Kollegen zuckten alle hilflos mit den Schultern oder warfen den anderen fragende Blicke zu, da sie wie Rickerts nur die üblichen dänischen Sprüche und Floskeln beherrschten, die im deutsch-dänischen Grenzgebiet bekannt waren.

„Kann jemand von euch zumindest Dänisch lesen?", fragte Hinrichsen in die Runde, doch auch darauf folgte nur ein eisiges Schweigen. „Na toll. Dann werde ich wohl der Einzige sein, der sich mit unserem dänischen Kollegen verständigen kann. Fischer hat mich gerade darüber informiert, dass morgen ein Kripobeamter aus Kopenhagen zu unseren Teams stoßen wird."

Die vier Beamten schauten sich erstaunt an. Rickerts war der Erste, der aussprach, was alle anderen dachten. „Was hat das zu bedeuten? Warum bekommen wir einen dänischen Wachhund? Jesper Rasmussen wurde auf deutschem Gebiet ermordet. Das ist UNSER Fall. Die Dänen haben damit nichts zu tun!"

„Ich weiß", meinte Hinrichsen. „Ich war auch nicht gerade begeistert, als Fischer mir davon erzählte, aber es gibt leider eine politische Komponente."

„Welche wäre?", fragte Rickerts enerviert.

„Der Mord an unserem Handballer weist eventuell Zusammenhänge mit einem toten Bankdirektor in Kopenhagen auf. Er wurde vor einem Jahr in seinem Garten erschossen. Ihm fehlte der Ehering und man fand neben ihm eine Spitzkugel. Allerdings gibt es einen gravierenden Unterschied, der in meinen Augen auf zwei unterschiedliche Täter hinweisen könnte."

„Was uns allen sehr gelegen käme, da wir dann den Dänen schnell wieder los wären", beendete Rickerts respektlos den Satz, für den er von Hinrichsen einen tadelnden Blick bekam, obwohl er ihm eigentlich recht geben musste, da auch er gern auf den Dänen verzichtet hätte. Stattdessen blätterte er in seinem Notizbuch und warf einige Fotos auf den Tisch.

„Hier. Die haben die Kopenhagener uns vorab geschickt. Wie ihr seht, stimmt die Spitzkugel nicht mit unseren überein. Ich habe gerade mit der KTU in Kiel telefoniert, aber die konnten mir dazu noch keine Erklärung geben. Sie wollten beim BKA nachfragen, da es sich um historische Kugeln handelt. Die Kieler melden sich dann wieder bei mir. Was unseren dänischen Kollegen betrifft, kann es wohl nicht verkehrt sein, sich mit ihm auszutauschen. Vielleicht hat er ja Informationen für uns, die uns weiterhelfen könnten. Also, versucht nett zu ihm zu sein." Er sammelte die Fotos wieder zusammen, legte sie zwischen die Seiten seines Notizbuchs und schloss es mit einem lauten Schlag.

„Wir werden besonders nett zu ihm sein", meinte Rickerts mit einem schiefen Grinsen. „Ich denke, er wird nicht lange bleiben, wenn er merkt, dass es hier für ihn – hm – sagen wir mal – keine neuen Erkenntnisse gibt."

„Wir werden ihn aber nicht bei seiner Arbeit behindern, ist das klar?", befahl Hinrichsen sofort. „Wir werden mit den Dänen kooperieren."

„Sicher", stöhnte Rickerts, während er aufstand und zusammen mit den anderen das Büro seines Vorgesetzten verließ. „Wer würde schon an etwas anderes denken?"

Einen Tag später klopfte jemand nachmittags an Hinrichsens Bürotür. Nach einem missmutigen „Herein" wurde sie geöffnet, und ein Mann mit kurzen, blonden Haaren, silberfarbenem Anzug und einem schwarzen Samsonite-Reisetrolley trat in den Raum. Mit einer lässigen Geste schob er seine sportliche Sonnenbrille auf den Kopf.

„Hej, ich bin Erik Lundgaard aus Kopenhagen. Sie müssen Martin Hinrichsen sein. Jedenfalls hat mir Kriminalrat Fischer den Weg zu diesem Büro erklärt und gesagt, dass ich ihn hier finden würde."

Der deutsche Kommissar stand auf, kam seinem dänischen Kollegen entgegen und reichte ihm die Hand.

„Ja, das stimmt. Martin Hinrichsen. Schön Sie kennenzulernen", sagte er höflich, aber reserviert. Er deutete auf einen der blauen Wippstühle seiner Besprechungsrunde, während Lundgaard sich irritiert umschaute.

„Dies ist Ihr Büro?"

„Ja. Wieso? Stimmt etwas nicht?"

„Na ja, wo soll ich sitzen? Mir wurde gesagt, dass ich eng mit Ihnen zusammenarbeiten soll und deswegen ging ich davon aus ..."

„Keine Angst", unterbrach ihn Hinrichsen. „Wir stellen noch einen Schreibtisch dazu. Wir haben es bisher nur noch nicht geschafft, so schnell einen aufzutreiben."

Der Däne zog seine Brille vom Kopf, klappte sie zusammen und steckte sie sich in die Innentasche seines Anzugs. Dann setzte er sich auf einen der blauen Stühle und stellte seinen Trolley neben sich ab.

„Gut. Ich dachte schon ..."

„... dass wir Sie irgendwo in ein kleines Büro am Ende des Flurs setzen würden?"

Lundgaard hob seinen Kopf und starrte seinen deutschen Kollegen humorvoll mit seinen stahlgrauen Augen an. „Wäre das so abwegig gewesen? Glauben Sie mir, wenn Sie zu uns nach Kopenhagen gekommen wären, hätten wir es so gemacht, nur um Sie schnellstmöglich wieder loszuwerden."

Hinrichsen grinste. Der Däne wurde ihm allmählich sympathischer. Ein junger Mann Anfang dreißig, mit intelligenten, wachsamen Augen und dem etwas überbordenden Selbstbewusstsein eines Hauptstädters, der glaubte, dass ihm auf der ganzen Welt scheinbar alles gelänge, wenn man ihn nur machen ließe. „Ich muss gestehen, dass das mein erster Gedanke war, aber mein Vorgesetzter hat mich davon abgehalten."

„Gott sei Dank", gab Lundgaard schnell zurück und warf einen Blick durch den Raum. „Obwohl Sie hier ja auch nicht gerade ein großes Büro haben. Es wird mit zwei Schreibtischen ziemlich eng werden."

Hinrichsen musste ihm widerwillig recht geben. „Dies Gebäude war ursprünglich mal ein Hotel, das vor einigen Jahrzehnten zur Polizeistation umgebaut wurde. Es ist nicht neu, aber man gewöhnt sich dran."

„Sicher", gab der Däne zurück. „Dann hat Ihr Vorgesetzter mich also schon angekündigt?"

„Ja. Wir haben es nur noch nicht geschafft, einen Schreibtisch zu organisieren. Die, die wir haben, werden alle gebraucht. Aber wir werden sicher irgendwo einen auftreiben. Es ist sehr ungewöhnlich, dass Ihr Rechtshilfeersuchen so schnell von den Justizministerien und den Generalstaatsanwälten in Kiel und Kopenhagen genehmigt wurde. Normalerweise dauert das doch einige Wochen?"

„Einige Wochen, die wir vermutlich nicht haben, wenn wir den Täter erwischen wollen, bevor er weitermordet", gab Lundgaard hart zurück. „Außerdem hatte die Familie von Stieg Mortensen gute Kontakte zu den entsprechenden Personen, die – wie soll ich sagen? – meine Reise beschleunigten."

Hinrichsen setzte sich zu seinem dänischen Kollegen auf die Besucherstühle und betrachtete ihn nachdenklich für einen langen Augenblick, was den Dänen irritierte.

„Was ist? Gibt es irgendein Problem?"

Du bist das Problem, dachte Hinrichsen mit einem inneren Seufzen. „Ich wundere mich nur, dass Sie so gut Deutsch sprechen können", wich er aus.

Lundgaards Gesichtszüge zeigten ein entwaffnendes Lächeln. „Was hatten Sie denn erwartet? Dass man Ihnen einen Reichsdänen aus Kopenhagen auf den Hals schickt? Nein, ich komme ursprünglich aus Apenrade. Also direkt aus Ihrer Nachbarschaft sozusagen."

Hinrichsen atmete erleichtert auf, als er hörte, dass sein Gegenüber nur dreißig Kilometer nördlich der Grenze aufgewachsen war. „Ich befürchtete schon, mich mit meinem alten Schuldänisch zu blamieren oder die ganze Zeit Englisch reden zu müssen. Beides wäre eine Quälerei gewesen, glauben Sie mir. Aber Sie sprechen wirklich ausgezeichnet Deutsch. Wo haben Sie es gelernt?"

Lundgaard versenkte den Teleskopgriff des Trolleys mit einer leichten Handbewegung. „Meine Eltern schickten mich aufs Deutsche Gymnasium in Apenrade."

„Dann sind Sie also ein deutscher Nordschleswiger?"

„Nein, ich bin Däne", antwortete er kühl. „Südjütländer, wie mein Vater. Aber meine Mutter gehört der Deutschen Minderheit in Dänemark an. Sie meinte, dass es für mein späteres Leben sinnvoll wäre, wenn ich Deutsch könnte, und setzte sich gegen den Willen meines Vaters durch. Außerdem habe ich zwei Jahre in Berlin gelebt. Ich denke, mein Deutsch ist gut genug, um mich mit Ihnen und den anderen Kollegen zu verständigen."

„Sicher. Wo werden Sie übernachten?" Hinrichsen warf einen kurzen Blick auf den schwarzen Trolley.

„Ich weiß nicht?", antwortete der Däne ehrlich. „Vielleicht können Sie mir ein Hotel empfehlen?"

„Na ja", gab Hinrichsen zurück und betrachtete den edlen Anzug seines Gegenübers. „Es kommt darauf an, welche Ansprüche Sie stellen. Wenn's elegant sein soll, würde ich das *Strandhotel* in Glücksburg, den *Meierhof* in Meierwik oder den *Historischen Krug* in Oeversee empfehlen."

Doch Lundgaard lachte nur. „Ich weiß ja, dass wir Dänen den Ruf haben, das Leben zu genießen, wann wir nur können, aber mein Vorgesetzter sieht das eher anders, wenn es um Steuergelder geht. Ein ganz normales Hotel in der Nähe tut's auch."

Hinrichsen nickte. Er kannte das Kostenproblem durch Dienstreisen aus eigener Erfahrung. „Dann nehmen Sie doch das von nebenan", schlug er vor. „Es wird sicherlich genügen, und Sie hätten einen kurzen Weg zu uns ins Büro."

Lundgaard nickte. „Das hört sich gut an. Damit wird mein Vorgesetzter leben können."

„Wie lange, glauben Sie, werden Sie hierbleiben?"

„Ich werde versuchen, Ihnen nicht allzu lang auf die Nerven zu gehen. Ehrlich gesagt, erwarten meine Kollegen in Kopenhagen, dass ich schnellstmöglich mit guten Informationen nach Hause komme, um den Mörder von Stieg Mortensen zu verhaften."

„Mir wurde gesagt, dass Mortensen eine große Nummer bei Ihnen gewesen ist?"

„Na ja, nicht direkt, aber er hatte gute Kontakte zu dem, was Sie ‚eine große Nummer' nennen würden. Sie reichten bis in das Folketing. Und seine Witwe steckt uns immer noch im Nacken. Doch konnten wir leider bisher nichts herausfinden, das uns zum Täter führte. Der Mörder hat keine brauchbaren Spuren hinterlassen. Wir hatten den Fall dann trotz der politischen Brisanz vor zwei Monaten zu den Akten gelegt, bis wir jetzt auf den Flensburger Mord aufmerksam wurden."

„Es sind unterschiedliche Spitzkugeln", gab Hinrichsen zu bedenken, der von Fischer einen Kurzbericht über die dänischen Ermittlungen erhalten und gelesen hatte.

„Das wissen wir. Trotzdem meinte mein Chef, dass es eventuell helfen könnte, wenn wir unsere gegenseitigen Ermittlungen miteinander vergleichen. Vielleicht kann ich ja etwas bei Ihnen erkennen, das Sie übersehen haben …"

Hinrichsen wollte gerade protestieren, dass er und seine Leute etwas übersehen haben könnten, doch beendete Lundgaard schnell seinen Satz.

„… oder Sie finden etwas bei mir, das mir bisher unklar war. Können Sie Dänisch lesen?"

„Ich denke schon. Aber selber schreiben kann ich es wohl nicht mehr."

„Das müssen Sie auch nicht. Allerdings wäre es hilfreich, wenn Sie einige meiner Berichte lesen könnten. Wenn ich immer übersetzen müsste, wäre es sehr umständlich."

„Das wird gehen", warf Hinrichsen ein. „Ich bin zwar etwas aus der Übung, aber normalerweise verstehe ich dänische und englische Texte."

„Auf gute Zusammenarbeit“, sagte Lundgaard und hielt seinem deutschen Kollegen nochmals die Hand hin.

Hinrichsen schüttelte sie widerstrebend.

„Auf dass wir gemeinsam den Mörder finden“, fügte der Däne noch hinzu, während der Deutsche etwas Unverständliches murmelte. Er schaute auf seine Uhr. „Wir haben gleich um 14 Uhr unsere Dienstbesprechung. Dann stelle ich Sie meinen Teams vor.“

„Ja, gern. Wie sind hier die Dienstzeiten?“

„Twentyfourseven.“

„Natürlich“, schmunzelte der Däne, dem die internationale Polizei-Formel, vierundzwanzig Stunden an sieben Tagen, bekannt war.

„Ansonsten fangen wir morgens normalerweise um 7.30 Uhr an und arbeiten abends so lange, wie es die Fälle benötigen. Manchmal eben auch einige Nächte und Wochenenden durch, wenn wir gerade an einer heißen Spur dran sind.“

„Also wie bei uns“, sagte der Däne trotz des abweisenden Empfangs fröhlich und lehnte sich in seinen Stuhl zurück. „Dann bin ich ja mal auf meine deutschen Kollegen gespannt.“

Die Mitglieder der Flensburger Mordkommission begrüßten Erik Lundgaard verhalten, aber nicht unfreundlich, wie der Däne zufrieden feststellte. Er wurde auch gleich in die Besprechung mit eingebunden und saß neben Hinrichsen. Der deutete auf die Magnettafeln an der Wand, auf denen die Daten der bisherigen Morde und die Beschreibung des Täters standen. Außerdem hingen einige Fotos der Opfer, der Tatorte und der aufgefundenen Spitzkugeln an den Tafeln.

„Los, Leute, ich will wissen, was ihr denkt. Mit wem haben wir es zu tun?“, fragte er fordernd.

Alle betrachteten die Notizen an der Wand, dann begann Martina Seefeldt mit einer Vermutung.

„Statistisch gesehen haben wir es nicht mit einer weiblichen Serienmörderin zu tun. Auch die Sicherheitsleute der Campushalle sind sich einig, dass es wahrscheinlich ein Mann gewesen ist, der auf Rasmussen geschossen hat. Die Statur und die Stimme waren eher männlich."

„Der Täter hat keine Angst davor, von Passanten beobachtet zu werden", erklärte Dirk Jensen.

„Ja, das ist das, was mir am meisten zu schaffen macht", gestand Hinrichsen mit rauer Stimme. „Er tötet nicht aus dem Hinterhalt."

„Nein, es sieht eigentlich eher nach Exekutionen aus. Er hat nie mehr als zwei Kugeln gebraucht, um seine Opfer zu töten."

„Ein professioneller Killer?", warf Lundgaard in den Raum, doch seine deutschen Kollegen schüttelten die Köpfe.

„Ich denke, eher nicht", meinte Jochen Baumann und lehnte sich in seinen Stuhl zurück. „Ein Professioneller hätte nicht eine solche Harakiri-Aktion an der Campushalle riskiert."

„Die Kopenhagener Kugel ist außerdem nicht mit den deutschen identisch", gab Rickerts zu bedenken.

„Die Kugel selbst nicht", erklärte Lundgaard, der einen zweifelnden Unterton in Rickerts Stimme herauszuhören glaubte, „aber kleine Staubpartikel, die an allen Kugeln gefunden wurden."

Rickerts machte eine abwertende Handbewegung, sagte aber nichts weiter.

„Mit den Spitzkugeln und den Fontane-Texten gibt der Täter uns Hinweise."

„Aber warum?"

„Weil er unsere Hilflosigkeit genießt. Und weil er sich beweisen will, dass er klüger ist als wir", meinte Baumann.

„Oder er will von uns gefunden und aufgehalten werden", gab Seefeldt zu bedenken.

„Ach, das ist doch Blödsinn", fuhr Rickerts sie an.

„Nein, finde ich gar nicht", nahm Jensen sie in Schutz. „Der Mord hier in Flensburg war für ihn hochgradig gefährlich. Er wurde sogar von der Kugel eines Sicherheitsmannes getroffen. Es war verdammt knapp, dass er nicht geschnappt oder selbst getötet wurde."

„Warum ist er dann nicht einfach stehen geblieben, wenn er aufgehalten werden wollte?", ätzte Rickerts zurück.

„Vielleicht ist er geflohen, weil er mit seiner Arbeit noch nicht fertig ist", meinte Martina Seefeldt. „Hat er Ihnen nach dem Mord an Mortensen auch ein Fontane-Zitat hinterlassen?"

„Nein."

„Das hat erst in Flensburg angefangen", erklärte Hinrichsen. „Vielleicht täuschen wir uns und es sind doch unterschiedliche Täter."

„Die gleichzeitig auf die Idee kommen, alte Spitzkugeln zu verteilen, deren Staub zufällig identisch ist, und die die Eheringe der Toten stehlen, wenn sie dazu Zeit haben? Das glauben Sie doch selbst nicht", warf Lundgaard voller Überzeugung in die Runde.

Hinrichsen nickte zerknirscht. „Ja, alles in allem sieht es leider nicht nach einem Einzelfall aus. Wir haben einen Serienkiller in Flensburg. Das heißt, falls er nicht schon wieder weitergewandert ist und in einer anderen Stadt oder in einem anderen Land mordet."

Alle schwiegen nachdenklich mit gesenkten Köpfen, als Jensen aufsah und seinem Chef eine Frage stellte.

„Wie sieht es bei Krüger aus? Ich dachte, er und seine Leute konnten Täterspuren sicherstellen?"

„Ja, wir haben die Fingerabdrücke und DNA", sagte Hinrichsen mit ausdruckslosem Gesicht. „Aber wir haben keinen Treffer in der Datenbank. Es hilft uns also nicht weiter, solange wir keine Vergleichswerte haben."

„Und wie sieht es in Dänemark aus?"

„Das gleiche Ergebnis", antwortete Lundgaard leicht resigniert. „Es gibt Spuren, jedoch keine vorhandenen Daten, die uns zum Täter führen könnten."

Eine Bilanz, die sich drei Tage später erweitern sollte.

5

Es war ein schöner Sommerabend, als ein schlanker Mann in braunem Jackett den Laden eines Juweliers am Holm betrat. Andreas Groth begrüßte den späten Kunden und versuchte ihn mit einem schnellen Blick einzuschätzen, wie er es immer tat, wenn jemand seinen Laden betrat. Er hatte den Schmuckladen vor vierzig Jahren von seinem Vater übernommen und führte damit eine alte Tradition der Groths in Flensburg fort, die von seinem Urgroßvater etabliert worden war. Jeder Flensburger kannte den kleinen Laden, in dem für jede Uhr, und sei sie noch so alt, eine neue Feder oder Batterie bereitlag und vom Inhaber persönlich in liebevoller Kleinarbeit eingefügt wurde. Jeder wusste, wenn er zu Groth ging, dass er Präzisionsarbeit bekam und einen Preis zahlte, der jedem Stundenlohn spottete. Doch Andreas Groth tat seine Arbeit gern und er freute sich immer, wenn er einen Kunden glücklich machen konnte, weil er einem alten Erbstück wieder neues Leben einhauchte.

Und so fragte er sich, als er seinen Kunden sah, was der wohl in seinem Laden zu finden hoffte. Suchte er eine neue sportliche Uhr für sich? Oder eine goldene Kette oder ein Armband für seine Frau? Oder etwas für seine Freundin? Groth warf dem Mann im braunen Jackett einen zweifelnden Blick zu. Der Mann verhielt sich irgendwie merkwürdig. Seine Kunden schauten sich normalerweise immer sofort die breiten Vitrinen an, die im Raum verteilt standen und den größten Teil seiner Auswahl zeigten. Eine Schwachstelle, wie er zugeben musste, die seine Versicherung auch schon angemahnt hatte, da der Schutz der wertvollen Schmuckstücke auf niedrigstem Niveau war. Aber er hatte diese Vitrinen von seinem Vater geerbt. Sie standen bereits seit hundertvierzig Jahren in diesem Laden, und noch nie hatte es einen Überfall gegeben. So ging Andreas Groth völlig ahnungslos zu seinem Kunden, der mit desinteressiertem Blick eine silberne Taschenuhr betrachtete.

„Kann ich Ihnen vielleicht helfen? Suchen Sie etwas Bestimmtes?“, fragte Groth freundlich, doch als der Mann sich zu ihm umdrehte, schaute er in ein blasses, grimmiges Gesicht.

„Ja, Sie können mir tatsächlich helfen", fauchte der Mann eiskalt, zog eine Luger und schoss dreimal aus kurzer Entfernung auf den Juwelier. Die Schüsse trafen Groth direkt in die Brust. Er war tot, bevor sein Körper den Boden berührte.

Sein Mörder sah hasserfüllt auf ihn herab. Er nahm ihm seinen Ehering ab, warf ihm eine Spitzkugel auf die Brust, steckte die Luger wieder in den Hosenbund und stürmte aus der Eingangstür, wo er gegen ein junges Pärchen prallte, das gerade den kleinen Laden betreten wollte. Die Frau verlor ihr Gleichgewicht, aber ihr Freund konnte sie gerade noch auffangen. „Hey, Sie Idiot! Können Sie nicht aufpassen?", rief er ihm wütend hinterher, doch im Nachhinein war er froh, dass der Mann ihn und seine Freundin nicht weiter beachtete und in der Menschenmenge der Ladenstraße verschwand.

„Was für ein Blödmann", fluchte er, doch als er und seine Freundin in den Laden eintraten, wich seine Wut dem Entsetzen.

Eine Viertelstunde später klingelte Martin Hinrichsens Handy. Es war Jochen Baumann. „Entschuldige, Martin, aber wir haben einen Toten. Andreas Groth."

Der Name sagte ihm etwas, aber es dauerte einige Sekunden, bis er ihn richtig zuordnen konnte. „Der Juwelier auf dem Holm?"

„Korrekt."

„Mord? Raubmord? Selbstmord? Wie sieht deine Einschätzung aus?"

„Mord."

„Wann?"

„Vor etwa zwanzig Minuten. Die Spurensicherung ist schon unterwegs."

Hinrichsen schaute auf seine Uhr. Es war kurz vor 18 Uhr. Er war gerade erst seit einer Stunde zu Hause. „Heißt das etwa, dass er am helllichten Tag in seinem Geschäft getötet wurde?", fragte er rau, da er sich an einen früheren Mord in der Großen Straße erinnerte, der damals ganz Flensburg erschütterte. Immerhin hatten sie den Mörder gefunden und hinter Gitter gebracht, sodass es sich bei den jetzigen Fällen um jemand anderen handeln musste. „Gut, ich komme sofort. Sag den anderen Bescheid.“

Er beendete das Gespräch und steckte das Handy in seine Hemdtasche zurück. Dann griff er nach seinen Autoschlüsseln und wollte gerade aus der Haustür gehen, als sie aufschwang und Lisa vor ihm stand.

„Hallo Schatz. Tut mir leid, dass es heute etwas länger geworden ist, aber ich war noch im Stadtarchiv“, flötete sie und gab ihrem Mann einen leichten Kuss auf die linke Wange, doch plötzlich erstarrte sie, als sie seinen ernsten Gesichtsausdruck bemerkte. „Du hast einen Toten?“

„Ja, leider. Andreas Groth ist anscheinend ermordet worden.“ Er schob sie sanft zur Seite, nahm seine Jacke vom Garderobenhaken und legte sie sich über den linken Arm.

Seine Frau fasste sich entsetzt an die Stirn. „Oh mein Gott! Letzte Woche habe ich von ihm das Karabinerschloss von Großmutters goldener Kette austauschen lassen. Und jetzt ist er tot?“

„Es sieht so aus. Ich weiß noch nichts Genaues.“ Er küsste sie auf die Stirn und blieb kurz in der offenen Tür stehen. „Warte nicht mit dem Abendessen auf mich. Ich weiß nicht, wie lange es dauern wird.“

Lisa nickte mechanisch, während Gedanken an das letzte Zusammentreffen mit dem Juwelier durch ihr Gehirn spukten. Er war immer so freundlich gewesen. Wer hätte wohl einen Grund gehabt, diesen Mann zu töten? Außer vielleicht jemand, der sein Geld aus der Kasse und einige Schmuckstücke aus den Vitrinen rauben wollte? Aber dafür einen Menschen umbringen?

Eine Viertelstunde später hatte ihr Mann genau die gleichen Gedanken, als er neben Jochen Baumann, Karsten Rickerts und Erik Lundgaard im Laden des Juweliers stand und den Toten vor seiner Verkaufstheke betrachtete. Mit undurchdringlicher Miene sah er auf den Mann herab, den er seit über dreißig Jahren kannte. Er tastete nach seinem goldenen Ehering, den Lisa und er in diesem Laden vor fünf Jahren ausgesucht hatten, und drehte ihn gedankenverloren an seinem Finger. „Fehlt etwas aus der Kasse? Oder aus den Vitrinen?“

Baumann schüttelte langsam den Kopf. „Auf den ersten Blick sieht es nicht danach aus. Die Glaskästen sind alle intakt. Und die Kasse wurde auch nicht geplündert. Groth hatte sogar noch sein Portemonnaie in der linken Hosentasche." Er hielt ein schwarzes Herrenportemonnaie in die Höhe, das sich in einer durchsichtigen Plastiktüte befand.

„Vielleicht wurde der Mörder gestört, ehe er loslegen und die Schmuckvitrinen ausrauben konnte", schlug Rickerts vor.

„Unwahrscheinlich", meinte Baumann lakonisch und hielt ihm eine Plastiktüte mit einer Spitzkugel entgegen. „Seht mal hier. Außerdem fehlt sein Ehering. Einen Fontane-Text haben wir bis jetzt allerdings noch nicht gefunden."

Hinrichsen entfuhr ein lauter Fluch.

Der Serienmörder war also immer noch aktiv. Und er war immer noch hier in Flensburg.

Am nächsten Morgen stand Lundgaard gerade allein am Drucker, als Hinrichsen ins Büro kam. Der Däne nahm eine frisch gedruckte Seite aus dem Gerät und drehte sich zu seinem deutschen Kollegen um. „Ich hab hier etwas für Sie."

Hinrichsen nahm das Blatt entgegen und las den dänischen Bericht durch, in dem einige Fakten über die Spitzkugeln standen.

„Das ist für mich nichts Neues", stellte er fest. „Mein Kollege aus Kiel hat mich gerade eben angerufen und mir bereits erklärt, dass es sich bei der Kopenhagener Spitzkugel um eine Minié-Kugel handelt, wie man sie im 19. Jahrhundert für die dänische Tapriffel benutzt hat. Aber unsere beiden Flensburger Spitzkugeln sind keine Miniés. Sie hatten ein anderes Kaliber und gehören eher zu einem preußischen Hinterlader als zu einem dänischen Vorderlader."

Lundgaard grinste eisig, da Hinrichsen sich durch sein Schreiben anscheinend belehrt fühlte. „Sie haben gute Leute in Kiel."

„Nicht nur in Kiel." Der Blick des deutschen Kommissars eilte weiter über das Papier. „Was mich allerdings irritiert: Wenn es sich wirklich um denselben Mörder handeln sollte, warum benutzt er unterschiedliche Spitzkugeln? Auch bei den Fällen, bei denen es sich um zwei dänische Bürger handelt? Bei Stieg Mortensen hat er eine Minié hinterlassen. Für Jesper Rasmussen nicht. Wo ist da die Logik?"

„Das ist mir auch schon aufgefallen und hat mir zu denken gegeben. Vielleicht waren ihm die Miniés hier in Flensburg ausgegangen? Nein, im Ernst, ich weiß selbst nicht, warum er das gemacht hat. Man weiß bei diesen Menschen ja nie, welche Logik hinter ihrer kranken Denke steckt. Übrigens handelt es sich zweifelsfrei um denselben Mörder. Sämtliche Projektile der Mordopfer stammen laut Bericht unserer Ballistiker aus derselben Waffe. Kaliber 9 x 19 mm Parabellum. Ich habe bereits prüfen lassen, ob unsere Ergebnisse mit Ihren übereinstimmen. Sie tun es."

Es gefiel Hinrichsen nicht, dass sein dänischer Kollege, ohne ihn zu fragen, bereits Ergebnisse in Kiel eingeholt hatte, um sie mit seinen in Dänemark zu vergleichen, aber wenn er dem Bericht in seinen Händen glauben sollte, waren sie jemandem auf der Spur, der bereits fünf Morde verübt hatte, und da war jeder schnelle Hinweis wichtig.

„Welche Kugel hat der Mörder eigentlich in Graz hinterlassen? Eine dänische Minié oder eine deutsche Spitzkugel?"

„Wie hier in Flensburg eine abgefeuerte, preußische Spitzkugel."

Hinrichsen fuhr sich durchs kurze braune Haar. „Was hat das alles nur zu bedeuten? Ein dänischer Bankdirektor in Kopenhagen, ein dänischer Handballspieler und ein deutscher Geschäftsmann in Flensburg, ein deutscher Hafenarbeiter in Hamburg und ein österreichischer Tischler in Graz? Das ergibt doch alles keinen Sinn!"

Lundgaard lehnte sich gegen seinen Schreibtisch und verschränkte die Arme vor der Brust. „Muss es im Prinzip auch nicht. Vielleicht tötet er willkürlich. Andererseits …

„Ja?"

„Na ja, dänische, deutsche und österreichische Tote. Woran erinnert Sie das?"

Hinrichsen verzog das Gesicht. Er wusste, worauf der Däne anspielte. „1864?"

Lundgaard neigte den Kopf. „Es könnte etwas damit zu tun haben. Allerdings weiß ich nicht, wie uns dieser Gedanke weiterhelfen soll. Wenn es tatsächlich etwas mit dem Deutsch-Dänischen Krieg von 1864 zu tun hätte, würde ich es ja verstehen, wenn der Mörder Dänen *oder* Deutsche töten würde. Aber Dänen *und* Deutsche, das begreife ich nicht. Wenn der Mörder ein Däne wäre, der sich an den Preußen rächen wollte und hier in Flensburg und in Österreich töten würde, nun ja, aber warum dann die beiden dänischen Toten? Und wenn es ein Deutscher wäre, der aus irgendeinem pathologischen Grund Dänen töten wollte, warum würde er einen Deutschen in Flensburg und Hamburg töten? Und einen Österreicher?"

Hinrichsen nickte nachdenklich. „Vielleicht hat er den Tischler getötet, um eine falsche Fährte zu legen."

„Möglich, aber das wäre ein großes Risiko. Warum sollte er sich ausgerechnet Österreich für eine falsche Fährte aussuchen? Warum nicht die Niederlande, Frankreich oder Tschechien? Oder in Dänemark und Deutschland bleiben?"

Hinrichsen musste ihm recht geben. „Der Mord in Graz ist wirklich merkwürdig. Vielleicht sollten wir uns mal mit einem Historiker unterhalten." Er setzte sich hinter seinen Schreibtisch und suchte die Internetseite des Flensburger Rathauses auf. „Ich ruf gleich im Stadtarchiv an. Vielleicht können die uns weiterhelfen."

Lundgaard stellte sich hinter ihn und betrachtete über Hinrichsens Schulter hinweg die Internet-Homepage von Flensburg, die sich auf dem Bildschirm zeigte. „Ich habe unsere Leute in Kopenhagen auch schon drauf angesetzt. Mal sehen, wer von uns beiden schneller ist."

Hinrichsen gefiel dieser Wettkampfgedanke nicht. „Es geht nicht um Schnelligkeit, sondern um die Qualität der Aussagen. Wenn Sie die Infos auch in Kopenhagen hätten bekommen können, wären Sie nicht nach Flensburg gereist."

„Das stimmt", gab Lundgaard zu. „Ich hoffe, dass die Zusammenarbeit uns schneller ans Ziel bringt. Auf jeden Fall habe ich die Order bekommen, erst nach Kopenhagen zurückzukommen, wenn wir den Mörder gefasst haben. Sie sehen also: Je schneller wir den Kerl finden, desto schneller sind Sie mich wieder los."

„Gut zu wissen", gab Hinrichsen mit einem leichten Grinsen zurück und griff nach dem Telefonhörer, um die Nummer des Flensburger Stadtarchivs zu wählen.

6

Der Leiter des Archivs lud ihn sofort zu sich ins Untergeschoss des Flensburger Rathauses ein, was Hinrichsen gern annahm und wo er zusammen mit Lundgaard eine halbe Stunde später erschien. Herr Ewers, ein ehrenamtlicher Mitarbeiter der Flensburger Stadtgeschichte, nahm sie in Empfang und wollte sie durch die Räume zu Dr. Vollmer führen, als Hinrichsen verblüfft stehen blieb und die Frau betrachtete, die zusammen mit zwei Männern an einem länglichen Tisch saß und neben sich mehrere alte Akten- und Bücherstapel liegen hatte. Verwundert sah sie auf, als sie die drei Männer den Raum betreten sah. So viel Unruhe und Besuch war sie im Stadtarchiv nicht gewohnt. Schon gar nicht diese Art von Besuch.

„Martin?", fragte sie verblüfft. „Was machst du denn hier?"

Auch die beiden anderen Männer, ein Däne und ein Deutscher, blickten die drei Besucher verwirrt an und ließen ihre Forschungsarbeit für einen Moment ruhen.

„Lisa! Ich wusste gar nicht, dass du heute hier sein würdest", sagte Hinrichsen und ging um den Tisch, um seiner Frau einen schnellen Kuss auf den Hinterkopf zu drücken. „Darf ich dir Erik Lundgaard, meinen Kollegen der Kopenhagener Kripo, vorstellen?" Ohne sich darüber bewusst zu sein, dass er mit seiner Anwesenheit die Ruhe der anderen störte, zeigte er auf seinen Begleiter, der sich ebenfalls neben sie stellte und ihr die Hand reichte.

„Ich freue mich, Sie kennenzulernen, Lisa, auch wenn es wohl in diesem Augenblick etwas überraschend kommt."

„Das kann man wohl sagen", meinte sie überrumpelt und schüttelte ihm die Hand, während sie ihrem Mann einen zweifelnden Blick zuwarf. „Weshalb seid ihr hier?"

„Arbeit natürlich. Und du? Hast du neue Hinrichsens gefunden, die sich vermutlich zu Recht in den alten Büchern und Akten versteckt halten und zu meiner Verwandtschaft gehören?" Er neigte sich zu seinem Kollegen. „Sie arbeitet an meiner Ahnengalerie. Ich hoffe nur, dass sie nie einen Mörder findet", flüsterte er, was bei Lundgaard ein verständnisvolles Schmunzeln hervorrief.

„Keine Angst", gab Lisa zurück, die sein Flüstern trotzdem verstanden hatte. „Deine Vorfahren waren bisher immer redliche Leute. Bis heute habe ich kein einziges schwarzes Schaf gefunden. Aber was nicht ist, kann ja noch werden", drohte sie mit einem spitzbübischen Lächeln und setzte sich wieder ordnungsgemäß an ihren Platz, griff nach einem alten Kirchenbuch und tat so, als wenn sie etwas Wichtiges darin suchen würde.

„Gut, dann will ich Sie alle nicht länger stören", sagte der Kommissar und nickte den Männern an der anderen Seite des Tisches entschuldigend zu, was Ewers als Aufforderung ansah, sie weiter zu Dr. Vollmer zu führen. Sie fanden ihn schließlich in seinem Büro am Ende des Ganges, doch zu Spitzkugeln konnte er ihnen nichts sagen. Stattdessen nannte er ihnen einen Antikhändler auf dem Holm, den er als Mitglied der Flensburger Stadtgeschichte kannte und der ihnen eventuell auch mit Informationen über Waffen aushelfen konnte.

Hinrichsen bedankte sich, und wenige Minuten später marschierten er und Lundgaard bereits die Friesische Straße zum Südermarkt herunter. Da sie bis zur nächsten Dienstbesprechung noch Zeit hatten, nahmen sie sich vor, dem Antiquar sofort einen Besuch abzustatten.

„Wird sicherlich ein interessantes Gespräch", glaubte Hinrichsen, und Lundgaard nickte zustimmend.

„Ja, das denke ich auch."

Nach wenigen Minuten erreichten sie das Haus mit der weißen Fassade auf dem Holm. Oberhalb der Eingangstür hing ein ovales Schild „Antiquitäten" und der Hinweis auf den Inhaber Klaus Rigalski, den Hinrichsen und Lundgaard hinter einer alten Holztheke stehen sahen, als sie in den Laden eintraten. Zumindest vermuteten sie, dass er es sei, da er der einzige Mann im Raum war und er in seinen Händen gerade einen silbernen Kerzenständer polierte. Er hob sofort den Kopf, als er die alte Glocke hörte, die oben am Holzrahmen befestigt war und beim Öffnen der Tür ein kurzes Läuten von sich gab. Rigalski legte das Poliertuch und den silbernen Kerzenständer beiseite und schob im Vorübergehen ein Käte-Lassen-Bild an der Wand gerade, als er die Theke umrundete.

„Womit kann ich Ihnen helfen, meine Herren? Suchen Sie etwas Bestimmtes?" Er ging auf sie zu und deutete auf seine Auslagen und Schmuckvitrinen, in denen ihnen Jugendstil-Broschen, Altgold und Taschenuhren entgegenglänzten. Eine Seite des kleinen Ladens war komplett mit Wandregalen zugestellt, deren Holz sich unter der schweren Last alter Bücher bog, während auf der gegenüberliegenden Seite zartes Porzellan aus Meissen und Kopenhagen in mehreren Glasvitrinen gegeneinander konkurrierte.

Der Antikhändler beobachtete, wie seine Kunden sich umsahen und neben einer flachen Vitrine stehen blieben.

„Ah, ich merke schon, Sie interessieren sich für meine *Robbe & Berking*-Silberbestecke von 1929", erklärte er und stellte sich neben die beiden Männer. „Modell *Art Deco*, ein wirklich vorzügliches, zeitloses Dekor. Sie haben einen hervorragenden Geschmack, meine Herren." Doch dann bemerkte er die gelangweilten Blicke seiner Kunden und zeigte schnell auf eine der hohen Glasvitrinen. „Oder wie wäre es mit einem *Flora-Danica*-Exemplar aus dem Hause *Royal Copenhagen*? Das wäre sicherlich etwas, worüber Ihre Gattinnen sich freuen würden."

Hinrichsen warf dem wertvollen Porzellan einen zweifelnden Blick zu und zeigte seinen Dienstausweis. „Nein, eigentlich interessieren wir uns eher für Luger-Pistolen."

Der Antikhändler zuckte zusammen und versuchte, seine Gäste neu einzuschätzen. Diese Männer interessierten sich für Waffen? „Wie kommen Sie darauf, dass ich so etwas in meinem Hause hätte?"

„Weil es uns gesagt wurde. Mordkommission. Kommissar Hinrichsen. Das ist mein Kollege Lundgaard aus Kopenhagen."

„Kopenhagen?", echote Rigalski, während in seinem Schädel das Wort „Mordkommission" widerhallte. „Warum kommen Sie wegen einer Luger zu mir? In ausländischen Antikläden, vor allem drüben in den USA, gibt es sicherlich mehr Luger-Pistolen als in allen deutschen Museen zusammen."

„Das mag sein, aber im Augenblick interessieren wir uns hauptsächlich für diese Art von Pistole, die sich hier in der Region befindet. Sie haben nicht zufällig eine im Haus?"

Auf der Stirn des Antikhändlers bildeten sich Schweißperlen. Er blinzelte dreimal und überlegte, wie er sich verhalten sollte. Wäre es nicht besser, einen Rechtsanwalt anzurufen? Oder würde er sich dadurch erst recht verdächtig machen? Nervös fuhr er sich mit der Zunge über die trockenen Lippen. „Haben Sie einen Hausdurchsuchungsbeschluss?"

Hinrichsen schüttelte den Kopf. „Nein. Sonst wären wir mit mehreren Kollegen bei Ihnen aufgetaucht. Wir haben eigentlich nur einige kurze Fragen an Sie."

Rigalski atmete erleichtert auf. „Gut, dann schließ ich den Laden ab und wir gehen zu mir nach oben in die Wohnung. Da ist es gemütlicher." Er ging zur Eingangstür, nahm einen Schlüsselbund aus der rechten Hosentasche und verschloss sie. Außerdem drehte er ein altes Schild im Türfenster um, das den Passanten auf der Ladenstraße ein „geschlossen" anzeigte.

Danach führte er die beiden Kommissare in seine Wohnung im ersten Stock, wo die beiden Beamten einen ersten Blick auf diverse Offiziersdegen und Artilleriesäbel in alten Regenschirmständern warfen, während an den Wänden „Hirschfänger" und Pioniersäbel aus dem 19. Jahrhundert hingen. Dort stand ein Bücherregal mit Ausgaben von Lornsen, Olshausen, Waitz, Fock, Samwer, Stein, Schleiden, Hartung und vielen anderen. An der

Wand daneben hingen ein Original der Proklamation der Schleswig-Holsteinischen Erhebung vom 24.3.1848 und ein Porträt von Wrangel, dem Oberbefehlshaber der preußisch-österreichischen Truppen des Deutsch-Dänischen Krieges.

Rigalski deutete auf zwei Sessel, in die sich die beiden Kommissare setzten. „Ich mache uns schnell Kaffee", sagte er und verschwand in der Küche, um den Beamten für einige Minuten zu entfliehen und seine Gedanken neu zu sortieren. Doch dauerte es nicht lange, dann erschien er wieder mit einem kleinen Porzellantablett. Er stellte es vor seinen Gästen auf einen alten Eichentisch ab, reichte ihnen jeweils eine Tasse mit Unterteller und goss ihnen den Kaffee ein. „Möchte einer von Ihnen Sahne und Zucker?"

„Nein danke", antwortete Hinrichsen und griff nach der Tasse. Auch Lundgaard trank seinen Kaffee schwarz.

„Gut", meinte der Antikhändler zufrieden, da er sich inzwischen wieder gesammelt hatte und sich in der Lage fand, den Beamten auf die meisten ihrer Fragen antworten zu können bzw. antworten zu wollen. „Wie kann ich Ihnen weiterhelfen?"

Hinrichsen nahm einen Schluck Kaffee und stellte die Tasse mit dem Unterteller auf den Eichentisch zurück, während er dem Händler einen einschätzenden Blick zuwarf. „Was wissen Sie über Spitzkugeln?" Er griff in seine Jackentasche und zog einige Fotos heraus, die er dem Antikhändler entgegenhielt. Rigalski griff mit einem Stirnrunzeln nach den Bildern und betrachtete sie lange, ehe er etwas sagte.

„Das sind sehr unterschiedliche Spitzkugeln. Die einen haben vermutlich das Kaliber 15,9 mm für die Suhler oder Lütticher Büchsen." Er steckte drei Bilder hinter die anderen und warf einen interessierten Blick auf die Fotos. „Diese hier ist eine Minié-Kugel, vielleicht von der dänischen Tapriffel. Warum fragen Sie mich das? Was ist mit diesen Kugeln?"

Hinrichsen stellte Lundgaard eine lautlose Frage, der dieser mit einem leichten Nicken zustimmte.

Der deutsche Kommissar begann mit einer kurzen Einführung. „Ich möchte Sie bitten, diese Information nicht weiterzugeben, da wir sie noch nicht der Öffentlichkeit mitgeteilt haben, aber diese Kugeln wurden bei einigen Mordopfern in Dänemark und auch hier in Flensburg, Hamburg und in Graz gefunden. Wissen Sie vielleicht, woher man solche Kugeln bekommt?"

Der Antikhändler sah ihn beleidigt an. „Soll das ein Witz sein? Solche Kugeln kann man im Internet ersteigern. Sie werden ab und zu angeboten. Von Sammlern, die mit Metalldetektoren die alten Felder ablaufen, oder auch von Bauern, die beim Pflügen und Steinesammeln solche Stücke finden. Manchmal kommen sogar die alten Kanonenkugeln wieder zutage. Sie können sie von jedem Schlachtfeld bekommen: Oeversee, Idstedt, Jagel, Düppel. Ich habe auch welche, falls Sie sich dafür interessieren."

Hinrichsen und Lundgaard horchten auf. „Sie haben welche hier?"

„Natürlich."

„Die diesen auf den Fotos ähneln?"

„Aber sicher. Wollen Sie sie sehen?"

„Ja bitte."

Rigalski ging langsam zu einem alten Sekretär aus dunklem Holz. Er holte seinen Schlüsselbund wieder hervor, öffnete eine kleine Schublade unterhalb der Schreibplatte und entnahm ihr eine durchsichtige Kunststofftüte. Dann ging er zu den beiden Kommissaren zurück und reichte die Tüte dem deutschen Beamten.

Verblüfft starrte Hinrichsen auf mindestens dreißig Spitzkugeln und einige Rundkugeln in unterschiedlicher Qualität und Größe, die der Tüte ein unerwartetes Gewicht gaben. Einige Kugeln hatten weiße Verwitterungsspuren, andere eine eingedellte Spitze, als sei die Kugel auf etwas Hartes gestoßen und abgeprallt. Einige Kugeln hatten am unteren Ende drei Rillen, andere vier, einige waren schmal und hoch, andere etwas breiter und gedrungener.

Der Antikhändler beugte sich vor und deutete auf die Unterseite einer der Spitzkugeln. „Hier, sehen Sie das Loch? Ein Zeichen, dass sie mit einer Dornenbüchse abgeschossen wurde."

„Welches Kaliber haben sie?", fragte Lundgaard, der die Tüte gerade von Hinrichsen überreicht bekam, sie öffnete und einige

Kugeln herausnahm. Seine Augen suchten flink nach eingeritzten Initialen, aber er konnte keine Buchstaben auf den Kugeln erkennen.

Rigalski zog die Stirn in Falten. „Die meisten Kugeln haben Kaliber 15,9 und 15,2 mm. Die dänischen haben 16,5 mm", erklärte er ohne zu zögern. Die beiden Kommissare würden das früher oder später sowieso herausfinden.

Lundgaard nickte. „So wie unsere Kugeln", bestätigte er die Gedanken des Antikhändlers. „Wir sind allerdings ursprünglich wegen einer Luger hierhergekommen. Sie besitzen nicht zufällig eine?"

Rigalski hatte bei diesem Wort plötzlich sein altes Selbstbewusstsein wiedergefunden und prustete verächtlich.

„*Luger*. So nannte man sie nur im Ausland. Sie meinen vermutlich die P 08, die Georg Luger und Hugo Borchardt entwickelten. Die meisten meinen, dass es eine Waffe des Zweiten Weltkriegs sei, aber sie wurde bereits 1904 in der Preußischen Marine und 1908 in der Königlich-Preußischen Armee eingeführt. Die Jahreszahl 08 gab ihr dann auch ihren Namen. Wollen Sie eine sehen?"

Hinrichsen und Lundgaard lehnten sich in ihre Sessel zurück und nickten wortlos. Sie waren allmählich nicht mehr darüber überrascht, dass Rigalski ihnen jeden Wunsch erfüllen konnte.

„Die echte P 08 ist ein begehrtes Sammlerstück, meine Herren. Ich habe sogar drei Exemplare, wenn Sie es genau wissen wollen. Für die P 08 findet sich immer ein Käufer." Er war schon aufgestanden und auf dem Weg zum Waffenschrank neben dem alten Sekretär, als er stutzte und sich zu den beiden Kommissaren umdrehte. „Warum fragen Sie eigentlich ausgerechnet nach diesem Pistolentypus? Hat dieser Spitzkugel-Mörder etwas damit zu tun?"

„Davon gehen wir aus. Wir haben eine Zeugenaussage, dass der Mörder vermutlich mit einer Luger auf Jesper Rasmussen geschossen hat. Wie die kriminaltechnische Untersuchung ergab, hatten die Patronen das Kaliber 9 x 19 mm Parabellum."

Rigalski zischte verächtlich. „Dieses Kaliber haben viele Waffen: Browning, Glock, Sig Sauer ... Sogar Maschinenpistolen wie die HK, MP5 und die Uzi."

Hinrichsen knirschte mit den Zähnen. „Das wissen wir, und es macht unsere Arbeit nicht gerade einfacher. Der Mörder hat viele legale und illegale Möglichkeiten, um an diese Art von Munition zu kommen. Trotzdem gehen wir von einer alten Luger aus, da unsere Zeugen sich relativ sicher sind, dass der Mann so eine Waffe in der Hand hatte."

Der Antikhändler wiegte zweifelnd den Kopf hin und her. „Es könnte aber auch ein billiger Nachbau gewesen sein."

„Möglich. Immerhin war sie echt und funktionsfähig genug, um Ihren Nachbarn zu töten", gab Hinrichsen bissig zurück, während Lundgaard sich dezent zurückhielt und die Mimik und Gestik des Antikhändlers mit seinen scharfen Augen beobachtete. Ihm war nicht entgangen, dass der Mann unten im Laden einige Schweißperlen auf der Stirn gehabt hatte, als sein deutscher Kollege ihm den Dienstausweis zeigte, doch inzwischen schien er sich wieder gefangen zu haben.

„Außerdem hat es noch mehrere Opfer gegeben, die ebenfalls mit einer Patrone dieses Kalibers erschossen wurden", fuhr Hinrichsen weiter fort.

„Wie schrecklich", antwortete Rigalski gedankenverloren, zog einen Schlüsselbund aus seiner Hosentasche heraus und steckte einen der vielen Schlüssel ins Schloss seines Waffenschranks. „Böse Geschichte. Das Geschäft von Andreas Groth liegt ja beinahe nebenan. Eine unfassbare Tat."

Lundgaard horchte auf, da die Stimme des Antikhändlers kein echtes Mitgefühl zeigte. Er versuchte sich an die Aussagen der Nachbarn zu erinnern, die er in den ersten Tagen nach seiner Ankunft in Flensburg studiert hatte. War der Antikhändler auch befragt worden oder hatte man ihn vergessen?

„Haben Sie zur Tatzeit vielleicht etwas Verdächtiges gesehen oder gehört?", hakte Hinrichsen nach, dem das fehlende Mitleid in Rigalskis Stimme ebenfalls aufgefallen war.

Der Antikhändler drehte seinen Kopf und warf ihm ein selbstgefälliges Grinsen zu. „Sie meinen, ob ich mehr weiß als andere? Nein, meine Herren, da muss ich Sie enttäuschen. Ich war zur *Tatzeit* nicht in diesem Haus", sagte er genüsslich und mit viel Betonung, da sie ihn offenbar nach seinem Alibi befragten, was ihn sehr amüsierte. „Ich hatte zu der Zeit ein Geschäftsessen mit einem Kunden bei *Piet Henningsen*."

Hinrichsen war das Fischrestaurant an der Schiffbrücke gut bekannt, da er dort mit Lisa schon einige Male Essen war. Trotzdem stutzte er über dieses scheinbar perfekte Alibi. „Um halb sechs Uhr abends? Ist das nicht ein bisschen früh für ein Abendessen?"

„Da gebe ich Ihnen im Prinzip recht, Herr Kommissar, aber mein Kunde wollte noch am selben Abend nach Sylt zurück. Als mein Nachbar ermordet wurde, ließ ich mir gerade eine leckere Fischpfanne mit Steinbeißer, Muschelfleisch und ein frisch gezapftes Bier schmecken."

„Der Kunde von Sylt kann Ihr Alibi sicherlich bezeugen?"

„Natürlich. Außerdem hatte ich im Restaurant einen Tisch vorbestellt. Vielleicht erinnert sich die Servicekraft ja an mein spendables Trinkgeld." Er öffnete den Stahlschrank, holte die drei Waffen heraus und hielt sie den beiden Kommissaren entgegen. „Die P 08: Ein Rückstoßlader mit aufknickendem Kniegelenk-Verschluss und Stangenmagazin mit acht Patronen Kapazität. Fünfzig Meter Einsatzschussweite. Einzellschuss. Rechtsdrall."

Lundgaard prustete verächtlich durch die Nase, als er die Waffen sah, und auch Hinrichsen bemerkte den äußerst guten Zustand der drei Pistolen.

„Sie sind frisch geputzt?", fragte er ungläubig.

„Sie sind sauber wie ein Kinderpopo", gab der Antikhändler mit einem zufriedenen Lächeln zurück. „Wollen Sie sie vielleicht für ballistische Untersuchungen mitnehmen?", fragte er mit einem hinterhältigen Lächeln. „Bei mir liegen sie sonst ja nur im Schrank herum. Ich kann sie Ihnen gern mitgeben."

„Das ist nicht nötig", schnaubte Hinrichsen verärgert. „In den nächsten Tagen werden Sie sowieso von meinen Leuten aufgesucht, die im Augenblick sämtliche Waffenhändler und Waffensammler überprüfen. Sie werden sich morgen bei Ihnen melden. Aber die Spitzkugeln würde ich gern zu Vergleichszwecken mitnehmen."

„Sehr gern, wie Sie wünschen. Dann lege ich meine Babys erst mal wieder zurück.“ Rigalski lehnte sich in seinen Schrank und packte die Pistolen in ihre Fächer. *„Si vis pacem, para bellum. Wenn du Frieden willst, bereite den Krieg vor“*, flüsterte er, als seine Gäste plötzlich neben ihm standen und beide einen ausführlichen Blick in den Waffenschrank warfen.

„Nach Frieden sieht es bei Ihnen jedenfalls nicht aus. Das ist ja das reinste Waffenarsenal, was Sie hier haben“, konstatierte Hinrichsen und sah auf die vielen Langgewehre, Musketen und Pistolen, die sich ihm im besten Zustand präsentierten.

„Alle echt, Herr Kommissar, und alle ehrlich erworben.“ Rigalski deutete auf drei Lütticher Jagdbüchsen, eine Suhler Dornbüchse mit einem schleswig-holsteinischen Wappen, eine preußische Muskete M von 1839 und mehrere Artillerie- und Kavalleriepistolen aus dem 19. Jahrhundert.

„Sie haben dafür sicherlich eine Waffenhandelslizenz?“, fragte Hinrichsen.

„Natürlich. Sonst dürfte ich diese Schusswaffen ja nicht verkaufen!“, stieß Rigalski empört hervor. „Soll ich sie Ihnen zeigen? Glauben Sie mir, es hat alles seine Richtigkeit. Sie dürfen das gern überprüfen.“

Hinrichsen glaubte, ehrliche Entrüstung in der Stimme des Antikhändlers herauszuhören. „Das werden wir. Kennen Sie zufällig andere Händler, die es mit dem Verkauf von Waffen oder Munition an Personen ohne Waffenbesitzschein nicht so genau nehmen?“

Der Antikhändler schloss resolut seinen Schrank und sah den Kommissar von unten her an. „Sie erwarten doch wohl hoffentlich nicht im Ernst, dass ich einen meiner werten Kollegen bei Ihnen anschwärze.“

Hinrichsens Gesicht wurde ernst. „Wenn dieser Konkurrent eine Luger und Munition an jemanden verkauft hat, der damit Menschen umbringt, erwarte ich das schon.“

Rigalski nickte einsichtig. „Ganz ehrlich: Diese Mordserie setzt mir sehr zu. Man weiß ja nicht, ob man der Nächste ist. Wenn ich etwas über diesen Serienmörder wüsste, würde ich es Ihnen wirklich sagen, aber leider kann ich Ihnen nicht weiterhelfen. Ich kann mich höchstens bei meinen Kollegen umhören und nachfragen, ob sie in letzter Zeit eine P 08 verkauft haben oder irgendeinen merkwürdigen Kunden hatten."

„Danke, aber wie gesagt überprüfen wir Ihre Kollegen bereits selbst."

Der Antikhändler grinste verschlagen. „Sie werden bei den Händlern nur die offiziellen Belege einsehen. Ich hingegen kann vielleicht ein wenig hinter den Kulissen nachschauen und die Ohren offenhalten. Außerdem habe ich Kontakte diesseits und jenseits der Grenze."

Lundgaard und Hinrichsen sahen sich an, dann wandte sich der Däne mit einem leichten Kopfschütteln ab. Hinrichsen war seiner Meinung. Auch er glaubte nicht daran, dass Rigalski ihnen wirklich helfen wollte. Sein Vorschlag hörte sich eher nach einer großherzigen Lüge oder einem Ablenkungsmanöver an.

„Sie können sich ja mal umhören", kam es Hinrichsen ohne Überzeugung über die Lippen. „Wir sind für jeden Hinweis dankbar."

„Aber gerne doch, Herr Kommissar."

Hinrichsen deutete auf den Schlüsselbund. „Wer außer Ihnen hat noch Zugriff auf diesen Schrank?"

„Niemand. Ich bin der Einzige, der einen Schlüssel hat. Und den trage ich den ganzen Tag bei mir."

„Auch nachts?"

Der Antikhändler sah Hinrichsen verständnislos an. „Nachts natürlich nicht. Da liegt er in der Hosentasche neben meinem Bett."

„Also könnte man ihn Ihnen theoretisch nachts stehlen?"

„Das halte ich für absolut ausgeschlossen. Ich habe einen leichten Schlaf. Das hätte ich sicherlich gemerkt. Außerdem kann ich Ihnen versichern, dass keine meiner P 08 in letzter Zeit benutzt wurde, denn auch das hätte ich bemerkt."

Oder danach die Spuren beseitigt, dachte Lundgaard insgeheim, der mit einem Blick auf Hinrichsens Gesicht wusste, dass der im selben Moment den gleichen Gedanken hatte.

„Wer hat sonst Zugang zu dieser Wohnung?", wollte der deutsche Kommissar wissen.

Rigalski zog die Stirn kraus. „Frau Drees, meine Reinmachefrau, die einmal in der Woche kommt. Aber sie hat nur einen Wohnungsschlüssel. An die Waffen im Schrank kommt sie nicht ran. Das heißt, sie würde auch nicht an den Schrank rangehen, selbst wenn er offenstände, denn sie hasst alle Waffen. Es kostet sie viel Überwindung, die Säbel und Pistolen anzufassen und abzustauben."

„Trotzdem hat sie Ihnen noch nicht gekündigt."

„Ich bezahle gut."

„Wissen Sie, ob Frau Drees alleinstehend ist? Hat sie einen Mann oder einen Sohn? Und ist Ihr Waffenschrank vielleicht schon mal aufgebrochen worden?"

Rigalski schüttelte ungläubig den Kopf. „Sie verdächtigen meine Reinmachefrau, dass sie jemanden aus ihrer Familie in mein Haus lässt?"

„Beantworten Sie meine Frage: Wurde der Waffenschrank schon mal gewaltsam geöffnet?"

„Ja", wiegelte Rigalski ab. „Das ist aber mehrere Jahre her. Man hat mir damals einige Pistolen und fünf Langgewehre gestohlen. Aber zu dem Zeitpunkt waren keine P 08 im Waffenschrank, falls Sie das wissen wollten."

„Sie haben den Diebstahl damals bei der Polizei angezeigt?"

„Selbstverständlich. Allein schon wegen der Versicherung. Ich habe die Waffen allerdings nie wiedergesehen."

„Ihre Wohnung und Ihr Waffenschrank sind also nicht einbruchsicher."

Der Antikhändler hob theatralisch die Hände in die Höhe. „Meine Güte! Nein, mit einem Kuhfuß kommt man wahrscheinlich fast überall rein, aber mit diesem abgeschlossenen Stahlschrank verhalte ich mich nach dem Waffengesetz absolut korrekt. Selbst die Versicherung hat ohne Probleme bezahlt."

Für einen Schaden, der vielleicht nie existierte, dachte Lundgaard insgeheim, der sich sehr gut vorstellen konnte, dass der Antikhändler den Diebstahl fingiert, die Schadenssumme einkassiert und die Waffen illegal an Sammler verkauft hatte. Er gab Hinrichsen ein Zeichen, der ihm leicht zunickte. Der Antikhändler wusste mehr, als er zugeben wollte, so viel stand fest, aber wenn er für die Tatzeit des Juwelier-Mordes ein Alibi hatte, konnte er nicht ihr Serienmörder sein. Sie würden das zuerst überprüfen müssen. Andererseits war es trotzdem möglich, dass dieser zwielichtige Typ in irgendeiner Verbindung mit dem Mörder stand.

Hinrichsen und Lundgaard verabschiedeten sich von ihm und gingen, nachdem Rigalski den Laden wieder aufgeschlossen hatte, auf den Holm zurück.

„Was halten Sie von diesem Kerl?", eröffnete der deutsche Kommissar das Gespräch, während sie am Holmnixen-Brunnen vorbeimarschierten.

„Ich weiß nicht. Der ist nicht ganz echt."

„Das meine ich auch. Der hat uns seine drei Schmuckstücke zu schnell gezeigt. Wer weiß, ob er nicht irgendwo noch eine Luger versteckt hat."

„Wie wär's mit einem Hausdurchsuchungsbeschluss?"

Hinrichsen winkte ab. „Ich befürchte, dass sein Alibi stimmt, dann kriege ich nie im Leben eine Hausdurchsuchung bewilligt. Es bleibt uns im Augenblick nichts anderes als Routinearbeit übrig."

„Sie meinen die Überprüfung der Waffenhändler und Sammler südlich und von meinen Leuten nördlich der Grenze."

„Sie haben gehört, was Rigalski gesagt hat: Diese Waffe hat viele Liebhaber. Auch für die Waffensammler ist sie etwas Besonderes. Wie auch immer. Es ist die einzige Spur, die wir im Moment haben. Und wer weiß? Vielleicht ist ja mal ein Lottogewinn dabei."

„Das glauben Sie doch selbst nicht."

„Es ist auf jeden Fall sinnvoller, als nichts zu tun, auf den nächsten Toten oder einen Fehler des Mörders zu warten."

7

Am nächsten Tag saßen Hinrichsen und Lundgaard in einem zivilen Dienstwagen und fuhren einem grünen Linienbus hinterher, der mit einem Elch für ökologischen Strom aus norwegischen Wasserkraftwerken warb, als sich Hinrichsens Diensthandy in der Haltekonsole neben dem Ganghebel meldete. Das Display zeigte Baumanns Nummer. Hinrichsen drückte auf die Annahmetaste. „Ja, was gibt's, Jochen?"

„Wo bist du gerade?"

„Wir sind unterwegs. Lundgaard und ich haben zwei Termine in Düppel und Sonderburg. Wieso fragst du?"

„Na ja, wir haben leider schon wieder einen Toten."

„Wo?" Doch diese Frage hätte er sich sparen können, da im Hintergrund „Nun danket alle Gott" vom Glockenspiel der St.-Nikolai-Kirche erklang. „Ah, du bist auf dem Südermarkt. Und? Ist er bereits identifiziert?"

„Ja, es ist Hansen-Rum-Haye. Du weißt: Heinrich Hansen vom Hafermarkt. Er ist in eine der Baugruben gefallen und hat sich wahrscheinlich den Schädel eingeschlagen. Auf den ersten Blick sieht es nicht nach Fremdeinwirkung aus. Die Baustelle war mit einem hohen Metallzaun gesichert, aber den hat Haye anscheinend gestern Abend in seinem Rum-Rausch auseinandergerissen, weil er den kürzesten Weg über den Südermarkt nehmen wollte. Ist ihm zum Verhängnis geworden."

Hinrichsen erinnerte sich an den hageren Mann mit den grauen, wuscheligen Haaren unter einer blauen Pudelmütze, der ab und zu betrunken auf der Polizeistation aufgetaucht war, um über verdächtige Dinge zu berichten. Anfangs hatten sie ihn alle immer nur belächelt. Später war er dann manchmal aufdringlich und wütend geworden, wenn er merkte, dass man seine „Hinweise" nicht ernst nahm. Zuletzt hatten sich die Flensburger Polizisten immer freundlich um ihn gekümmert, wenn sie ihn auf einer Bank in der Nähe des ZOB-Geländes schlafend vorfanden, und hatten ihn nach Hause gefahren.

Etwas, das jetzt nicht mehr nötig war. Haye hatte seine letzte Reise angetreten.

„Das hört sich bei Hansen-Rum-Haye tatsächlich nicht nach etwas für uns an. Regele bitte alles, was notwendig ist."

„Jo, geht klar. Grüß Annie von mir."

Hinrichsen grinste flüchtig und drückte auf die Endtaste des Handys.

„Wer ist Annie?", fragte Lundgaard interessiert, der sich nicht daran erinnern konnte, dass jemand der deutschen Kollegen so hieß. Hatte Hinrichsen etwa eine Freundin, von der seine Ehefrau nichts wusste?

„Sie kommen aus Apenrade und kennen Annie nicht? Annies Kiosk am Kollundvej in Sønderhav? Wir nennen es auch Hot Dog Haff, weil es dort die besten Hot Dogs Flensburgs gibt."

Lundgaards Mund verzog sich zu einem breiten Grinsen.

„Ach, DIE Annie meinen Sie. Klar kenne ich sie und ihre Hot Dogs. Allerdings war ich bestimmt schon seit zehn Jahren nicht mehr bei ihr. Aber wieso *die besten Hot Dogs von Flensburg*? Sønderhav liegt doch in Dänemark."

„Eben", seufzte Hinrichsen. „In ganz Flensburg gibt es keine besseren Hot Dogs als die von Annie. Deswegen fahren wir gern die zehn Kilometer über die Grenze, um ihre Røde Pølser in Hot Dog Haff zu essen. Jeder Biker im Umkreis von fünfzig Kilometern macht bei ihr Pause, wenn er nach Norden fährt. Annies Hot Dogs sind Kult. Die besten nördlich und südlich der Grenze. Ich denke, wir werden auf der Rückfahrt bei ihr vorbeischauen. Jetzt müssen wir erst mal zusehen, dass wir rechtzeitig nach Düppel kommen."

Einige Minuten später verspannte sich Hinrichsen kurz hinter dem Lenkrad, als ihm plötzlich etwas einfiel.

„Was ist?", fragte Lundgaard mit hochgezogenen Augenbrauen.

„Ich trage meine Dienstwaffe."

„Ja und?", gab der Däne zurück, der auch seine Pistole dabeihatte.

„Na ja, Ihre Kollegen mögen es nicht so gern, wenn Deutsche mit Waffen in ihr Königreich eindringen."

„Hm“, gab Lundgaard mit einem süffisanten Lächeln zurück, da er die Empfindsamkeit seiner Landsleute gut kannte. „Das ist doch verständlich, oder? Schließlich haben wir schon mehrfach schlechte Erfahrung mit Deutschen gemacht, die die deutsch-dänische Grenze mit Waffen überschritten.“

Hinrichsen machte ein säuerliches Gesicht. Grummelnd hielt er am Straßenrand an, stieg aus dem Wagen und ging zum Kofferraum, in den er seine Dienstwaffe in einen kleinen, abschließbaren Lederkoffer packte. Dann warf er eine Wolldecke drüber, schloss den Kofferraum und setzte sich wieder vors Lenkrad.

Lundgaard runzelte die Stirn, als sein deutscher Kollege den Blinker setzte und auf die Straße nach Sonderburg einbog.

„Ich glaube, das wäre nicht nötig gewesen“, meinte er. „Falls uns meine Kollegen angehalten hätten, wäre mir sicher eine gute Erklärung für unsere Dienstwaffen eingefallen.“

Hinrichsen schnaubte skeptisch. „Ach, Sie meinen, Sie brauchen hier nur mit Ihrem oberwichtigen Dienstausweis aus Kopenhagen zu wedeln, und schon werden alle Polizeibeamten in Sønderjylland handzahm? Na, ich weiß nicht. Es ist besser, wenn ich die Waffe nicht bei mir trage. Dann gibt es keine dummen Missverständnisse.“

Doch war seine Vorsichtsmaßnahme völlig unnötig, denn nach einer knappen halben Stunde erreichten sie ohne die geringsten Schwierigkeiten das Düppel-Center westlich vor Sonderburg. Von Weitem war bereits die weiße Mühle, das heutige Wahrzeichen der Düppeler Schanzen, mit ihrer schwarzen Kuppel auf der Anhöhe zu erkennen.

Die lange, gerade Straße durch Düppel wurde von einigen Straßenerhöhungen durchbrochen, die den Autofahrer jedes Mal nach einigen Hundert Metern zum langsamen Fahren zwangen, sodass Hinrichsen sehr behutsam am modernen Museumsbau ankam und links auf den gepflasterten Parkplatz fuhr.

Die beiden Kriminalbeamten stiegen aus und ließen sich von einem Angestellten durchs Museum führen, doch konnte er ihnen keine genaueren Angaben machen, ob in letzter Zeit eventuell Spitzkugeln aus dem Magazin des Museums gestohlen worden waren. Auch die Fahrt am *Alsion* entlang, hinunter zum Hafen und zum Sonderburger Schloss hätten sie sich sparen können, da auch die Museumsdirektorin des Schlosses keine Spitzkugeln vermisste oder sagen konnte, wer eventuell welche besaß.

So mussten sie ohne neue Erkenntnisse ihren Heimweg antreten, der diesmal jedoch bei Annies Kiosk vorbeiführte, wo sie beide mit Blick auf die Förde und die beiden Ochseninseln ihre Hot Dogs aßen, ehe sie nach Flensburg zurückfuhren. Hier kam Hinrichsen auf die Idee, seinen dänischen Kollegen am nächsten Abend zu sich nach Hause zum Essen einzuladen, da Lundgaard seine erste Woche hinter sich hatte und man sich privat eventuell besser kennenlernen würde. Er fühlte sich für das Wohlergehen seines Gastes verantwortlich und meinte, ihm ein Wochenendprogramm anbieten zu müssen.

„Ich würde mich freuen, wenn Sie morgen zum Abendessen bei uns vorbeikommen würden. Ich habe zwar dann noch einen Termin in Kiel, aber nachmittags könnte Lisa Ihnen neben einem Einkaufsbummel die Stadt zeigen, falls Sie dazu Lust haben."

„Das wäre nicht schlecht. Weiß sie zufällig, wo der Alte Friedhof ist?"

Hinrichsen sah seinen Kollegen erstaunt an. „Was wollen Sie denn da?"

„Nichts Besonderes. Ich soll nur für einen Verwandten ein Grab fotografieren. Es wäre toll, wenn Ihre Frau mich dorthin führen könnte."

„Ja klar", erklärte Hinrichsen und bog in den Hof des Polizeigebäudes. „Der Alte Friedhof ist direkt bei uns in der Nähe. Kein Problem."

8

Am nächsten Tag ließ Lundgaard seinen Wagen in der Hotelgarage stehen und ging nachmittags zu Fuß zur Wrangelstraße hoch, wo Lisa ihn in der alten Hinrichsen-Villa begrüßte und ins Wohnzimmer führte. Sie wollte dem Kollegen ihres Mannes etwas zu trinken anbieten, der winkte jedoch ab.

„Lieb gemeint, Lisa, aber ich habe im Augenblick keinen Durst. Ich darf doch Lisa zu dir sagen, oder? Du weißt ja: Bei uns Dänen ist alles immer per Du. Das Siezen fällt mir hier in Deutschland wirklich schwer. Es ist immer so distanzierend. Bei uns sprechen wir uns mit dem Vornamen, dem Nachnamen oder mit Du an."

„Duzt du dich denn auch schon mit meinem Mann und den Kollegen?" Sie wusste nicht, warum, aber der Däne strahlte mit seinen blonden Haaren und den leuchtend stahlgrauen Augen etwas Einnehmendes aus, dass sie beinah das Gefühl hatte, seine ältere Schwester zu sein. Martin hatte ihr bisher nur Negatives über ihn erzählt und sich reichlich über dessen Auftritt im maßgeschneiderten Anzug und der coolen „FBI"-Brille ausgelassen. Lisa hatte an dem Dänen hingegen nichts auszusetzen.

Lundgaard seufzte, als er an seine deutschen Kollegen dachte. „Nein, leider sind wir immer noch per Sie, obwohl sich die ganze Truppe sonst duzt. Aber ich arbeite dran."

„Dann lass uns man heute damit beginnen. Du darfst mich gern duzen, Erik", sagte Lisa und bat dem Dänen einen Sessel im Wohnzimmer an, doch Lundgaard blieb für einen kurzen Augenblick stehen und betrachtete den großen Raum mit seiner hohen, stuckverzierten Decke. Schließlich steuerte er auf ein Jugendstil-Fenster aus buntem Glas in einer Holztür zu, die auf eine Terrasse und einen Garten mit alten Apfelbäumen führte. „Schön habt ihr's hier", meinte er, und Lisa merkte an seiner Betonung, dass er es nicht nur aus Höflichkeit sagte, sondern ehrlich meinte.

„Ja, wir sind auch sehr zufrieden. Es gab zwar viel zu renovieren, als Martin das Haus erbte, aber so konnten wir gleich einige

Änderungen durchführen, wie wir es gern haben wollten. Die Raumaufteilung war für uns nicht ganz optimal, denn wie man sieht, brauchte ich unbedingt ein Arbeitszimmer für meinen Schreibkram." Sie öffnete die Terrassentür, schob schnell die Bücher, Hefte und Papiere zusammen, die dort auf einem breiten Tisch lagen, und öffnete eine andere Tür, die in ein kleines Zimmer führte. „Entschuldige bitte die Unordnung, aber bei so gutem Wetter arbeite ich lieber draußen als in meinem Zimmer", erklärte sie und entschwand kurz aus Lundgaards Sichtfeld. Der Däne folgte ihr neugierig.

„Was arbeitest du denn?"

„Ich bin Lehrerin an der Kurt-Tucholsky-Schule."

„Aha. Und welche Fächer unterrichtest du?"

„Geschichte, Deutsch und Englisch", sagte sie, legte die Bücher und Hefte schnell auf einen alten Sekretär neben der Tür ab und wollte Lundgaard mit sanfter Gewalt, ohne den Umweg über die Terrasse, wieder durch den Flur bis ins Wohnzimmer schieben, doch der Däne zeigte plötzlich auf ein großes Bild an der Wand und weigerte sich, den Raum zu verlassen, ehe er dafür nicht eine Erklärung bekam.

„Das?", gab Lisa zurück und strich sich eine Strähne aus dem Gesicht, die sich aus ihren zusammengebundenen Haaren geschlichen hatte. „Das ist mein Stammbaum. Ich habe zwei Jahre dran gearbeitet, ehe ich ihn so weit fertig hatte, und habe ihn bis auf die letzten zweihundertfünfzig Jahre zurückverfolgen können, aber jetzt komme ich nicht mehr weiter. Deswegen habe ich seit einigen Monaten mit Martins Familienstammbaum angefangen." Sie deutete auf einige Fotokopien und Papiere mit Namen und Daten, die unterhalb des Bildes auf einem schmalen Nebentisch lagen.

„Ahnenforschung. In verstaubten Archiven herumsitzen und alte Bücher lesen. Und das macht dir Spaß?"

Lisa lachte. „Du guckst zu viele Kinofilme über düstere Klösterarchive, in denen große Geheimnisse und Vatikan-Verschwörungen auf Prof. Langdon oder William von Baskerville warten. Du hast doch die Räume im Stadtarchiv gesehen. Wenn ich nach meinen oder Martins Ahnen forsche, sitze ich in klimatisierten Räumen, nicht in feuchten Kellergewölben. Und ja, es macht mir Spaß, sonst würde ich es nicht tun." Sie drängte ihren Gast nun energisch aus dem Arbeitszimmer in den Flur zurück, was er sich gern gefallen ließ.

Lundgaard hatte nie verstanden, was Menschen dazu brachte, jahrelang in alten Archiven zu sitzen und in zerfallenen Kirchenbüchern oder auf Mikrofilmfolien nach den eigenen Ahnen zu forschen. Er selbst hasste es, wenn er für seine Mordfälle mit so einer Arbeit betraut wurde, und schaffte es meistens, so etwas weiterzudelegieren. Umso mehr irritierte es ihn, dass eine hübsche Frau wie Lisa sich in den Archiven versteckte, sich in alten, staubigen Dokumenten vergrub und versuchte, vergilbte Handschriften zu entziffern. Er stellte sich das nicht einfach vor. So etwas dann freiwillig zu tun und auch noch Spaß daran zu haben, konnte er nicht ganz nachvollziehen. Es kam ihm wie Zeitverschwendung vor.

Plötzlich riss Lisa ihn aus seinen Gedanken, indem sie ihm eine Frage stellte. „Martin sagte, dass er dich heute zum Abendessen eingeladen hat."

„Ja. Vermutlich ohne dich zu fragen. Ich hoffe, dass es dir trotzdem keine großen Umstände macht."

Lisa winkte ab. „Natürlich nicht. Wir müssen nur in die Stadt runter und etwas zu Essen einkaufen. Und zu *Braasch* müssen wir auch noch." Sie griff nach ihrer Handtasche und schob sich den Riemen über die linke Schulter. Eine Jacke würde sie heute bei dem schönen Wetter nicht mitnehmen, entschied sie und ging zur Haustür.

„Wieso, was gibt es bei *Braasch*?", wollte Lundgaard wissen, als er ihr folgte.

„Wein und andere Spirituosen."

„Ah ja, dann müssen wir dort *unbedingt* hin", stimmte der Däne mit einem breiten Grinsen zu. Er hatte sich bei seinem Besuch in Flensburg schon auf niedrigere Preise gefreut, da Alkohol in Dänemark wie in allen skandinavischen Ländern hoch besteuert wurde. Viele Dänen, die in der Nähe der Grenze wohnten, nutzten deswegen die Möglichkeit, in Deutschland preiswerter einzukaufen, und so mancher Discounter hatte sich auf die speziellen Wünsche der dänischen Kundschaft eingestellt. Vor allem, was Größen und Mengen der Waren betraf.

„Aber vorher wolltest du noch zum Alten Friedhof?"

„Ja, stimmt. Ich soll da etwas für einen Onkel fotografieren, der sich so wie du für Ahnenforschung interessiert." Lundgaard schlug vorsichtig gegen seine linke Jacketttasche, in der Lisa eine kleine Digitalkamera vermutete.

„Gut. Der Alte Friedhof liegt sowieso auf unserem Einkaufsweg." Sie verließen das Haus, gingen über die großen Steinplatten des Vorgartens zur Straße und bogen nach links ab. Nach einigen Schritten musste Lisa schmunzeln, als sie sich vorstellte, wie Lundgaard mit diesem eleganten Anzug vor einigen Tagen bei ihrem Mann aufgetaucht war, während Martin und seine Kollegen eher in Jeans, Cord- und Leinenhosen und karierten Hemden herumliefen.

„Stimmt etwas nicht?", fragte der Däne leicht beunruhigt, während er an seinem Jackett und seiner Hose herunterschaute. „Ist irgendwo ein Fleck oder ein Loch?"

Sie schüttelte den Kopf. „Nein, ganz im Gegenteil. Der Anzug ist tadellos und sitzt perfekt. Es ist nur, dass Martin und seine Kollegen bei der Arbeit nie in maßgeschneiderter Kleidung herumlaufen."

„Der ist nicht maßgeschneidert", versuchte Lundgaard sich zu rechtfertigen, obwohl er nicht so recht wusste, warum er das eigentlich nötig hatte. In Kopenhagen trug er diesen Anzug andauernd, da er ihn sehr bequem fand, und niemand seiner Kollegen hatte sich jemals darüber beschwert. Außerdem wusste er, dass er ihm gut stand. „Es ist ein Hugo-Boss-Anzug."

„Ah ja, verstehe. Also ein Anzug von der Stange", meinte Lisa mit leisem Spott.

Lundgaard zog die Augenbrauen zusammen. „Was ist denn an Hugo Boss auszusetzen? Ich dachte, ich tu meinen Kollegen einen Gefallen, wenn ich ein deutsches Designer-Label trage. Schließlich hätte ich auch ein dänisches nehmen können."

Lisa bemerkte ein amüsantes Glitzern in seinen Augen, wandte dann den Kopf ab und ging weiter. „Mein Mann fand dich eben ein wenig ‚overdressed', als du hier ankamst."

„Aha. Und warum kann er mir das nicht selber sagen?"

„Dazu ist er zu höflich. Er wollte dich nicht beleidigen."

„Verstehe. Dafür lästert er hinter meinem Rücken mit seiner Frau über meine Kleidung."

„Nicht nur über deine Kleidung. Er findet dich unausstehlich und will dich so schnell wie möglich wieder loswerden", sagte sie mit einem schelmischen Grinsen, das Lundgaard zum Lachen brachte.

„Wenigstens eine Person, die mir ehrlich ihre Meinung sagt", freute er sich. „Ja, ich weiß. Es gefällt deinem Mann und seinen Kollegen nicht, dass ich ihnen in die Karten schaue, aber es nützt nichts. Sie werden mich noch eine Weile aushalten müssen."

Lisa nickte. „Es liegt übrigens nicht daran, weil du ein Däne bist. Martin hätte sich auch über jeden Deutschen geärgert, den man ihm aufs Auge gedrückt hätte."

„Gut zu wissen. Ich muss sagen, ich kann mich auch nicht beschweren. Die deutschen Kollegen sind alle recht nett zu mir. Aber wahrscheinlich lästern sie zu Hause über mich herum."

„Das hätten sie auch bei anderen Kollegen gemacht. Letztens war einer vom LKA hier. Martin hat sich sehr über ihn geärgert."

„Und den Ärger bekamst du dann abends ab? Na, dann braucht dein Mann jedenfalls keinen Psychologen."

„Sicher nicht. Es ist aber nicht so schlimm, wie es sich jetzt vielleicht anhört. Ich bin eigentlich ganz froh, dass Martin abends mit mir redet. Die meisten Männer schweigen sich ja über ihre Probleme aus."

Sie überquerten eine Straße und gingen langsam einige Schritte wortlos nebeneinander weiter, bis sie die ersten Bäume des Alten Friedhofs erreichten. Gemeinsam gingen sie entlang eines Grabmals mit einer neoklassischen Sphinx bis zum Mittelgang des Friedhofs. Große, alte Steindenkmäler aus poliertem, schwarzem Marmor und Granitfindlinge säumten den Wegesrand. Einige waren von niedrigen Metallzäunen umgeben, während andere von Rhododendren bedeckt wurden oder sich schwer gegen einen alten Baum lehnten. Moosflechten bedeckten so manchen alten Namen, dessen Goldbuchstaben vom Regen der vergangenen zweihundert Jahre ausgespült waren.

„Finden hier noch Beerdigungen statt?", fragte Lundgaard interessiert.

„Nein, der Friedhof wird seit den Fünfzigerjahren des vergangenen Jahrhunderts nicht mehr belegt." Inzwischen waren sie am gepflasterten Querweg angelangt, den einige Flensburger gern als Abkürzung zwischen der Innenstadt und der Westlichen Höhe oberhalb der Stadt nahmen. „Wie hieß dein Vorfahr, den wir suchen?"

„Thomas Lundgaard. Er fiel in der Schlacht bei Idstedt und soll hier in Flensburg beerdigt worden sein. Mein Onkel meinte, dass es hier so eine Art Hügel geben soll, wo eine Grabplatte zu finden wäre."

Lisa nickte. „Dort hinten", meinte sie knapp und ging mit Lundgaard den Querweg entlang, bis sie auf einen Sandweg stießen. Verwirrt sah Lundgaard von einem Grabstein zum anderen, als sie die Reihen entlanggingen. „Ich versteh das nicht. Die Steine stehen alle durcheinander: Preußen und Dänen zusammen, dann mal ein Österreicher dazwischen. Mal sind sie von 1850 und 1864, was mich ja nicht einmal wundern würde, wenn die Gedenksteine von Idstedt an einem Punkt lägen und die von 1864 an einem anderen. Aber hier scheint kein System dahinterzustecken."

Lisa verstand, was er meinte. „Du darfst dich nicht wundern. Dies ist ein Friedhof, der abwechselnd in dänischer und in deutscher Hand war. Diese Grabsteine sind eher Gedenksteine, die man hier hingelegt hat."

Lundgaard blinzelte ungläubig. „Du meinst, dass die Soldaten gar nicht hier beerdigt wurden?"

„Nicht unbedingt dort, wo ihre Grabsteine heute liegen. Martins Urgroßvater Jacob Hinrichsen ist eine der wenigen Ausnahmen. Er liegt hier, wo sein Kreuz steht."

Sie blieben beide davor stehen und betrachteten die weiße Inschrift auf dem alten Eisenkreuz. Lundgaard wunderte sich über das Sterbedatum aus dem Jahre 1874. „Aber er ist ja gar nicht bei Düppel gefallen, sondern erst zehn Jahre später hier beerdigt worden."

„Ja, das stimmt. Dort hinten sind auch noch einige Gräber von Soldaten, die später neben ihren gefallenen Kameraden beerdigt werden wollten", erklärte sie und wies auf einige Steinplatten in der hinteren Reihe. „Das gab es damals öfter. Auch bei den Idstedt-Soldaten." Sie ging zum Grabhügel und suchte die vielen, weißen Marmortafeln nach Thomas Lundgaard ab.

„Hier, Erik, hier ist der Gedenkstein." Sie machte einen Schritt zurück und ließ den Dänen mit seiner Digitalkamera einige Aufnahmen machen.

„Aber er liegt nicht hier?", fragte er nochmals ungläubig und steckte langsam die Kamera in seine Jacketttasche zurück.

„Irgendwo auf diesem Friedhof, jedoch nicht unter diesem Hügel. Der entstand erst 1862, als man den Idstedt-Löwen aufstellte."

Sie zeigte auf die Rasenfläche zwischen dem Querweg und dem Grabhügel, auf der jetzt nur ein großer Farn und zwei hohe Thuja-Bäume standen. „Hans Christian Andersen, der dänische Märchenerzähler, war oft hier, um seinen gefallenen Freund Oberst Læssø zu besuchen. Über vierhundert Soldaten fanden hier zusammen mit ihm ihre letzte Ruhe. Gut bewacht vom Idstedt-Löwen."

„Ich habe gehört, dass die Statue nach Flensburg zurückkommt", sagte Lundgaard, während er sich an den Löwen erinnerte, an dem er in Kopenhagen oft achtlos vorbeigegangen war.

„Ja, an seine alte Stelle. Früher gab es hier keinen Rasen, sondern mehrere Reihen mit Flensburger Bürgergräbern, die für das Denkmal eingeebnet wurden."

Lundgaard schaute zu Boden. „Das haben die Flensburger zugelassen? Warum haben sie nichts dagegen unternommen?"

„Das haben sie, aber jeder Appell war umsonst. Gegen Orla Lehmann kamen sie nicht an. Herman Wilhelm Bissen wurde trotzdem mit einem Löwendenkmal beauftragt, reiste dafür nach Paris und Venedig, wo ihn der Athener Löwe von Piräus mit der

Runenschrift auf der rechten Schulter wohl zu seiner Statue inspirierte. Und anstatt einen sterbenden Löwen darzustellen, wie es damals bei Gedenksteinen auf Friedhöfen in Europa üblich war, entschied er sich für einen sitzenden Löwen."

„Was den Deutschen nicht gefiel, da es wie ein Siegesdenkmal aussah."

Lisa winkte ab. „Lehmann war Politiker und redete nicht von einem Siegesdenkmal, sondern von einer Statue zu Gedenken der Idstedt-Gefallenen. Wahrscheinlich wäre alles wohl nicht so schlimm gewesen, wenn das ganze Vorhaben nicht so unsensibel abgelaufen wäre. Man ebnet keine Bürgergräber ein, um ein acht Meter hohes Löwen-Denkmal zu bauen, dessen Blick nicht auf den Grabhügel der toten Soldaten, sondern fordernd nach Süden gerichtet ist."

Jetzt verstand Lundgaard und musste lächeln. „Nach Süden, nach Holstein. In die Richtung der Preußen und des Deutschen Bundes."

Lisa nickte. „Das war ein Affront, den die Dänen kurze Zeit später nach der versuchten Annexion Schleswigs, Holsteins und Lauenburgs schwer bereuen mussten. Der Löwe stand nur zwei Jahre, dann wurde er von den Preußen abgebaut, weil einige deutschstämmige Flensburger bereits dabei waren, ihn zu demolieren und von seinem Sockel zu stoßen. Er kam dann nach Berlin, wo heute noch eine Kopie am Wannsee steht, und nach dem Ende des Zweiten Weltkriegs wurde er von den Alliierten an Dänemark zurückgegeben und nach Kopenhagen gebracht."

„Der Idstedt-Löwe. Ein ewiges Thema."

„Das kannst du wohl sagen", seufzte Lisa und führte ihren Gast langsam zum östlichen Ausgang des Friedhofs. Sie bemerkte nicht den Mann im braunen Jackett, der nur wenige Meter hinter ihr stand und sie hinter einem der breiten Thuja-Bäume verstohlen beobachtete, so, wie er es schon oft getan hatte. Ein selbstgefälliges Lächeln umspielte seine Lippen, als er daran dachte, wie nah er dieser Frau schon mehrmals gekommen war und wie oft er schon mit ihr geredet hatte. In seiner Hosentasche umkrampfte seine rechte Hand eine alte Luger. Das kalte Metall gab ihm Sicherheit und es beruhigte das Feuer, das in seiner Seele brannte. Doch nur der Tod konnte sein Seelenfeuer wirklich beruhigen. Der Tod seines nächsten Opfers …

Lundgaard und Lisa wanderten, ohne den geheimnisvollen Beobachter zu bemerken, an Adolf Brütts „Gerettet"-Statue vorbei, die einen Seemann mit grimmigem Gesichtsausdruck zeigte, der eine leblose Frau auf seinen starken Armen ans trockene Ufer trug. Lundgaard zögerte einen Moment, als sie an diesem düsteren Lebensretter vorbeigingen, und er hatte auf einmal das unheimliche Gefühl, dass ihn die ernsten Augen des Seemanns verfolgten. Es war, als wenn der Seemann ihm etwas zuflüsterte: „Pass auf die Frau auf! Sie ist in Gefahr! Rette sie, wenn die Zeit kommt!"

Lundgaard zuckte mit dem Kopf und versuchte die wirren Worte abzuschütteln, aber sie ließen ihn nicht los. Selbst, als er Lisa vor einem der Gebäude auf dem Museumsberg eingeholt hatte, rumorten sie noch in seinem Kopf herum. Nur allzu gern ließ er sich von Lisa ablenken, die auf das Türportal an der Westfassade des Sauermann-Hauses zeigte, wo das Motto „Arbeit staelt, Kunst beseelt" eingearbeitet war.

„Emil Nolde hat hier eine Ausbildung zum Möbelzeichner und Holzschnitzer gemacht." Lisa warf Lundgaard einen fragenden Blick zu. „Du weißt, wer Emil Nolde war?"

„Natürlich. Ein expressionistischer Maler hier aus der Gegend."

„Ja, eigentlich hieß er Hans Emil Hansen, aber mit fünfunddreißig legte er sich den Künstlernamen Nolde zu, der Name des Ortes, aus dem er stammte."

„Hat er nicht eine Dänin geheiratet?"

„Ja, Ada Vilstrup, eine dänische Schauspielerin, die er in Kopenhagen kennenlernte."

„Interessant. Ich wusste nicht, dass er vor seiner Malerkarriere hier in Flensburg eine Lehre als Kunsttischler machte."

„Das wissen auch nur wenige. Vier Eulen an Theodor Storms Schreibtisch, an dem er 1888 den *Schimmelreiter* beendete, sind von Nolde geschnitzt. Willst du vielleicht einige Bilder oder seine berühmten Bergpostkarten sehen?"

„Vielleicht ein anderes Mal", wiegelte er mit einem entschuldigenden Lächeln ab. „Heute ist mir nicht nach Kunst."

„Okay, wie du meinst", sagte sie gut gelaunt und ließ ihn wenige Minuten später ins Haus eines Weinhändlers in der Roten Straße eintreten, wo Lisa sich nach einer kurzen Weinprobe für zwei Flaschen eines württembergischen Lembergers entschied, während Lundgaard einen Rioja mitnahm und alle drei Flaschen für den heutigen Abend bezahlen wollte.

„Das ist für meinen Geschmack zu viel Geld für ein Gastgeschenk, Erik. Es wird Martin nicht gefallen, wenn ich ihm erzähle, dass du die Flaschen bezahlt hast", protestierte Lisa unschlüssig mit dem Portemonnaie in der Hand.

„Darauf werde ich es ankommen lassen, denn zum Glück hast du einen sehr guten Geschmack. Das ist es mir wert", erklärte er und stellte verwirrt fest, dass in seinem Kopf eigentlich der Satz: „DU bist es mir wert" herumschwirrte. „Komm schon, Lisa. Du ersparst dem dänischen Staat die Kosten meines Abendessens, also werd ich uns wohl zwei Flaschen mit badischem Wein spendieren dürfen, oder?"

Schmunzelnd ließ Lisa sich sanft von Lundgaard beiseitedrängen, während er bezahlte und die Tüte mit dem Wein in Empfang nahm. Das hatte natürlich noch den galanten Nebeneffekt, dass sie die schweren Flaschen nicht durch die gesamte Ladenstraße tragen musste. Ein Effekt, dessen sich der Däne und Lisa beide bewusst waren – und den Lisa äußerst charmant fand.

„Hilfst du deiner Ehefrau auch immer beim Einkauf?", fragte sie ziemlich direkt, als sie langsam zum Südermarkt zurückgingen.

„Ich bin nicht verheiratet."

„Dann deiner Freundin?"

Lundgaard lachte. „Nein, die kaufen meistens selber ein, wenn ich nicht da bin, da sie sonst verhungern würden."

Sie bemerkte, dass er in seiner Antwort nicht nur von einer Freundin sprach. Er schien sich mehrere warmzuhalten und warnte sie vor. Komm mir nicht zu nah oder ich verletze dich. Oder bildete sie sich das nur ein?

„Korrekt. Du kennst das ja vermutlich von den Einsätzen deines Mannes. Wenn etwas am Samstag passiert, ist das Wochenende für das Privatleben gelaufen."

Lisa nickte nachdenklich. „Ja, aber zum Glück sind die Wochenenden in Martins Bezirk meistens sehr ruhig. Da wirst du in Kopenhagen wohl mehr zu tun haben."

„Vermutlich. Außerdem bräuchte ich schon einen ziemlich guten Grund, um zu heiraten", antwortete der Däne und sah an Lisa herunter, die seinen Blick auffing und festhielt, als er wieder ihr Gesicht erreichte.

„Dann such dir man schön einen ziemlich guten Grund. Vielleicht findest du hier in Flensburg ja eine Frau, die dir gefällt."

„Oh, ich habe bereits mehrere gesehen, die mir gefallen. Eine von ihnen hat mich gerade bei ihren Einkäufen mitgenommen und zeigt mir nebenbei die Stadt."

Lisa lachte. „Die Frau ist schon vergeben", sagte sie und hielt ihm ihre rechte Hand mit dem goldenen Ring entgegen.

„Für immer?", wollte Lundgaard mit einem lauernden Unterton wissen.

„Für immer und ewig."

„Dein Mann ist zu beneiden."

Sie winkte ab. „Nicht immer, glaub mir. Ich kann auch ganz schön zickig sein."

„Nein, das glaube ich nicht."

„Dann wünsch dir, mich niemals so zu erleben", lachte sie und ging mit energischen Schritten die Straße entlang. Sie war noch in Gedanken über diese unerwartete Flirtattacke, die sie verwirrte, als ihr Blick auf das Schaufenster eines Fotogeschäfts fiel und ihr auf ein Mal wieder klar wurde, wer sie war und wo sie herkam. Sie hielt ihren Begleiter am Arm fest. „Willst du mal meine Großmutter sehen?"

Der Däne hob überrascht die Augenbrauen. „Warum nicht? Wohnt sie hier irgendwo?"

„Nein, sie ist schon lange tot, aber hier ist ein Bild von ihr." Lisa zog ihn einfach in den schmalen Gang neben einer Hofeinfahrt und deutete auf ein altes, eingerissenes Foto, auf dem eine Theatergruppe aus den Zwanzigerjahren des vergangenen Jahrhunderts zu sehen war. Daneben stand das gleiche Foto in restaurierter, vollständiger Form, als habe man es gerade erst aufgenommen.

„Sie steht ganz links: Ingeburg Maria Ohlsen, geborene Jensen."

Lundgaard senkte den Kopf, beugte sich vor und betrachtete die fremde Frau auf dem Foto.

„Hmmm, du hast nicht viel von ihr geerbt, oder? Ich finde jedenfalls, dass du ihr nicht sehr ähnlich siehst."

Lisa seufzte. „Das sagen alle. Na ja, komm, lass uns weitergehen. Ich wollte sie dir nur kurz zeigen, wenn wir schon mal hier am Schaufenster vorbeigehen. Und hier gleich gegenüber im Eckhaus hat euer Hans Christian Andersen oft gewohnt, wenn er in Flensburg war." Sie zeigte auf die Renaissance-Häuserfront. „In einem der Eckzimmer zur Roten Straße soll er übernachtet haben. Doch jetzt ist von diesem Haus leider nur noch die Fassade übrig."

Lundgaard starrte auf das braune Mauerwerk und stellte sich vor, wie Hans Christian Andersen dort vor hundertfünfzig Jahren am Fenster gesessen haben mochte, das damalige Treiben auf dem Südermarkt beobachtend, und vielleicht neue Ideen für seine Märchen gehabt hatte.

„Na ja, immerhin existiert diese Fassade noch", meinte er und betrachtete die kleinen Erkerfenster. „Es wäre schade gewesen, wenn diese alte Stirnseite der modernen Baukunst zum Opfer gefallen wäre."

Lisa nickte und freute sich, dass er das Gleiche wie sie empfand.

„Das stimmt. Wir Flensburger kämpfen um jede Fassade und um jedes Haus, das in der Innenstadt abgerissen werden soll."

„Das merkt man. Es sieht hier wirklich sehr hyggelig aus. Entschuldige," sagte er, als er bemerkte, dass er Dänisch gesprochen hatte.

„Keine Angst. Wir wissen, was hyggelig bedeutet. Und wir sind stolz auf unsere gemütliche Innenstadt."

Plötzlich war ein lautes Rotorengeräusch über ihnen zu hören. Lisa hob den Kopf und sah einen rot-weißen Hubschrauber über sie hinwegfliegen. „Ah, Christoph“, meinte sie nur und wollte weitergehen, doch Lundgaard blieb irritiert stehen.

„Du kennst den Piloten?“

„Nein. So heißt der Rettungshubschrauber: *Christoph Europa 5*. Aber wir Flensburger nennen ihn einfach nur Christoph. Er bringt sicher einen Patienten in die Diako.“ Sie sah Lundgaard mit einem schmerzlichen Blick an. „Hoffentlich ist es nicht ein neues Opfer eures Serienmörders.“

Lundgaard gefielen ihre Worte nicht. „Er ist nicht *unser* Serienmörder. Ich könnte wirklich gut auf ihn verzichten.“

„Natürlich. Bitte entschuldige.“

„Kein Problem.“

Einige Minuten später kamen sie am *Borgerforening* vorbei, wo Lisa im gemütlichen Hof unter der großen Kastanie drei Männer sah, was sie und ihren Gast auf andere Gedanken brachte.

„Ah, das sind die Leute vom Kulturbüro. Die besprechen bestimmt gerade einen Abend der Flensburger-Hofkultur-Tage.“

„Wann finden die denn statt?“

„Mitte August. Soll ich für uns drei vielleicht Karten besorgen?“, schlug sie bereitwillig vor, doch der Däne schüttelte langsam den Kopf.

„Nimm es mir bitte nicht übel, aber eigentlich wäre ich froh, wenn wir bis dahin diese verdammten Mordfälle aufgeklärt hätten und ich wieder in Kopenhagen wäre.“

Lisa nickte mit einem verständnisvollen Lächeln. „Ja, das hofft Martin auch.“

Lundgaard seufzte. „Natürlich hofft er das, damit er mich loswird.“

„Nein, nicht nur. Er will, dass dieser Serienmörder so schnell wie möglich hinter Gitter kommt. Er hat in seinem Leben schon an vielen Mordfällen gearbeitet, aber dieses Mal geht ihm das alles echt an die Nieren“, sagte sie und drehte wehmütig an ihrem goldenen Ehering, da sie gerade an dem Laden von Andreas Groth vorbeigingen. Erinnerungen an den freundlichen Juwelier, der ihnen vor fünf Jahren zu ihrer bevorstehenden Heirat gratulierte und ihnen eine Auswahl an Eheringen präsentierte, wurden wieder wach. Wie vielen Paaren hatte er wohl im Laufe seines Lebens den Ring der ewigen Treue verkauft? Wie viele der über fünfhundert Besucher seiner Beerdigung trugen jeden Tag seinen Schmuck und seine Uhren?

Der Däne folgte ihrem traurigen Blick und erkannte den Laden wieder. Lundgaard musste an die Witwe von Stieg Mortensen in Kopenhagen denken und schluckte einmal hart. „Ja, mir geht es auch an die Nieren“, gab er zu. „Wenigstens etwas, das Martin und ich gemeinsam haben.“

Wortlos gingen sie eine Weile nebeneinander durch die Menschenmenge der Ladenstraße, während Lisa versuchte, ihren dunklen Gedanken eine andere Richtung zu geben. Da fiel ihr ein neues Problem ein, das man hoffentlich leicht lösen konnte.

„Was sollen wir heute Abend eigentlich essen? Als Gast darfst du dir wünschen, was du willst, und wir kaufen es hier gleich ein.“

Lundgaard freute sich über diese spontane Geste, bereute sie allerdings sofort, als er seinem Wunsch freien Lauf ließ. „Ich hätte gern ein Schnitzel mit Sauerkraut und Kartoffeln.“

Lisa rollte mit den Augen. „Das kann nicht dein Ernst sein, Erik! Als wenn wir Deutschen nichts anderes zu bieten hätten!“

„Das mag ja sein“, gab er zurück, „aber ich fahr doch nicht nach Deutschland, um hier einen französischen Zwiebelkuchen, italienische Pasta oder griechisches Gyros zu essen. Nein, ihr reist nach Dänemark, um einen original dänischen Hot Dog zu genießen, und wir kommen nach Deutschland, um eine echte Thüringer Bratwurst oder ein Schnitzel zu essen.“

„Na gut“, gab sich Lisa geschlagen. „Aber kein Sauerkraut. Das gibt’s bei uns nur im Herbst oder Winter. Stattdessen mach ich uns Leipziger Allerlei. Ist das okay?“

„Das hört sich auch gut an. Hauptsache, ich bekomme bei dir ein ordentliches deutsches Schnitzel.“

„Kriegst du. Du kannst es dir gleich bei Schlachter Jepsen selber aussuchen“, meinte sie und deutete auf ein kleines Geschäft wenige Meter von ihnen entfernt.

9

Nach dem Einkauf beim Schlachter ging Lisa in Gedanken nochmals ihre Liste durch. Wein und Kalbfleisch hatten sie gekauft. Leipziger Allerlei und Kartoffeln hatte sie noch zu Hause. Genauso Chips und Schokoladenpralinen, falls ihr Gast nach dem Essen etwas Süßes brauchte. Allerdings würde der Rest Whiskey, der bei ihnen im Wohnzimmerschrank stand, vielleicht nicht mehr für zwei trinkfeste Männer reichen, sodass sie Lundgaard schnell noch ins Rumhaus der Stadt, in die *Hökerei,* brachte, wo sie einen über dreißig Jahre alten Whiskey kaufte. Eine Viertelstunde später betrachtete sie amüsiert die beiden Kunststofftüten an Lundgaards Händen, als sie den kleinen Laden wieder verließen.

„Ich habe es jetzt nicht mehr genau in Erinnerung", gestand sie mit einem Koboldlächeln. „Wie viel Alkohol darf man eigentlich über die Grenze nach Dänemark einführen?"

Lundgaard hatte es sich nicht nehmen lassen, eine Flasche *Johannsen*-Rum und einen Flensburger Aquavit mitzunehmen. „Wieso? Wer sagt denn, dass es dazu überhaupt kommt?"

„Du … meinst also, dass du noch länger hier in Flensburg bleiben wirst?"

Der Däne erkannte erst jetzt den besorgten Unterton in ihrer Stimme. Schlagartig wurde ihm wieder bewusst, dass er die Frau eines Kriminalbeamten neben sich hatte, die sich ernste Sorgen um ihren Mann und seine Arbeit machte. Es war vermutlich ein Serienmörder in der Stadt. Je dichter sie ihm auf den Fersen waren, desto gefährlicher würde es werden. Für ihn, für Hinrichsen und dessen Kollegen.

Sie warf ihm einen bittenden Blick zu. „Du passt auf Martin auf, versprichst du mir das?"

„Natürlich", redete Lundgaard ihr mit ruhiger Stimme gut zu. „So, wie er hoffentlich auch auf mich aufpasst, wenn's drauf ankommt. Er hat übrigens sehr gute Kollegen um sich herum, soweit ich das beurteilen kann. Du brauchst dir also keine Sorgen zu machen."

Lisa verzog das Gesicht, als er auf die Kollegen ihres Mannes zu sprechen kam. „Die meisten seiner Leute sind okay, aber Rickerts macht ihm oft das Leben schwer."

„Rickerts? Warum? Was ist mit ihm?"

„Er ist zwei Jahre älter als Martin und auch Kriminalhauptkommissar. Wahrscheinlich hatte er sich wohl schon selbst als Leiter vom K1 gesehen. Mein Mann hat den Posten erst seit einem Jahr."

Lundgaard schüttelte ungnädig den Kopf. „Egal. Martins Vorgesetzte werden sich etwas dabei gedacht haben, ihn und nicht diesen Rickerts genommen zu haben. Dein Mann wird mehr auf dem Kasten haben als er."

Das Lob des Dänen zauberte ein leises Lächeln in Lisas Gesicht zurück. „Das glaub man. Er hat ziemlich viel auf dem Kasten."

Sie gingen entlang der Schrangen, einem alten Backsteingebäude mit Arkaden, bis sie den Neptunbrunnen auf dem Nordermarkt erreichten. Das Wetter zeigte sich bereits den ganzen Tag von seiner besten Seite, sodass Lisa auf einige Rattanstühle deutete, die vor dem Lokal an der östlichen Seite des Marktplatzes standen, und Lundgaard nickte zustimmend. Er hatte in der *Hökerei* nur einen kleinen Schluck alten Rum probiert und wollte jetzt endlich ein gutes deutsches Bier genießen, um seinen Durst zu löschen.

Sie nahmen an einem der Tische Platz und bestellten Erdbeerkuchen und einen Cappuccino für Lisa und ein eisgekühltes Bier für Lundgaard, was ihnen nach wenigen Minuten gebracht wurde. Mit einem lauten „Plop!" ließ der Däne den Verschluss der Flasche aufspringen und leerte sie bis zur Hälfte.

„Dat keem aver en dröge Steed hen, hätte meine Mutter jetzt gesagt", meinte Lisa auf Plattdeutsch und griff nach ihrem Cappuccino. Sie nippte vorsichtig an dem heißen Getränk und gönnte sich ein Stück vom frischen Erdbeerkuchen mit Sahne. So saßen sie einige Minuten wortlos nebeneinander und beobachteten die Menschen, die die Ladenstraße entlanggeschlendert kamen, und wie sie in einem der zahlreichen Cafés Platz nahmen, als plötzlich ein lautes Tuten vom Hafen her zu hören war.

Lisa lächelte. „Die *MS Deutschland* unten am Harniskai", erklärte sie, und Lundgaard erkannte etwas Sehnsüchtiges in ihren Worten.

„Hast du schon mal eine Kreuzfahrt mitgemacht?"

„Nein."

„Aber du würdest gern ...", fragte er sich vorsichtig mit der Erfahrung eines langjährigen Ermittlers heran.

„Ja, sicher", erklärte sie mit leuchtenden Augen. „Es wäre mir auch egal, ob es die Ostsee, die Karibik oder das Mittelmeer wäre. Ich liebe diese großen Schiffe! Zwei Wochen Entspannung ... das wäre toll!" Ihre Stimme war voller froher Hoffnung, doch dann wurde sie wieder dunkel. „Martin mag aber nun mal lieber Lanzarote. Da kann er sich gut erholen." Ihre Stimme hörte sich resignierend an.

„Du magst keine wüste Landschaft und schwarzen Lavaberge?", forschte er nach.

„Ehrlich gesagt, nein. Da schaue ich lieber zwei Wochen aufs blaue Meer." Sie sah plötzlich zu ihm auf, als ihr klar wurde, was sie redete. „Davon sagst du Martin aber nichts, hörst du! Das geht ihn nichts an!"

Der Däne hob eine Augenbraue und wollte ihr widersprechen, da er fand, dass ihre Wünsche Martin sehr wohl etwas angingen, aber er hielt sich zurück und nickte nur. Insgeheim nahm er sich jedoch vor, seinem Kollegen bei Gelegenheit trotzdem einen kleinen Tipp zu geben.

Sein Nicken beruhigte Lisa, die sich über sich selbst wunderte, dass sie zu diesem Mann, den sie kaum kannte, so offen sprach. Wahrscheinlich lag es an seiner unbeschwerten, leichten Art, die es ihr so einfach machte, mit ihm über Dinge zu sprechen, die ihr bei Martin schwerfielen.

Langsam ließ sie sich in ihren Rattansessel zurücksinken und schützte mit der linken Hand ihre Augen gegen die Sonne, als sie in die Richtung des südlichen Eckhauses des alten Marktplatzes blickte, was ihren Gedanken eine neue Richtung gab.

„Das Haus dort drüben war früher das Hotel Rasch, eine der ersten Adressen in Flensburg. Hier hat Hans Christian Andersen auch manchmal übernachtet. Natürlich mit seinen drei wichtigsten Reiseutensilien."

Lundgaard verschluckte sich an seinem Bier, als er an die Marotte des Märchenerzählers dachte. „Du meinst seinen Hut, ein Seil, über das er sich retten konnte, falls es im Haus brennen sollte, und seinen Regenschirm?"

„Ja. Theodor Fontane wohnte auch dort, als er nach der Düppeler Schlacht in Flensburg war, um für sein Buch über den Deutsch-Dänischen Krieg zu recherchieren. Von dem Zimmer, das die Witwe Rasch ihm gab, war er allerdings nicht begeistert. Kein Wunder. Die Hotelbesitzerin wird die besten Räume an adelige, preußische Offiziere vermietet haben, die besser zahlen konnten als ein reisender Schriftsteller."

Lundgaard betrachtete nachdenklich den Eingang des Hauses.

„Glaubst du, dass die beiden sich hier mal über den Weg gelaufen sind?"

Lisa hob eine Augenbraue. „Du meinst Andersen und Fontane? Nein, soweit ich weiß, haben sie sich nie getroffen. Aber Fontane besuchte nach seinem Aufenthalt Theodor Storm in Husum."

„Das ist ja auch nicht weit von hier entfernt."

„Nein. Wenn er sich in Schleswig-Holstein aufhielt, wäre es wohl eine Beleidigung gewesen, wenn er nicht bei ihm vorbeigeschaut hätte."

Lundgaard nickte, setzte seine Sonnenbrille wieder auf und warf einen Blick über den Nordermarkt, auf dem bei diesem schönen Sommerwetter viele Cafés und Kneipen ihre Stühle nach draußen gestellt hatten. Die meisten Sitzplätze waren belegt, und das nicht nur von Touristen, wie er durch einige Gespräche um sich herum feststellte. Die Flensburger mochten es gemütlich: Egal, ob zum Frühstück, zum Mittagessen, zum Kaffee oder Abendessen, saßen sie bei schönem Wetter geradezu mit mediterraner Gelassenheit draußen in den Cafés und Kneipen, um zu klönen und zu schnacken. So auch zwei Frauen, die sich trafen und an einen Tisch neben Lundgaard setzten. Sie unterhielten sich in einem merkwürdigen Sprachengemisch, von dem er nicht jedes Wort verstand.

„Hallo Birthe! Wasz schön un szehen dich. Szei szo chut un komm nieder. Du sziehst heute orntlich'n büschen ring aus, mein Liebbe“, sagte eine Frau mit langen, schwarzen Haaren zu einer Brünetten, die zusammen mit ihrer Freundin auf den Stühlen vorm *Kritz* Platz nahm.

„Moin, mein Beste. Wasz hab ich dich chefehlt. Dabei bin ich heute szo schiet szu pass“, stöhnte Birthe und schnaufte in ein schnell aus der Hosentasche gezaubertes Papiertaschentuch. „Ich war gestern Abend inner Hölzung spazieren, asz es an zu regnen fing, un ich szollte durch den chanzen Maggeratsch nach Hause laufen. Un denn bin ich bei zue Fenster und anne Heizung gleich ins Badezimmer chegangen. Mich lengte so nach einem Vollbad.“

„Ohaueha, nee, wie szünde“, meinte die Frau mit den langen schwarzen Haaren teilnahmsvoll. „Na, denn szollen wir uns cherne'n chute Tasse Kaffee haben, nich? Oder lieber'n Tasse chesunden Kamillentee?“

„Nee, Kaffee isz chut.“

Die Schwarzhaarige winkte nach der Serviererin, die sie beide mit einem freundlichen Lächeln bediente und danach wieder im *Kritz* verschwand. Birthe schniefte nochmals kräftig ins Tempo-Taschentuch, um ihrem Leiden in Form einer Sommererkältung mehr Ausdruck zu verleihen.

„Ach, ich bin schon chanz dingelig von das viele Prusten“, erklärte sie. „Ich bin den chanzen Morgen bei szu szüsseln, un chleich muss ich auch noch mein Tochter umbringen.“

Lundgaard zuckte zusammen und konzentrierte sich noch intensiver auf das Gespräch neben sich.

Doch die Schwarzhaarige schien die Mittelung ihrer Freundin nicht aus der Fassung zu bringen. „Nich, dass du dich szo viel abmarsen tust und chanz wild in die Szeiten wirst, Liebbe. Komm, lass uns vorher noch ein orntlichen Klott Schnack kriegen. Hast du von der Stackelsfrau Iversen chehört? Szie fiel lingelangs hin un is wieder aufe Anstalt zu liegen gekommen. Oder inne Franzisko.“

Birthe hob, für einen Moment von ihrem Niesreiz abgelenkt, den Kopf. „Frau Iversen? Ach Chott, nein, wie szünde für szie ...“

Mehr bekam Lundgaard nicht mehr mit, da er sich verschwörerisch zu Lisa herüberbeugte und ihr etwas ins Ohr flüsterte. „Die Frau rechts neben mir hat der anderen gerade gesagt, dass sie ihre Tochter umbringen will!"

Lisa warf einen schnellen Blick auf die beiden Frauen am Nebentisch und lachte kurz auf. „Ach, mach dir keine Sorgen. Das ist bei Gitte und Birthe ganz normal."

Lundgaard machte ein erstauntes Gesicht. „Wie bitte?"

„Das sind Gitte Christiansen und Birthe Paulsen, zwei Künstlerinnen, die die Flensburger Petuh-Sprache aufrechterhalten, eine Mischsprache aus Deutsch, Dänisch, Angelner Plattdeutsch und Plattdänisch. Ein ureigenes Sprachengemisch aus dem Grenzland, das es nur in Flensburg gibt. Die ursprünglichen Petuh-Tanten sind ja leider alle inzwischen verstorben. Nur durch Menschen wie Gitte, Birthe, einige Autoren und unsere unvergessene Rock-Oma Gerty Molzen bleibt das Petuh-Erbe aktiv."

Lundgaard lehnte sich gegen eine der Armlehnen seines Stuhls und stützte sein Kinn mit der rechten Hand. „Rock-Oma?"

„Ja, unsere Gerty Molzen. Sie war schon Ende siebzig, als sie Lou Reeds Klassiker *Take a Walk on the Wild Side* sang und damit sogar in New York, London und Wien auftrat. Tja, unsere Gerty war schon ein Flensburger Original." Lisa überlegte kurz. „Es gibt zwei wunderschöne Sätze auf Petuh, die ich dir gern erzählen möchte. Der eine lautet: Wie kann ich sitzen bei ausses Licht un szue Rollo'n un nähn abbe Knöppe an? Hast du ihn verstanden?"

Der Däne schmunzelte. „Ich glaube schon."

„Und der zweite ist: ‚Komm nieder, Mamsell, un bring die Kinner um. Un wenn Szie szie abgezogen haben, denn legen Szie szie ein.' Es heißt so viel wie: ‚Kommen Sie herunter, Mamsell, und bringen Sie die Kinder nach Hause. Und wenn Sie sie ausgezogen haben, dann legen Sie sie ins Bett.'"

Lundgaards Grinsen wurde breiter, während Lisa entschuldigend mit den Schultern zuckte. „Du siehst, Erik: Kinder *umbringen* ist in Flensburg nichts Besonderes." Sie widmete sich gerade den letzten Stücken ihres Erdbeerkuchens, als sie ihren Mann auf sich zukommen sah. Martin Hinrichsen nickte dem Dänen kurz zu und warf dann der dunklen Bügelflasche auf dem Tisch und den Tüten von *Braasch* und der *Hökerei* neben Lundgaards Stuhlbeinen einen kurzen Blick zu.

„Sie scheinen sich hier ja schnell zu akklimatisieren", meinte er trocken, setzte sich zu ihnen und gab seiner Frau einen besonders innigen Begrüßungskuss.

Lisa strich ihm zur Belohnung sanft durchs kurze Haar. „Erik war so freundlich, für uns heute Abend Wein einzukaufen. Das ist doch nett von ihm, oder nicht?"

„Sehr nett", knirschte Martin durch seine zusammengebissenen Zähne.

In dem Augenblick stand Lundgaard auf und griff nach seiner leeren Bierflasche. Normalerweise waren die Serviererinnen zwar für die Bedienung zuständig, aber der Däne hatte das Gefühl, dass er Lisa und Martin für einen kurzen Moment allein lassen sollte, und schwenkte leicht die leere Flasche in der Luft. „Willst du vielleicht auch ein Bier, Martin?"

„Gern, *Erik*", sagte der mit versteinertem Lächeln.

„Und du, Lisa? Noch einen Erdbeerkuchen?"

„Nein danke. Ich bin pappsatt."

Lundgaard nickte kurz und verschwand dann im *Kritz*.

Martin nutzte die Gelegenheit und wandte sich an seine Gattin. „Ihr seid also schon beim Du angekommen?"

„Du weißt doch, dass das bei den Skandinaviern schnell geht. Die sagen immer Du zueinander."

Martin verzog das Gesicht. „Flirtet er mit dir?"

Lisas Mundwinkel zuckten. „Ja, mein Schatz."

„Und flirtest du mit ihm?", fragte er leise flüsternd, während er ihr zärtlich über den Nacken strich.

„Nein, mein Schatz."

„Ich muss ihm also nicht die Arme und Beine brechen, ihn die Marientreppe hinunterwerfen und ihn zu den Dickenissen in die Diako schicken?"

„Nein, mein Schatz."

Er drehte sie zu sich um und küsste sie lange fordernd auf den Mund. Dann sah er ihr mit einem Lächeln tief in die Augen und strich ihr eine Haarsträhne aus dem Gesicht. „Da bin ich aber froh. Du rettest deinen Mann vor einer Dienstaufsichtsbeschwerde und unser Land vor einem deutsch-dänischen Zwischenfall. Berlin und Kopenhagen werden dir ewig dankbar sein, dass ich ihm seinen feinen Anzug nicht zerknittere."

Sie sah mit einem schelmischen Blick in seine blaue Augen. „Das ist übrigens ein Boss-Anzug. Er meinte, der wäre angemessen, wenn er nach Flensburg reisen würde."

„Angemessen?", echote Martin. „Ein Boss-Anzug? Ich werde ihm schon noch zeigen, wer hier der BOSS ist."

„Bitte sei nett zu ihm. Er ist ein lieber Kerl. Außerdem kann er dir ja vielleicht wirklich bei deinen Fällen helfen, wenn ihr gut zusammenarbeitet."

Martin wehrte ihre Hand ab, die jetzt spielerisch durch seine Haare fuhr. „Jaja. Ich werde ihn mit Samthandschuhen anfassen, deinen Boss-gepanzerten Wikinger, und ihm nicht seine coole FBI-Sonnenbrille verbiegen."

„Dafür wäre ich dir dankbar. Außerdem ist es keine FBI-Brille, sondern Porsche-Design."

Martin warf seiner Frau einen schmunzelnden Blick zu. „Du musst *Erik* ja schon sehr nahegekommen sein, wenn du so etwas herausgefunden hast."

„Eher weniger. Ich kann eben gut lesen." Sie nickte zur schnittigen Sonnenbrille, die Lundgaard auf dem Bistrotisch abgelegt hatte, bevor er ins *Kritz* gegangen war. Auf dem linken Glas prangte deutlich der Name des deutschen Labels.

In dem Augenblick kam der Däne mit zwei Bierflaschen zurück, die er vor Hinrichsen und sich hinstellte. Es erscholl ein zweifaches „Plop!", dann stießen die beiden mit den Flaschen an, während Lisa an ihrem Cappuccino nippte. Es würde anscheinend noch ein langer Weg werden, bis ihr Mann Lundgaard akzeptierte, aber vielleicht würde der gemeinsame Abend ein erster Schritt sein, um die beiden zu einem echten Team zusammenzuschweißen.

Eigentlich dachte Lisa, dass sie nach dem Treffen auf dem Nordermarkt gemeinsam zu ihnen nach Hause gehen würden, doch suchte Lundgaard unter dem Vorwand, dass er von dem Spaziergang zu verschwitzt sei und schnell noch duschen wolle, die Möglichkeit, nachzukommen. Eine Stunde später erschien er nicht nur frisch geduscht, sondern auch in legerer Jeanshose und leichter, brauner Lederjacke und weißem T-Shirt und überreichte Lisa und Martin die beiden Weinflaschen als Gastgeschenk.

Lisa freute sich, dass Lundgaard bereit war, sich zumindest in Kleidungsfragen seinen deutschen Kollegen anzupassen, und auch bei den Gesprächen fanden sie und ihr Mann mehrere Themen, die sie beide mit aufkommender Begeisterung besprachen. Vor allem Martin interessierte sich für die Polizeiarbeit in Kopenhagen, während Lisa Lundgaard nach den Sehenswürdigkeiten der dänischen Landeshauptstadt ausfragte.

Es wurde ein langes, gemütliches Essen mit Diskussionen bis spät nach Mitternacht, ehe der Däne sich schließlich gut gelaunt von ihnen verabschiedete.

Martin wollte danach noch etwas in seinem Notizbuch nachlesen, und Lisa ging schon ins Bett. Doch eine halbe Stunde später kam Martin nach einem kurzen Besuch im Badezimmer zu ihr. Lisa las in einem Taschenbuch, als er die Decke hochhob und mit einem lauten, erlösenden Seufzen ins Bett sank. Dann drehte er sich zu seiner Frau um und beobachtete sie für einige lange Sekunden, ohne ein Wort zu sagen.

Ihre Geduld machte ihn beinahe wahnsinnig, aber sie hatte sich anscheinend heute vorgenommen, nicht das Gespräch zu beginnen.

„Was liest du da?“, fragte er nach einer Weile.

„Einen Krimi.“

„Und auf welcher Seite bist du gerade?“ Nicht, dass ihn das wirklich interessierte, aber es war eine gute Frage, um sie abzulenken, sich näher an sie heranzuschieben und zärtlich ihren linken Oberarm zu küssen, der oberhalb der gemeinsamen Bettdecke lag.

„Auf Seite 105. Der Leiter der Mordkommission versucht gerade im Bett seine Ehefrau zu bezirzen, damit sie ihn nicht für einen eifersüchtigen Mann hält.“

Martins Küsse wurden immer sanfter. Seine Lippen liebkosten ihre weiche Haut. „Und?“, fragte er leise. „Gelingt es ihm, die Frau seines Herzens gnädig zu stimmen?“

Lisa ließ das Buch auf die Bettdecke sinken, sah ihrem Mann direkt in die Augen und strich ihm mit der rechten Hand liebevoll durchs kurze braune Haar.

„Ja, es gelingt ihm“, antwortete sie mit einem nachsichtigen Lächeln und ließ sich von ihrem Ehemann lang und fest küssen. Zufrieden erwiderte sie seinen Kuss, und spürte gleichzeitig, wie er ihr das Buch entwand und es auf den Nachttisch legte. Mit einem genießerischen Seufzen sank sie tiefer in die Kissen und wusste, dass sie heute nicht mehr weiterlesen würde.

Während Martin Hinrichsen nach vielen durchgearbeiteten Abenden wieder Zeit für seine Frau fand, widmete sich ein Mann im braunen Jackett nur wenige Kilometer von ihm entfernt ebenso hingebungsvoll mehreren Spitzkugeln, die er aus einer Holzschachtel herausnahm und sie gegen das Licht einer schwachen Dachbodenlampe hielt. Sorgfältig prüfte er, welche am schönsten sei. Er suchte sich eine aus, säuberte sie kurz mit einer alten Zahnbürste und begann schließlich, äußerst vorsichtig drei filigrane Buchstaben in das alte Blei einzuritzen. Nach zehn Minuten war er fertig und legte die präparierte Spitzkugel neben die Luger zurück, die in einem alten, zerfetzten Tuch auf dem Tisch ruhte. Gutmütig strich er über den schwarzen Stoff und lächelte zufrieden …

10

Hans-Werner Neumann aus Husum freute sich schon seit über einem Monat, denn der Rentner hatte richtig Glück gehabt. Als er im Mai zur *Rum-Regatta* nach Flensburg gefahren war, hatte er dort an einem Preisausschreiben des *Schleswig-Holsteinischen*

Zeitungsverlags teilgenommen und dabei den ersten Preis gewonnen: eine Fahrt für zwei Personen auf dem Salondampfer „Alexandra" während des *Dampf rundums.* Freudestrahlend hatte er es damals nach dem Telefonanruf seiner Ehefrau erzählt, die sein Glück kaum fassen konnte und sich mit ihrem Mann zusammen auf diese Seefahrt freute. Am nächsten Tag war dann sogar ein Redakteur bei ihnen in Husum erschienen und hatte von ihm und seiner Ulla ein Foto gemacht, das zusammen mit einem kurzen Bericht auf der ersten Seite des Regionalteils in den *Husumer Nachrichten* und im *Flensburger Tageblatt* erschien.

Heute, am Samstag, war nun dieser besondere Tag, und sie stiegen in ihren alten Opel Astra und fuhren nach Flensburg. Den Wagen parkte Neumann vorsichtshalber auf der „Exe", einem alten Exerzierplatz auf dem Friesischen Berg, da die Innenstadt zur Zeit des Hafenfestes erfahrungsgemäß überfüllt und dort kein Parkplatz mehr zu bekommen war.

„Ach, wat is de Luft hier lummerig", meinte Ulla im allerschönsten Plattdeutsch, als sie aus dem Wagen stieg und in den blauen Himmel blickte, den langsam einige weiße Gewitterwolken durchzogen.

„Jo, richtig brottig is dat vundoog", stimmte ihr Mann ihr zu, als er die warme und schwüle Luft einatmete. „Aber nimm liekers dien Jack mit, Ulla. Dat warrt op't Water wohrschienlich pustig warrn."

Ulla nickte und nahm ihre Jacke und Handtasche von der Rücksitzbank, während auch ihr Mann nach einer dünnen Windjacke griff und sie sich anzog. Dann verschloss er den Wagen und spazierte gemütlich zusammen mit seiner Frau zum Südermarkt hinunter und bog in den Holm ein. Der Markt war eine einzige riesige Baustelle, doch die Neumanns, die anderen Touristen und letztendlich auch die Flensburger nahmen es gelassen hin, da die Arbeit nun mal notwendig war. Zwar wurde den Touristen damit ein hübsches Foto auf die St.-Nikolai-Kirche verwehrt, aber das konnte schließlich nur ein weiterer Grund sein, um Flensburg ein zweites Mal zu besuchen.

Die Neumanns gingen langsam an der Flensburg Galerie und den kleineren Läden vorbei, bis sie nach einer gemütlichen Viertelstunde auf die Ampelanlage an der Rathausstraße trafen und kurz auf Grün warten mussten. Neben ihnen redete eine hochgewachsene, blonde Frau im dänischen Singsang gutmütig auf ihr Kind ein, während rechts von ihnen ein älteres Ehepaar schwäbisch babbelte und dicht hinter ihnen unverkennbar ein Sachse seiner Frau erklärte, dass er, wenn er schon mal hier sei, unten am Hafen unbedingt ein Fischbrötchen essen und ein Flensburger Bier trinken wolle.

Dann wurde die Ampel grün und alle überquerten die Straße. Die Neumanns und viele andere gingen zur Hafenspitze, wo sie von einem bunten Riesenrad empfangen wurden. Die Kabinen des *Moulin Rouge* versprachen einen besonderen Blick über die Flensburger Förde und die Häuser westlich und östlich des Hafens, doch die Neumanns wollten nicht mit dem Riesenrad fahren und auch das Kettenkarussell, das viele Kinder und einige Erwachsene mit seinen Sitzen weit in die Luft schwang, reizte sie nicht. Stattdessen schlenderten sie am westlichen Ufer entlang, wo die „Alex", ein alter Salondampfer, bereits auf sie wartete. Sie waren jedoch eine halbe Stunde zu früh, sodass sie zum Carls-Eis-Stand gingen und sich dort ein Softeis mit Schokostreuseln kauften. Ulla hakte sich bei ihrem Mann ein und genoss das weiche Eis, während sie beide beobachteten, wie die „Goliath", ein dampfbetriebener Schlepper aus den Vierzigerjahren, mit lautem Tuten in den Hafen einlief und neben dem Rettungskreuzer „Vormann Jantzen" festmachte.

Sie gingen weiter den Kai entlang und bemerkten nicht den Mann im braunen Jackett, der ihnen unauffällig folgte. Stattdessen betrachteten sie die großen Dampf-Eisbrecher „Wal" und „Stettin", die zum Spaß der Besucher immer mal wieder ihr lautes, dumpfes Tuten von sich gaben. Beide Schiffe waren mit Schildern „Open Ship" gekennzeichnet, und Hans-Werner sah viele Menschen auf den Gangways, die zu den Dampfschiffen führten, aber er selbst hatte kein Interesse an lauten, alten Maschinen und blieb deswegen mit seiner Ulla an Land.

Neben der „Stettin" lag der Tonnenleger „Bussard", der gerade ablegte und rückwärts in die Förde fuhr, dann eine leichte

Steuerbordkehre machte und sich mit lautem Tuten von den Menschen am Kai verabschiedete.

Die Neumanns erreichten nun die Museumswerft, ein Gelände am Hafen, auf dem mehrere kleine Holzhäuser standen und alte Schiffe restauriert wurden, doch gingen sie schnell weiter bis zur Tribüne in der Nähe des Nordertors, auf der die *Flensburger Förde-Möwen* die Besucher mit einigen Shantys erfreuten. Die Neumanns blieben stehen und hörten sich die Grußworte des Veranstalters, des Oberbürgermeisters und des Staatssekretärs aus Kiel an, der die offiziellen Grüße aus der Landeshauptstadt überbrachte und das Flensburger *Dampf rundum* mit seinen Worten offiziell eröffnete.

„Ein Fest, das in ganz Europa seinesgleichen sucht", wie er stolz erklärte, was mit lautem Applaus der Zuhörer belohnt wurde. Neben der Tribüne stand eine alte Zettelmayer-Dampfwalze, die den Applaus jedes Mal mit lautem Tuten unterstützte.

Dann waren die Begrüßungsreden beendet und die Frauen und Männer der *Förde-Möwen* schallten erneut mit ihren fröhlichen Shantys von der Tribüne, sodass die Neumanns sich umdrehten und langsam wieder den Kai hinuntergingen. In zehn Minuten würde Einlass bei der „Alex" sein, aber Hans-Werner und Ulla brauchten sich nicht zu beeilen, denn trotz der vielen Menschen um sie herum würden sie die paar Meter bis zur „Alex" sicher rechtzeitig schaffen.

„Du, Hans-Werner, kiek mol, dor achtern gifft dat echte Husumer Krabbenbrötchen as bi uns tohuus. Ik glööf, ik hool mi een, bevör wi op dat Boot klarrn."

Ullas Ehemann starrte sie verständnislos an. „Aber dat gifft doch naher op de ‚Alexandra' genug to eten. Kannst du denn nich noch twee Minuten töven?"

„Nee. Un wer weet, wann dat dor losgeiht mit Eten. Villicht erst, wenn wi ut de Förde rut sind. Dat duert mi to lang. Is doch man blots en Krabbenbrötchen, Hans. Dat höllt sowieso nich lang vör."

„Na, gut, wenn du meenst. Aber seh to, dat dat gau geiht. Ik heff keen Lust, dat Schipp wegen en Krabbenbrötchen to verpassen."

Ulla nickte nur kurz und verschwand in der Menschenmenge, während ihr Mann sich umdrehte und sich zwischen den dicken Heck der „Stettin" und den breiten Bug der „Wal" stellte und zur St.-Jürgen-Kirche auf dem Ostufer hinüberblickte, deren rotweißer Turm von der Mittagssonne hell erleuchtet wurde.

Hans-Werner Neumann war noch in Gedanken bei seiner Ulla, und so bemerkte er den Mann nicht, der sich dicht an ihn herandrängte und ihm heimlich etwas in die linke Jackentasche steckte.

Der fremde Mann rührte sich nicht. Er war ein wenig angespannt, denn die Pistole, die er unter einer Jacke auf seinem rechten Arm versteckte, lag schwer in seiner Hand. Der Lauf war nur wenige Zentimeter von Neumanns rechter Niere entfernt, aber er musste noch einige Sekunden warten. Dabei hatte er schon seit Ewigkeiten auf diesen besonderen Tag gewartet. Spätestens seit er verblüfft den Artikel über den Sieger des Preisausschreibens und das Foto in der Zeitung sah, wusste er, dass er sein nächstes Opfer gefunden hatte. Doch im Augenblick wartete er eher auf das nächste laute Tuten eines der Schiffe, damit niemand den Pistolenschuss hören würde.

Neumanns Blick ruhte auf der St.-Jürgen-Kirche, als die „Stettin" neben ihm ein dreifaches lautes Tuten von sich gab und er plötzlich einen kurzen bösartigen Schmerz im Rücken spürte. Dann wurde ihm schwarz vor Augen. Er sackte zusammen und fiel kopfüber in das kalte Wasser der Flensburger Förde.

Einige Menschen schrien erschrocken auf. Die Besatzungsmitglieder der beiden Eisbrecher eilten an die Reling, da sie ein lautes Platschen gehört hatten, und tatsächlich lag da jemand bäuchlings auf dem Wasser. Sofort zog einer der Männer seine Jacke aus und sprang hinterher. Ein anderer junger Mann folgte ihm. Sie erreichten Neumann und drehten ihn um, damit er atmen könne, doch der rote Fleck, den beide vorher auf seinem Rücken gesehen hatten, ließ nichts Gutes erahnen.

„Ruft einen Krankenwagen!", schrie der junge Mann zur Schiffbrücke hoch, wo bereits viele Besucher ihr Handy am Ohr hatten und mit der Notruf-Zentrale telefonierten. Andere standen hingegen geschockt zwischen den Schiffen und den Verkaufsständen und waren nicht fähig sich zu rühren, während wieder andere ihre Familien und vor allem die Kinder schnell vom Unglücksort wegführten.

Die Retter hatten Hans-Werner Neumann schon aus dem Wasser gezogen, versucht die Wunde zu stillen und ihn wiederzubeleben, jedoch ohne Ergebnis. Auch der Notarzt, der schnell zur Stelle war, konnte nichts mehr für ihn tun. Resigniert stand der Arzt auf und ging zu einer Polizistin, die inzwischen mit ihren Kollegen am Tatort eingetroffen war.

„Er ist tot. Sie können den Bestatter rufen. Wir nehmen ihn jedenfalls nicht mehr mit."

Die Polizistin nickte nur und wollte die Information an ihren Vorgesetzten weitergeben, als der Arzt ihr etwas zuraunte. Die Polizistin hatte verstanden und sah sich in der Menschenmenge um, ob sich jemand auffällig oder nervös verhielt, aber die meisten Menschen, die vorbeikamen, machten automatisch einen großen Bogen um sie, ihre Kollegen und den leblosen Körper am Boden.

Zum Glück sind die Besucher nicht in Panik geraten, dachte die Polizistin, die sich eine flüchtende Menschenmenge beim *Dampf rundum* lieber nicht vorstellen wollte. Anscheinend hatte kaum jemand bemerkt, dass der Mann an einer Schusswunde starb. Sie glaubten wohl, dass er einem Herzinfarkt erlegen und ertrunken sei.

Gut für die Besucher, dachte die Polizistin dankbar, aber schlecht für uns und die Kripo. Sie wusste, dass stundenlange Arbeit auf sie und ihre Kollegen wartete. Hunderte Gespräche mit Besuchern, die hier an den Verkaufsständen gestanden und ihre Bratwürste, Crêpes und Pommes frites gegessen hatten. Hoffentlich hatten sie einen Verdächtigen gesehen, aber ehrlich gesagt glaubte die Polizistin nicht daran. Meistens hatten die Menschen niemanden gesehen oder sie gaben zu viele unterschiedliche Informationen an: Der eine würde einen Mann gesehen haben wollen, der andere eine Frau. Der eine würde einen blonden Mann beschreiben und andere einen schwarzhaarigen. Lange Haare, kurze Haare, Glatze … sie würden wahrscheinlich wieder das gesamte Repertoire zu hören bekommen, aber vielleicht gab es ja einige Zeugen, deren Aussagen übereinstimmen würden.

Die junge Polizistin hoffte es von ganzem Herzen. Und vor allem hoffte sie, dass der Täter sich hier auf dem Fest nicht noch weitere Opfer suchte.

Plötzlich kam eine ältere Dame mit einem Krabbenbrötchen auf sie zugeeilt und blieb geschockt vor den Polizisten stehen. Mit einem Blick erkannte Ulla die Schuhe ihres Mannes, die jetzt jemand trug, der auf dem Kai lag und über dessen Körper jemand eine Decke gelegt hatte. Dann bemerkte sie, dass ein Bestattungswagen neben den Verkaufsständen hielt.

„Hans-Werner?“, fragte sie voller Angst, ließ das Krabbenbrötchen fallen und hielt sich erschrocken die Hände vors Gesicht. „Hans-Werner!!!“

11

Zehn Minuten früher hatte das Handy von Dirk Jensen geklingelt. Es war sein Kollege Jochen Baumann.

„Ich hab gerade die Info bekommen, dass unten am Flensburger Hafen ein Mann erschossen wurde.“

„Was, hier? Beim *Dampf rundum*? Ach du Scheiße. Und der Täter?“

„Ist abgehauen. Wir haben leider noch keine Beschreibung. Die Meldung ist gerade erst reingekommen. Wie sieht’s aus, kannst du sofort am Tatort vorbeikommen?“

„Ja klar, ich bin ja schon fast da.“

„Wieso, wo bist du denn?“

„In der Nähe der Museumswerft. Wollte mir bei den Imbissbuden etwas zu essen holen. Wo genau liegt denn der Tote?“ Jensen sah zum Museumshafen rüber, wo er nach verdächtigen Personen Ausschau hielt, aber die Menschenmassen schoben sich auf dem Kai wie gewohnt in beide Richtungen langsam aneinander vorbei.

„Bei den Eisbrechern. Ich bin auch in fünf Minuten da. Ich will nur noch schnell Martin und den anderen Bescheid sagen."

„Okay, Jochen." Er beendete das Gespräch, steckte das Handy in seine Hosentasche zurück und wollte sich gerade auf den Weg machen, als er jemanden bemerkte, der die Straße neben dem Tatort äußerst eilig überquerte und in der engen Herrenstall-Gasse verschwand. Jensen war sich nicht sicher, aber sein Instinkt sagte ihm, dass mit diesem Mann irgendetwas nicht stimmte, und er folgte ihm. Der Mann hatte eine Jacke über seinen rechten Arm gehalten, als wenn er darunter etwas versteckte.

Vielleicht eine Waffe?

Der Mann hatte schon mehr als die Hälfte der Gasse hinter sich gelassen und eilte der Norderstraße entgegen, als Jensen den unteren Bereich des Herrenstalls erreichte. Ab und zu sah der Mann sich um und bemerkte nun den jungen Kripobeamten, der ihm mit schnellen Schritten in die Gasse folgte.

„Hey, Sie!", rief Jensen im harschen Tonfall. „Kripo Flensburg. Ich habe eine kurze Frage an Sie. Bleiben Sie doch mal stehen!"

Stattdessen fing der Unbekannte zu laufen an, und als Jensen ihm im Sprint folgen wollte, hob der Mann seine rechte Hand, drehte sich im Laufen um und feuerte zwei Schüsse in die Gasse.

Jensen warf sich gegen eine alte Fachwerkhauswand und fluchte laut, da er unbewaffnet war. Wie sollte er diesen Kerl ohne seine Dienstpistole stellen? Er wagte einen kurzen Blick in die Gasse und zog den Kopf sofort wieder zurück. Der Mann war nicht mehr zu sehen. Also hatte er wahrscheinlich die Norderstraße erreicht, wo viele ahnungslose Passanten herumliefen.

„Shit!", fluchte Jensen, verließ seine Deckung und eilte dem Mann hinterher. Gleichzeitig griff er nach seinem Handy und drückte eine Kurzwahltaste, die ihn mit seinem Kollegen verbinden würde.

„Jochen! Ich hab den Kerl vielleicht gefunden!"

„Wo bist du?"

„Herrenstall. Er ist in die Norderstraße geflüchtet. Ich brauche Verstärkung. Er hat auf mich geschossen."

„Bist du okay?"

„Ja, er hat mich nicht getroffen, aber ich hab keine Waffe."

„Dann halt dich zurück. Ich schick sofort einige Streifenwagen los. Versuch ihn im Auge zu behalten, aber treib ihn auf keinen Fall in die Enge. Ich will nicht, dass der Typ noch mehr um sich herumballert oder Geiseln nimmt. Hast du verstanden?"

„Ja, hab ich. Beeilt euch!"

„Sind schon unterwegs."

Jensen rannte atemlos in die Norderstraße und schaute schnell in beide Richtungen. Dort hinten lief der Kerl! Er eilte ihm nach und holte immer weiter auf, doch wusste er, dass er ihm nicht zu nahe kommen durfte, und blieb deswegen bewusst auf Abstand. Der Mann lief am *Flensborghus* vorbei und bog nun in die Schlossstraße ein, was Jensen irritierte, da es dort fast nur geschlossene Häuserfassaden gab, die ihm keinen Schutz geben würden. Kein Ort, an dem er sich verstecken könnte. Doch plötzlich fielen ihm die alten Gärten unterhalb der *Paulus-Paulsen-Schule* ein, die man von hier aus erreichen konnte. Viele verschlungene Wege, von denen er wusste, dass einer im Hof der *Phänomenta*, eines wissenschaftlichen Erlebniscenters in der Nähe des Nordertors, endete.

Die *Phänomenta*! Viele spielende Kinder!

„Oh mein Gott", hauchte Jensen, als er den Mann den schmalen Eingang zu den alten Gärten betreten sah. Im Laufen holte er noch mal sein Handy hervor und gab Baumann seine Befürchtungen bekannt.

„Ich muss den Kerl unbedingt stoppen!"

„Nein", widersprach Baumann mit eindringlicher Stimme. „Vielleicht will er sich auch nur im Grünen vor dir unsichtbar machen und verschwinden. Ich sage dir: Halt dich zurück! Wir können keine toten Helden gebrauchen! Du siehst ihn dort oben zwischen all den Büschen und Bäumen nicht, während er irgendwo sitzt und auf dich wartet. Du hältst dich weiter auf Abstand, hast du kapiert? Wir warnen die Leute von der *Phänomenta*. Außerdem sind wir gleich bei dir und schnappen uns den Kerl gemeinsam. Verstanden?"

„Ja", knirschte Jensen ins Handy, klappte es zu und steckte es in die Hosentasche zurück. Baumann hatte leider recht. Ohne Waffe konnte er gegen den Kerl nichts ausrichten. Also blieb ihm nichts anderes übrig, als ihm vorsichtig in diese dunklen Gänge zu folgen. Zuerst befürchtete er schon, dass er ihn aus den Augen verloren hatte, doch dann bemerkte er ihn etwa zwanzig Meter unter sich, wo er die Treppe neben einem Spielplatz herunterrannte. Jensen atmete auf, als er sah, dass dort in diesem Augenblick keine Kinder spielten, und eilte dem Mann hinterher.

Plötzlich hörte er einen Schuss und duckte sich instinktiv, als die Kugel dicht neben seinem Kopf in eine junge Eiche schlug und ihm Rindenstücke ins Haar fielen.

„Verdammter Hurensohn", fluchte er und wünschte sich im Augenblick nichts sehnlicher als seine Sig Sauer, um dem Kerl die Kugeln eines gesamten Magazins auf den Pelz zu brennen. Wo blieben nur seine Kollegen, verdammt?

Der Mann nahm tatsächlich den Weg, der zum Hinterhof der *Phänomenta* führte. Mit ein bisschen Glück war der Zugang zum Hof mit einem Tor abgeriegelt und der Mörder in der Falle. Abwartend lehnte er sich gegen eine Buche und wagte einen Blick nach unten, wo der Mann jetzt den Hof erreichte, doch das Metallgitter war nicht verschlossen. Drei Jungs spielten dort, aber der Mann interessierte sich nicht für sie und lief ins Haus. Unwirsch schubste er Kinder und Erwachsene aus dem Weg, die ihm einige Schimpfwörter hinterherwarfen, und rannte weiter zum Ausgang der *Phänomenta*. Von rechts hörte er Sirenengeheul näher kommen und hinter ihm rief sein hartnäckiger Verfolger, dass er aufgeben solle, was er ihm mit einem weiteren Schuss in die neue Innenverkleidung der Empfangshalle quittierte.

„Deckung! Deckung!", rief Jensen, der die Besucher schnell in Nebenräume gescheucht hatte und dem Mörder zum Eingang des Hauses gefolgt war. Doch der junge Mann an der Empfangstheke brauchte seine Warnungen nicht und war bereits von selbst hinter der Theke verschwunden.

Sekunden vergingen.

Lautlose Sekunden, in denen Jensen nichts mehr von dem Mann hörte. Die Schüsse hatten aufgehört. Nur die näher kommenden Polizeisirenen echoten durch die Norderstraße.

Dann hielten Streifenwagen vor dem Gebäude und acht Polizisten stürmten mit gezogenen Pistolen aus den Wagen heraus, doch Jensen kam ihnen sofort beschwichtigend entgegen.

„Was ist passiert?", wollte Jochen Baumann wissen, während er einen Blick in den Eingangsbereich der *Phänomenta* warf. „Hat der Kerl jemanden verletzt?"

„Nein. Zum Glück nicht. Er ist hier nur durchgerauscht."

„Und du? Bist du in Ordnung?"

„Ja, alles klar. Mir sind zwar einige Kugeln um die Ohren geflogen, aber er hat mich nicht getroffen. Er benutzt tatsächlich eine Luger. Krügers Leute können sicher im Herrenstall oder oben in den Gärten Kugeln aus den Wänden und Bäumen kratzen."

Baumann fasste seinem Kollegen beruhigend auf die rechte Schulter, da er merkte, dass Jensen noch sehr angespannt war. „Geht klar. Sag uns lieber schnell, wie er ausgesehen hat, dann schwärmen wir aus und suchen den Kerl."

Dirk Jensen nickte. Doch während er seinen Kollegen eine kurze Beschreibung des Täters gab, saß dieser bereits in einem Stadtbus, der gerade neben dem Nordertor gehalten hatte, als er aus der *Phänomenta* herausgestürmt und vor den herannahenden Polizeiwagen geflüchtet war.

Hämisch sah der Mann mehreren Polizeiwagen nach, die aus der Neustadt heranströmten. Schon bald würde man diesen Bus wahrscheinlich anhalten, die Passagiere überprüfen und ihnen Fragen stellen. Aber dann würde er nicht mehr hier sitzen.

Nur zwei Haltestellen später stieg er aus und verschwand in einem schmalen Gang zwischen den Häusern.

Zu selben Zeit saßen Martin Hinrichsen, Lisa und Lundgaard im Café *Bellevue* an der Hafenspitze und genossen während des *Dampf rundums* die Sicht auf die alten Schiffe, die wie an einer Perlenkette an der Westseite des Hafens aufgereiht lagen und unterhalb des Alten Gymnasiums und der Marienkirche ihren schwarzen Rauch in die Luft pusteten. Später würden sie das Fest mit dem traditionellen Dampferrennen eröffnen, doch im Augenblick war es immer nur die „Flora II“, die zwischen dem West- und Ostufer der Flensburger Förde hin- und herfuhr. Sie diente während des Hafenfestes als Fähre und schenkte den Touristen für wenig Geld den kurzen Eindruck einer Seefahrt, die so manchem Binnenländer schon genügte. Oft waren es die Männer, die ihren Ehefrauen freudestrahlend die Möglichkeit dieser maritimen Fortbewegung zeigten, und nur selten konnten die sich gegen die Wünsche ihrer Männer und Kinder wehren.

Lisa griff nach ihrem Cappuccino und pustete leicht über den cremigen Inhalt ihrer Tasse, ehe sie Erik einen fragenden Blick zuwarf.

„Und? Wie gefällt es dir hier in Flensburg? Hast du dich bereits eingelebt?“

Erik sah zum Hotel hinüber. Es lag tatsächlich nur wenige Meter vom Polizeigebäude entfernt und hatte für Kunden einen eigenen Parkplatz, was in Flensburgs Innenstadt nicht mit Gold aufzuwiegen war.

„Ich bin ja gerade erst zwei Wochen hier. Aber wenn ich das im *Flensburger Tageblatt* oder der *Flensborg Avis* richtig mitgekriegt habe, gibt es hier ja oft Feste: Die *Rum-Regatta*, das *Dampf rundum*, das *Sonwik-Fest*, die *Robbe & Berking Classics*, das *Schleswig-Holstein-Musik-Festival* und die *Glücksburger Strandmeile*. Man kommt im Sommer anscheinend aus dem Feiern gar nicht mehr raus.“

„Na ja, wir müssen den Gästen schließlich etwas bieten. Diese Feste gibt es eben nur hier in Flensburg. Mit Ausnahme des *Schleswig-Holstein-Musik-Festivals* und der *Glücksburger Strandmeile* natürlich.“

Lundgaard wandte sich an Hinrichsen. „Ein Wunder, dass du nicht mehr zu tun hast, Martin. Bei solchen Massenveranstaltungen sollte man eigentlich glauben, dass es mehr Arbeit gäbe.“

Hinrichsen wollte gerade etwas erwidern, als sein Handy klingelte und seine Aufmerksamkeit forderte. Mit einem unguten

Gefühl holte er es aus der Jackentasche und schaute auf den Anrufer im Display. Es war die BvD-Nummer.

Lisa sah, wie er den Anruf annahm und nach einigen kurzen Sätzen verwirrt zum Westufer starrte.

„Aber das kann doch nicht wahr sein! Da sind wir doch gerade erst vor einer halben Stunde längsgegangen. Scheiße, vielleicht bin ich dem Täter sogar begegnet, verdammt!"

Er hörte sich Baumanns Erwiderung an, der ihn über das Geschehen aufklärte, und meinte dann: „Ja, ich komm sofort rüber. Bis gleich."

Er beendete das Gespräch und steckte das Handy in die Jackentasche zurück. „Es ist leider etwas passiert. Ich muss los."

Lundgaard warf ihm einen fragenden Blick zu. „Soll ich mitkommen?"

„Das kannst du, wenn du willst, aber eigentlich glaube ich nicht, dass der Tote etwas mit unseren Fällen zu tun hat."

„Das kann man nie wissen", antwortete Lundgaard ruhig.

Hinrichsen nickte. „Gut, dann komm." Seiner Frau warf er schnell einen entschuldigenden Blick zu. „Du zahlst für uns mit, ja?"

Lisa nippte seufzend an ihrem Cappuccino und nickte leiderfahren. „Geht schon. Ich zahle ja immer drauf, wenn mich Männer verlassen."

„Was sicher nicht so oft vorkommt", gab Lundgaard charmant zurück und verließ mit einem bezaubernden Lächeln die Außenterrasse des *Bellevue*.

Hinrichsen und Lundgaard gingen im Schnellschritt durch die Menschenmassen an der Hafenspitze herum bis zum Tatort an der Schiffbrücke. Die Spurensicherung war bei der Arbeit, sodass er und seine Kollegen sich hauptsächlich um die Zeugenvernehmung kümmerten. Er hatte gerade die Aussage einer verschreckten Imbiss-Verkäuferin aufgenommen, als Dietmar Krüger mit einer kleinen, durchsichtigen Kunststofftüte in seiner geschlossenen Faust auf ihn zukam.

Hinrichsen winkte ab. „Ich will gar nicht wissen, was du da hast.“

Krüger lächelte ein unfröhliches Lächeln und zog Hinrichsen und Lundgaard hinter eine der Verkaufsbuden.

„Ich will es euch auch nur kurz zeigen, ehe einer meiner Leute es nach Kiel zur KTU bringt. Wir haben es in der linken Jackentasche des Opfers gefunden.“ Er öffnete seine Faust. Beide Kommissare starrten auf eine Spitzkugel.

„Die wievielte ist es jetzt?“, fragte Krüger interessiert.

„Die sechste“, gab Lundgaard kühl zurück. „Wenn man Kopenhagen, Hamburg und Graz mitrechnet.“

„Und die müssen wir wahrscheinlich mitrechnen“, warf Hinrichsen verbissen ein, während er auf das kalte Blei in Krügers Hand blickte. „Sechs Tote. Es wird Zeit, dass wir diesen Schweinehund stoppen.“

12

Die nächsten Tage brachten viel Arbeit für Hinrichsen und seine Teams: Zeugenaussagen mussten ausgewertet und überprüft werden, Hinweisen musste nachgegangen und Gespräche mit dem Pressesprecher der Kriminalpolizei mussten geführt werden, da dieser Mord die Gemüter der Flensburger erneut stark bewegte. Auch Local-Hero-Zeichner Kim nahm das Thema auf und malte einen *Öde*-Comic-Strip, der in der Wochenzeitung *Moin Moin* veröffentlicht wurde. Hinrichsen konnte allerdings nicht über die Parodie lachen, in der Oma Kempel Zigarre rauchend den Mörder mit einem Regenschirm neben dem Nordertor niederschlug, während die Flensburger Polizei nur schattenhaft im Hintergrund zu sehen war und offensichtlich zu spät gekommen wäre, um den Mörder zu verhaften.

Hinrichsen trat mit der Wochenzeitung in sein Büro und warf sie mit einem ärgerlichen Brummen in den Papierkorb, doch als er das ernste Gesicht seines dänischen Kollegen sah, befürchtete er, dass der Comic heute nicht die schlimmste Botschaft für ihn werden würde. „Was ist? Gibt es ein Problem?“ Er sah zum Computerbildschirm seines Kollegen. „Hast du schlechte Nachrichten aus Kopenhagen?“

„Das kann man wohl sagen“, meinte der mit rauer Stimme, ging zur Magnettafel und klappte sie auf. „Schau dir das an.“

Hinrichsen trat einen Schritt näher und betrachtete schweigend die beiden Reihen mit den vielen Namen und Daten, die Lundgaard auf der Tafel untereinandergeschrieben hatte. In der ersten Spalte handelte es sich um männliche Namen, neben denen manchmal Jahreszahlen zwischen 1912 und 1920 standen, während in der zweiten Spalte einige Jahre aus den Fünfzigern des vergangenen Jahrhunderts neben den Namen notiert waren. In der dritten Spalte standen die Opfer der jetzigen Mordserie. Einige der Todesdaten wiesen das gleiche Datum, aber nicht das gleiche Jahr auf.

„Mein Gott“, stöhnte Hinrichsen und stützte sich auf die Lehne eines Besucherstuhles. „Bitte sag mir, dass es nicht das ist, wofür ich es halte.“

„Doch, ist es leider. Meine Kollegen in Kopenhagen waren fleißig, das heißt, na ja, ehrlich gesagt lag es eher an einem Tipp von einem Freund von mir, der für die *Berlingske Tidende* arbeitet. Er ist bei seinen Recherchen für eine andere Geschichte im Archiv der Zeitung auf diese Morde gestoßen und hat sie meinen Kollegen gemeldet. Es hat also früher schon mal zwei Mordserien in Dänemark gegeben, bei denen der Täter Spitzkugeln verteilte.“

„Minié oder preußische Spitzkugeln?“, fragte Hinrichsen mit einem Kratzen im Hals.

„Meine Kollegen sind dran, aber wahrscheinlich lässt sich das nicht mehr für jeden Mordfall mit hundertprozentiger Sicherheit sagen, da in den meisten Zeitungsberichten nur allgemein von einer Spitzkugel erzählt wird. Auch die Todesdaten einiger Opfer sind uns noch nicht bekannt. Aber, wie ich schon sagte: Wir arbeiten dran.“

„Verdammt, verdammt, verdammt!“, fluchte der deutsche Kommissar, während er den Besucherstuhl grob nach hinten zog und sich hinsetzte, um die Tafel und all ihre Informationen besser betrachten zu können. „Dann hat jemand bereits um 1912 in Kopenhagen gemordet? Und noch mal in den Fünfzigerjahren? Verdammte Scheiße. Und jetzt läuft wieder so ein Verrückter herum?“

„Es sieht ganz danach aus.“

„Unser Serienmörder kopiert alte Fälle?“

„Möglich. Aber ich frage mich, woher er überhaupt von ihnen wusste, denn diese Info haben wir ja auch nur zufällig durch meinen Freund erfahren. Wie soll jemand anders von diesen Serien wissen? Ich habe versucht, im Internet mehr über diese früheren Mordserien herauszufinden, aber mir wurden keine Seiten angezeigt. Dann habe ich meine Kollegen in Kopenhagen darauf angesetzt, dass sie über diese beiden Serien in unseren Polizei-Archiven recherchieren sollen, doch haben sie außer den alten Polizeiprotokollen des Staatsarchivs bisher nicht viel gefunden.“

„Ich brauche diese Protokolle“, sagte Hinrichsen fordernd.

„Natürlich. Kriegst du in Kopie, aber der Inhalt gibt nichts her. Unsere damaligen Kollegen haben weder um 1912 noch in den Fünfzigerjahren den Mörder entlarven können. Es gab zwar einige Verhaftungen, aber keine Verurteilungen. Die Verdächtigen wurden alle wieder freigelassen.“

Hinrichsen zog seine Stirn in Falten. „Die beiden Mordserien könnten theoretisch von ein und derselben Person durchgeführt worden sein. Allerdings wäre der Täter bei der zweiten Serie vermutlich um die sechzig oder siebzig Jahre alt gewesen. Und für unsere Serie käme er definitiv nicht mehr infrage. Wir haben also einen Nachahmer. Aber: Woher weiß der Kerl von diesen alten Fällen mit den Spitzkugeln? Was sagen deine Kollegen dazu? Haben sie überprüft, wer in letzter Zeit Zugang zu den Daten in den Zeitungsarchiven hatte und sich die alten Mikrofilme angeschaut hat?“

Lundgaard lehnte sich gegen seinen Tisch. „Natürlich haben sie sich die Besucherlisten und Anfragen sofort angeschaut, aber außer meinem Reporter hat sich in den letzten fünfzig Jahren niemand für diese Zeitungsartikel interessiert."

„Und dieser Reporter? Ist er glaubwürdig? Wurde er überprüft? Es wäre nicht das erste Mal, dass ein Mörder uns selber solche Hinweise gibt."

Der Däne winkte ab. „Der Mann ist sauber. Wie gesagt: Ich kenne ihn persönlich. Er hat zu den meisten Tatzeiten sichere Alibis. Vor allem für die vor fünfzig Jahren, denn er ist erst fünfunddreißig Jahre alt."

Hinrichsen griff nach seiner Mineralwasserflasche, die immer auf seinem Schreibtisch stand, goss sich etwas in ein Glas und nahm einen Schluck. „Schade. Aber wie könnte unser Mörder sonst drauf gekommen sein?"

Lundgaard verschränkte die Arme vor der Brust. „Vielleicht weiß er ja gar nichts von den früheren Morden. Vielleicht kopiert er sie nicht, sondern fühlt sich als erster Serienmörder, der Spitzkugeln verteilt."

Hinrichsen suchte nach weiteren übereinstimmenden Informationen auf der Tafel. „Hmmm, die Opfer hatten alle unterschiedliche Namen, wohnten in unterschiedlichen Orten, waren unterschiedlich alt … Das Einzige, dass sie alle gemeinsam haben, ist, dass sie alle männlich sind." Er wischte sich übers Gesicht. „Wie viele Opfer hat es damals gegeben?"

„In der ersten Serie waren es einundzwanzig. Darunter auch zwei Kinder."

„Kinder?"

„Ja, leider", erklärte Lundgaard mit trockener Stimme. „In der zweiten Serie gab es fünfzehn Tote, von denen wir bisher wissen. Na ja, wobei es sich nur um solche handelt, die wir in Dänemark ausgemacht haben. Für Deutschland müsstest du es überprüfen lassen."

Hinrichsen nickte, stand auf und setzte sich an seinen Schreibtisch, wo er sich einige Notizen machte. „Ich werde vier Leute anfordern, die die Ausgaben der letzten hundert Jahre des *Flensburger Tageblatts* nach solchen Morden durchforsten. Außerdem werde ich beim LKA und BKA nachfragen, ob sie etwas über alte

Spitzkugelmorde wissen." Er donnerte die Spitze seines Kugelschreibers so lange gegen einen Notizblock, bis sie verbogen war. „Wir müssen den Kerl schnellstmöglich finden, Erik. Wer weiß, wie viele Opfer er noch auf seiner Liste hat. Er könnte jederzeit in Kopenhagen oder hier in Flensburg zuschlagen."

„Ich weiß. Was glaubst du, weshalb meine Kollegen und ich wie verrückt jedem Hinweis nachgehen? Jeder Tag kann eine neue Leiche bringen."

„Ich will diesen Mistkerl haben. Um jeden Preis."

Der Däne nickte, obwohl er dem letzten Satz nicht zustimmen konnte. Er stand auf und ging zur Tür, blieb jedoch kurz davor stehen und legte abwartend seine rechte Hand auf die Klinke. „Um wirklich jeden Preis? Bitte sei vorsichtig mit dem, was du sagst. Oder wärst du tatsächlich bereit, dein Leben für diesen Serienmörder zu opfern? Oder Lisas Leben? Oder meins?"

Hinrichsen sah Lundgaard erstaunt an. „Was? Natürlich nicht!"

„Gut. Dann sag nie wieder: ‚Um jeden Preis'. Sonst wirst du es vielleicht irgendwann mal bereuen", orakelte er und verschwand in den Flur, während ihm Hinrichsen verwirrt nachblickte. Schließlich wandte er sich mit einem tiefen Seufzer erneut den beiden Listen auf der Tafel zu. Irgendwo dort lag die Lösung. Er wusste es. Er musste sie nur finden. So schnell wie möglich.

Er grübelte immer noch, als Lundgaard ins Zimmer zurückkam und sich auf seinen Platz setzte. Fast gleichzeitig klingelte Hinrichsens Telefon. Er nahm den Hörer ab.

„Hier ist Dirk. Ich stehe gerade vorm *Piet Henningsen*."

Hinrichsen erinnerte sich, dass Jensen bereits vor einiger Zeit die Überprüfung des Alibis von Antikhändler Rigalski zugeteilt bekommen hatte, aber andere Arbeit ihn bis jetzt daran gehindert hatte. „Und was gibt's? Lass mich raten: Dem Maître lag eine Reservierung des Antikhändlers für den Abend vor, und die Servicefachkräfte konnten sich auch an ihn erinnern, weil er ihnen ein besonders hohes Trinkgeld gegeben hat."

„Ja und nein."

Hinrichsen wurde hellhörig. „Was soll das heißen?"

Dirk Jensen war auf dem Weg zurück zum Polizeigebäude. Er hatte mit der Nachricht nicht zu lange warten wollen, da er wusste, dass sie seinen Chef brennend interessieren würde. „Rigalski hatte tatsächlich für den Abend bei *Piet Henningsen* einen Tisch reserviert."

„Aber er ist nicht gekommen?"

„Doch, ist er. Die Kellnerin konnte sich sehr gut an ihn und einen anderen Mann in seiner Begleitung erinnern."

Hinrichsens Finger verkrampften sich um seinen demolierten Kugelschreiber. „Komm schon, Dirk. Mach's nicht so spannend. Wo ist der Haken?"

Lundgaard beendete das Schreiben einer E-Mail und hob den Kopf, als er die Frage seines Kollegen hörte. Er lehnte sich in seinen Stuhl zurück und verfolgte gespannt das Telefonat.

„Der Geschäftsführer und die Kellnerin sagen beide aus, dass Rigalski nicht den ganzen Abend im Lokal war", gab Jensen zurück. „Er hat es zwischendurch für eine längere Zeit verlassen, ist danach aber wiedergekommen."

„Wann hat er das Restaurant verlassen und wann ist er wiedergekommen?"

„Für 17 Uhr hatte er die Reservierung, um Viertel nach fünf ist er gegangen. Angeblich, weil er etwas vergessen hatte, das er seinem Kunden unbedingt zeigen wollte, wie die Kellnerin verstanden haben will. Er ist dann um kurz vor achtzehn Uhr wieder im Lokal eingetroffen."

„Das passt! Verdammt! Gut gemacht, Dirk!" Hinrichsen knallte den Hörer aufs Telefon zurück, stand auf und griff nach seiner Jacke, die über der Stuhllehne hing.

„Was ist?", wollte Lundgaard wissen, der ebenfalls aufgestanden war und sah, wie der deutsche Kollege seine Dienstwaffe aus der obersten Schublade seines Schreibtisches holte und sich das Gürtelholster umlegte. „Ist etwas passiert?"

„Es geht um Rigalski. Sein Alibi ist gerade geplatzt. Ich will ihm einen Besuch abstatten und ihn noch mal befragen."

„Dazu nimmst du deine Waffe mit?"

Hinrichsen zog sich seine Jacke an. „Vielleicht reagiert er unüberlegt, wenn wir ein zweites Mal bei ihm auftauchen. Ich will für alle Fälle gewappnet sein“, sagte er und marschierte zusammen mit Lundgaard aus dem Büro.

Zehn Minuten später standen sie, nach einer Abkürzung über einen der alten Kaufmannshöfe, vor dem Antiquariat auf dem Holm. In der Eingangstür prangte das *Geschlossen*-Schild.

Hinrichsen drückte trotzdem die Klinke herunter und konnte die Tür problemlos öffnen. Er zögerte, für einen kurzen Augenblick überrascht. Vermutlich erwartete er sie bereits. Aber wie und womit? Mit einer Tasse Kaffee oder einer geladenen Luger?

Sie traten beide in den Verkaufsraum und sahen sich um. Im Laden schien sich nichts Gravierendes verändert zu haben. Goldene Armbanduhren, die Hinrichsen für relativ wertvoll hielt, lagen noch in ihren Vitrinen. Wenn der Antikhändler nach ihrem ersten Besuch geflohen wäre, hätte er diese Stücke sicher mitgenommen.

„Herr Rigalski?“, rief Hinrichsen. „Sind Sie da?“

Er bekam keine Antwort. Eigentlich hatte er erwartet, dass der Antikhändler nun die Treppe herunterkommen würde, aber es folgte nur Totenstille.

„Herr Rigalski? Wir haben weitere Fragen an Sie. Bitte kommen Sie zu uns.“

Lundgaard warf noch mal einen kritischen Blick auf das *Geschlossen*-Schild hinter sich, das im Türfenster hin und her wackelte und gegen das Glas kratzte. „Hier stimmt irgendetwas nicht“, murmelte er, griff nach seiner Dienstwaffe und entsicherte sie. „Rigalski! Kommen Sie zu uns herunter! Sofort! Oder wir kommen zu Ihnen hoch!“

Hinrichsen hatte inzwischen auch seine Waffe in der Hand, stellte sich neben der Treppe gegen die Wand und sah zur Wohnungstür, die offen stand. Genau in dem Augenblick hörten sie einen Schuss und schnelle, sich entfernende Schritte auf dem Holzparkettboden.

„Verdammt!“, zischte Hinrichsen und rannte die engen Treppenstufen hoch, dicht gefolgt von Lundgaard. Zusammen stürmten sie durch die offene Tür den kleinen Flur entlang zum Wohnzimmer. Mit einem schnellen Blick untersuchte Hinrichsen den Raum, in dem Rigalski bäuchlings auf einem rot-blauen Orientteppich ausgestreckt lag. Ein dunkler Fleck bildete sich auf seinem Rücken, während hinter ihm eine Balkontür weit offen stand.

„Rigalski!“, rief er und eilte sofort zu ihm. Er zog leicht an dessen Schulter und warf dem leblosen Mann einen einschätzenden Blick zu.

Gleichzeitig hörten Lundgaard und er etwas auf dem Hinterhof scheppern. Hinrichsen wandte sich um, doch der Däne war schon auf dem Weg zur Balkontür. „Kümmer du dich um Rigalski!“, rief er ihm zu. „Ich schnapp mir den anderen!“

Im nächsten Moment war Lundgaard schon über die Balustrade auf ein Schuppendach gesprungen, das sich dahinter befand. Nach einem weiteren Sprung landete er auf einem alten Hofsteinpflaster neben verstreut herumliegenden Dachziegeln, die der Flüchtende gerade eben hektisch zur Seite geschoben hatte.

Hinrichsen stand auf dem kleinen Balkon und sah Lundgaard nach, während er fluchend mit seinem Handy Kollegen und einen Notarztwagen anforderte. Am liebsten wäre er dem Dänen gefolgt, aber plötzlich hörte er ein Stöhnen hinter sich, das ihn zurückhielt. Sofort war er wieder beim Antikhändler, der schwerfällig sein rechtes Auge öffnete. Hinrichsen legte ihn vorsichtig auf die linke Seite und hielt seinen Kopf.

„Wer war das? Wer hat auf Sie geschossen?“, fragte er fordernd mit harter Stimme. „War es ein Mann? Wollte er Sie ausrauben?“

Doch Rigalski schüttelte nur leicht den Kopf und murmelte etwas Unverständliches.

„War es der Spitzkugelmörder? Kennen Sie ihn?“, schrie Hinrichsen ihn jetzt an, da er befürchtete, dass dem Schwerverletzten gleich die Sinne schwinden würden und er auf diese Frage niemals eine Antwort bekäme.

Rigalski schloss die Augen und machte eine kurze, nickende Bewegung.

„Wer ist es? Wem haben Sie die Luger verkauft?“

Der Mann brummte und verneinte erneut kaum merklich mit dem Kopf, dann verlor er das Bewusstsein.

„Scheiße, Scheiße, Scheiße!“, fluchte Hinrichsen, ließ Rigalskis Kopf sanft auf den Teppich sinken und suchte prüfend nach dessen Halsschlagader. Es dauerte einige Sekunden, ehe er sie fand, aber immerhin spürte er noch einen Puls.

Hoffentlich würde der Arzt bald kommen! Vermutlich war Rigalski der einzige Mensch in Flensburg, der den Serienmörder kannte! Er musste überleben!

Unbedingt!

Nicht weit von ihm entfernt, sah der dänische Kriminalbeamte sich um, aber er war fast überall von Hauswänden umgeben. Es gab anscheinend nur einen einzigen Ausgang dieses Hofes. Lundgaard eilte dem Flüchtenden hinterher, bog um eine Ecke und sah den Mann zum Torbogen laufen, der zur Einkaufsstraße führte.

„Halt! Stehen bleiben!“, schrie er ihm hinterher und legte mit seiner Pistole auf ihn an, aber gerade in dem Augenblick trat ein Ehepaar mit zwei Kindern durch den Torbogen und lobte den hübschen, alten Kaufmannshof.

„Ahr, er det dejligt“, meinte der dänische Tourist.

„Ja, udmærket“, gab die Ehefrau ihm recht, als sie die schönen Rosenbüsche an den liebevoll restaurierten Fachwerkhäusern betrachtete, doch wurde ihre Bewunderung plötzlich von einem Mann unterbrochen, der sie brutal zur Seite schubste und wegrannte.

Lundgaard zielte auf den Flüchtenden, aber er traute sich nicht, den Abzug durchzuziehen. Die Gefahr, die Familie oder hinter ihnen Passanten auf der Einkaufsstraße zu treffen, war zu groß.

Der Däne stieß einen bösen Fluch aus und eilte den Hof zum Torbogen hinauf, wo er sich sofort auf dem Holm umschaute, aber der Mann im braunen Jackett war nirgends mehr zu sehen. Er war in der Menschenmenge untergetaucht. Lundgaard fluchte nochmals und lief nach rechts. Minutenlang eilte er durch die Einkaufsstraße auf der Suche nach einem Menschen mit braunem Jackett. Manchmal sah er jemanden, aber ein zweiter Blick zeigte, dass es sich nicht um den Flüchtenden handelte. Ihm begegneten einige Schutzpolizisten, die zum Tatort abkommandiert waren und die er sofort für seine Suche in Anspruch nahm, doch nutzte es alles nichts. Der Mann hatte tausend Möglichkeiten, um in der Nikolaistraße zu entkommen oder sich in einem der vielen Läden auf dem Holm zu verstecken. Die Flensburger Polizei setzte sofort mehr Personal in der Ladenstraße ein, durchsuchte alle Geschäfte und fragte Passanten nach dem Mann, dessen Beschreibung der Däne ihnen kurz vorher durchgegeben hatte.

Doch der Mann blieb verschwunden.

Plötzlich klingelte Lundgaards Handy. Es war Hinrichsen. „Wie sieht's aus? Hast du ihn?"

„Nej, leider nicht. Er muss hier irgendwo sein, aber er hat einfach zu viele Möglichkeiten, um sich zu verstecken oder abzuhauen."

„Verdammt!", fluchte Hinrichsen durchs Telefon. „Jetzt hatten wir ihn schon so nah vor uns, und er ist uns wieder entkommen!"

„Sorry", sagte Lundgaard kühl, da er einen Vorwurf in der Stimme seines deutschen Kollegen zu hören glaubte. „Ich konnte nicht auf ihn schießen. Da waren zu viele Leute im Weg."

„Ist schon gut", meinte Hinrichsen sofort. „Du hast alles richtig gemacht. Ich ärgere mich nur, dass wir nicht einige Minuten früher bei Rigalski waren. Dann wäre uns der Kerl direkt in die Arme gelaufen."

Lundgaard war wieder versöhnt. „Das wäre natürlich gut gewesen, aber es hilft uns nicht weiter."

„Das stimmt", gab Hinrichsen ihm recht. „Wo bist du gerade? Ich komm zu dir hin."

Der Däne sah sich um. „Ich steh vorm *Borgerforening*. Wie geht es dem Antikhändler?"

„Er lebt noch, aber der Notarzt weiß nicht, ob er die Schusswunde übersteht."

„Konnte Rigalski dir etwas sagen?"

„Nein, aber durch Nicken konnte er meine Fragen beantworten. Es war unser Spitzkugelmörder."

Hinrichsen hörte seinen dänischen Kollegen lauthals fluchen. Außerdem schlug er anscheinend mit der Faust gegen eine Wand, denn es hallten einige dumpfe Geräusche durchs Telefon.

„Vielleicht finden wir ihn ja noch, Erik“, versuchte er Lundgaard zu beruhigen. „Wir ziehen jeden Polizeibeamten der Stadt auf den Holm. Vielleicht läuft er einem von uns über den Weg.“

„Ja, versuchen wir es“, gab Lundgaard tonlos zurück und beendete das Gespräch. Er war dem Mörder so nah gewesen …

Nur wenige Geschäfte von ihm entfernt bemerkte eine Verkäuferin bei *Bücher Rüffer* einen Mann im braunen Jackett, der scheinbar unschlüssig vor einem Regal stand.

„Kann ich Ihnen helfen?“, fragte sie freundlich und stellte sich neben ihn.

„Nein danke“, antwortete der Mann mit einem höflichen Lächeln. „Ich suche eigentlich nichts Bestimmtes“, gab er zurück und schaute scheinbar intensiv auf die Buchtitel vor sich.

„Wie Sie wünschen“, meinte die Verkäuferin und wandte sich einer älteren Dame zu, der sie auf der Suche nach einem Buch weiterhelfen wollte.

Der Mann mit dem braunen Jackett griff schließlich nach einem großen Fotobildband, mit dem er hinter eine der Raumsäulen trat. Einige Male wandte er unauffällig seinen Kopf zum Schaufenster, wo er seinen Verfolger und einige Polizisten die Einkaufsstraße entlanglaufen sah. Schnell zog er den Kopf wieder zurück und wartete einige Minuten ab, dann stellte er den Bildband ins Regal und verließ den Buchladen. Vorsichtig schaute er sich um, doch war im Moment kein Polizist zu sehen, sodass er ohne Eile zum Südermarkt ging.

Eine halbe Stunde später trat er in seine Wohnung. Er atmete einmal tief durch und ging zu seinem Kühlschrank, aus dem er sich Milch holte und sich ein Glas einschenkte. Er trank es hastig bis zur Hälfte leer, ging zu einem Tisch am Fenster seines Wohnzimmers und setzte sich auf einen harten Holzstuhl. Erst jetzt nahm er die Luger aus seinem Hosenbund und legte sie neben das Milchglas, das er auf den Tisch gestellt hatte. Dann zog er sein Jackett aus und zuckte dabei zusammen, als er gegen seine Armwunde stieß, die er sich bei der Verfolgung auf dem Campusgelände zugezogen hatte. Eine Fleischwunde, die jetzt wieder zu bluten begann. Aber sie war nichts gegen die anderen Wunden, die tief in ihm schlummerten.

Er legte sich einen neuen Verband an und wischte sich dann über den schweißnassen Nacken. Auch dieses Mal war es wieder verdammt knapp gewesen. Dabei gehörte Rigalski eigentlich nicht zu den verdammenswerten Opfern auf seiner Liste, aber der Antikhändler hatte ihn gestern angerufen und gefragt, ob er immer noch seine Luger besäße, von der er ihm vor zehn Jahren mal erzählt hatte. Er hätte gerade einen Kunden an der Hand, der sich für so eine Waffe interessieren würde.

Der Mann hatte natürlich sofort gewusst, was dieser Anruf bedeutete. Ein Fehler, der Rigalski das Leben gekostet hatte. Jedenfalls hoffte der Mann es, denn wenn der Antikhändler den Schuss überlebte, würde er der Polizei bald seinen Namen nennen.

Es wurde Zeit, das alles so schnell wie möglich zu beenden.

Der Mann holte eine Holzschachtel aus einem alten Koffer hervor, stellte sie auf den Tisch und setzte sich hin. Er öffnete sie und durchkramte die vielen goldenen und rotgoldenen Eheringe, die darin neben mehreren alten Spitzkugeln und vergilbten Zeitungsartikeln lagen. Ungeduldig wischte er die Eheringe beiseite, bis sie klirrend in einer Ecke lagen und er nach den Spitzkugeln greifen konnte. Acht Stück nahm er heraus, wog sie in seinen Händen und betrachtete sie im Gegenlicht einer staubigen Deckenlampe. Welche Kugeln waren die schönsten? Welche sollten die Ehre haben, sein Zeichen und seine Botschaft zu verbreiten? Die eine war oben an der Spitze ein wenig eingedellt. Eine andere hatte zu starke Kratzer an der Längsseite. Die dritte Kugel war ein wenig verbogen. Schließlich entschied er sich für zwei perfekt erhaltene Spitzkugeln, lehnte sich auf seinen Stuhl zurück und begann mit einem Taschenmesser Initialen in die Kugeln zu ritzen.

13

Am nächsten Morgen öffnete ein zehnjähriger Junge die schwere Tür der Flensburger Polizeiwache. Philipp Erichsen war noch nie in diesem Gebäude gewesen. Es war ihm ein wenig unheimlich. Ein Haus voller Polizisten. Er bekam ein wenig Angst. Was war, wenn jemand vor zwei Jahren beobachtet hatte, wie er den Kaugummi-Riegel in einem Supermarkt gestohlen hatte? Sein schlechtes Gewissen regte sich, und beinah wäre er wieder umgekehrt, aber ein Mann im braunen Jackett hatte ihn auf den Weg zur Schule angehalten und wollte ihm zwanzig Euro geben, wenn er ein Päckchen bei Kommissar Hinrichsen abgeben würde. Zwanzig Euro, für die er sich sehr viele Kaugummi-Riegel und andere Dinge kaufen konnte. Dafür ließ er gern die ersten Schulstunden ausfallen. Ehrfürchtig ging er an der schwarzen Wegweisertafel vorbei und betrat die grauen Stufen der weiß marmorierten Treppenhalle der Polizeistation, die links zum Empfangszimmer führten. Er wollte die weiße Glastür öffnen, aber sein Rütteln an der Metallklinke bewegte die Tür nur wenige Millimeter.

Frau Markowski warf einen prüfenden Blick durch die Glastür, sah den Jungen und drückte dann einen Knopf an ihrem Schreibtisch, dessen Impuls die Schleuse öffnete.

Philipp hörte ein lautes Summen, drückte die Tür auf und ging in das Büro, wo Frau Markowski ihm schon entgegenkam und über die hohe Theke zu ihm hinüberschaute.

„Na, mein Junge, was kann ich für dich tun?“

Er vermied einen direkten Blickkontakt mit der pausbäckigen Frau und legte das Päckchen auf den Tresen. „Ich soll das hier abgeben“, sagte er schnell und wollte sofort verschwinden, doch die Stimme der Frau hielt ihn zurück.

„Nein, nein, warte“, sagte sie fordernd, als sie das Päckchen betrachtete, ohne es in die Hand zu nehmen. „Von wem hast du das?“

„Ein Mann hat es mir gegeben.“

„Aha. Und du sollst es hier abgeben? Für Herrn Martin Hinrichsen?“, fragte sie, obwohl sie den Namen auf dem Päckchen deutlich lesen konnte. „Warte bitte einen kurzen Augenblick“, sagte sie bestimmt und deutete auf einen Stuhl neben der Tür. „Bitte setz dich doch. Ich werde Herrn Hinrichsen anrufen. Der wird sicher mit dir sprechen wollen.“

„Aber ich möchte jetzt lieber wieder gehen. Ich sollte nur das Päckchen abgeben. Ich kenne diesen Herrn Hinrichsen nicht und will nicht mit ihm reden.“

„Das mag sein, aber er will sicherlich mit dir reden. Also warte einen Augenblick. Es wird sicher nicht lange dauern.“ Sie ging zu ihrem Schreibtisch zurück und gab eine bestimmte Telefonnummer ein, während Philipp seinen schwarz-gelben Schulranzen abnahm und sich widerwillig auf den Stuhl setzte.

„Herr Hinrichsen, hier spricht Martha Markowski. Ich habe hier unten einen kleinen Jungen, der ein Päckchen für Sie abgegeben hat. Wie der Junge heißt?“ Sie sah auf. „Wie ist dein Name?“

„Den möchte ich nicht sagen.“

„Keine Angst, wir tun dir nichts. Der Kommissar möchte nur wissen, ob er dich schon kennt.“

„Er kennt mich nicht. Ich habe noch nie etwas mit der Polizei zu tun gehabt. Ich bin ein ehrlicher Mensch“, antwortete Philipp schnell, der allmählich Angst bekam, dass diese Erwachsenen seine Mutter anrufen und ihr sagen würden, dass er heute die Schule schwänzte. Etwas, das er sonst nie machte, aber heute sollte er eine schwere Mathematik-Klausur schreiben, für die er nicht gelernt hatte, sodass er sich nicht zur Schule getraut hatte.

Frau Markowski bemerkte seinen bangen Blick und lächelte gutmütig. Es war jedes Mal faszinierend, zu beobachten, dass einige Kinder positiv und aufgeschlossen, geradezu aufgeregt die Polizeistation besuchten und alles bestaunten, während andere sich eher bedroht fühlten. Dieser Junge schien zur ängstlichen Sorte zu gehören, die sich von den Polizisten in schwarzen Uniformen beeindrucken ließ, die ab und zu ins Zimmer kamen. Frau Markowski war amüsiert, da der Junge anscheinend ein schlechtes Gewissen hatte, doch dann erinnerte sie sich an Hinrichsens Frage.

„Der Kommissar muss aber wissen, wie du heißt. Bitte sag mir deinen Namen."

Philipp umfasste mit seinen Händen die Stuhlkanten, sah mit gesenktem Blick nach unten und ließ die Beine hin- und herschwingen. „Philipp Erichsen", murmelte er schließlich.

Martha Markowski gab die Information an Hinrichsen weiter, der ihr sagte, dass er sofort mit zwei Leuten zu ihr nach unten kommen würde. Sie nickte und legte den Hörer auf.

Philipp bemerkte, dass die Frau das Gespräch beendet hatte, und umklammerte immer fester die Stuhlkanten. Was war, wenn in dem Päckchen etwas Gestohlenes war und man ihn verdächtigen würde? Was würden seine Mutter und sein Vater dazu sagen? Und auch dazu, dass er die Schule schwänzte? Er würde auf jeden Fall Hausarrest bekommen. Oder die Polizei behielt ihn gleich hier und sperrte ihn ins Gefängnis. Oh, wie konnte er nur so dumm sein, dieses Päckchen hierher zu bringen, ohne es vorher zu öffnen und nachzuschauen, was drin war? Aber der Mann hatte es ihm verboten. Er hatte gesagt, dass er die zwanzig Euro nur bekäme, wenn er das Päckchen verschlossen zur Polizei bringen würde. Nein, er hatte sich nicht getraut nachzuschauen, doch jetzt bereute er es.

Plötzlich öffnete sich eine Tür und zwei Männer und eine Frau traten in den Raum. Ein Mann mit kurzen, braunen Haaren und freundlichen Augen kam auf ihn zu und begrüßte ihn.

„Du bist also Philipp? Ich freu mich, dich kennenzulernen."

Scheu blickte der Junge zu ihm auf. Nur schwer löste er seine rechte Hand von der Halt gebenden Stuhlkante und legte sie zaghaft in die große Hand des Kommissars. Sie fühlte sich fest und angenehm an.

Martina Seefeldt beugte sich zu ihm herab, berührte ihn sanft an der Schulter und befragte ihn nach dem Mann, der ihn mit dem Botengang beauftragt hatte, während ihre Kollegen sich um das Päckchen kümmerten.

„Wie sieht es aus, Frau Markowski? Haben Sie es bereits in der Hand gehabt?"

„Nein, noch nicht, Herr Hinrichsen. Ich habe Sie sofort angerufen, damit Sie es sich anschauen können. Vielleicht hätte ich auch gleich Herrn Krüger anrufen sollen?“

Der Kommissar schüttelte den Kopf. „Nein, es war schon richtig, mich zuerst zu informieren. Krüger und seine Leute sind im Augenblick nicht im Haus. Herr Lundgaard und ich werden uns das mal anschauen.“

Sie hatten sich beide Gummihandschuhe angezogen, um keine Fingerabdrücke oder DNA-Spuren zu hinterlassen, aber es war letztendlich Hinrichsens Entscheidung, ob sie das Päckchen hier öffnen würden.

„Ich möchte trotzdem, dass alle außer Herr Lundgaard und ich diesen Raum jetzt verlassen“, sagte er bestimmt.

Frau Markowski, Martina Seefeldt und Philipp gingen sofort aus dem Zimmer. Erst als sich die Tür hinter ihnen schloss, hob Hinrichsen das Päckchen vorsichtig hoch.

„Es kann im Prinzip nichts Empfindliches sein, wenn der Versender es einem Jungen in die Hand drückt“, erklärte Lundgaard zuversichtlich. „Eine Bombe hätte früher explodieren können. Es sei denn, es handelt sich um einen Funk-, Zeit- oder Öffnungsmechanismus.“

„Du beruhigst mich“, sagte Hinrichsen sarkastisch.

„Nein, im Ernst. Für eine echte Bombe ist es eigentlich zu klein.“

„Ich denke auch, dass von diesem Ding keine Gefahr ausgeht. Man hört nichts ticken, es sind keine losen Kabel zu sehen, und es weht uns auch noch keine weiße Giftwolke entgegen“, lächelte er gequält und hob es vorsichtig einige Zentimeter hoch. Nichts geschah.

„Es ist ungewöhnlich schwer, dafür, dass es eigentlich nur so ein kleines Päckchen ist“, stellte er beunruhigt fest. Er lehnte sich über die Empfangstheke und griff nach einer Schere. „Ich werd es aufmachen.“

Lundgaard nickte und beobachtete neugierig, wie sein deutscher Kollege die breiten Klebebänder durchschnitt und ganz langsam den oberen Deckel des Kästchens öffnete. Gespannt starrten sie beide auf eine blaue Serviette, die ihnen die Sicht auf den Inhalt verwehrte. Doch bevor sie das Kästchen weiter untersuchten, machte Lundgaard einige Fotos mit seiner Digitalkamera, um den ursprünglichen Zustand und die Öffnung zu dokumentieren. Jedes kleine Detail, das sie eventuell übersahen, konnte später wichtig sein.

Hinrichsen wartete die Arbeit seines Kollegen ab, eher er mit einem Kugelschreiber die Serviette beiseiteschob und auf ein Blatt Papier stieß.

„Wieder ein Liebesbrief?", fragte Lundgaard mit leisem Spott, während sein deutscher Kollege das Papier herausnahm und es vorsichtig aufklappte. Hinrichsen betrachtete zwei Textpassagen, die inhaltlich sehr unterschiedlich waren. Er gab das Blatt an den Dänen weiter, der ihm nach einer halben Minute einen fragenden Blick zuwarf. „Fontane?"

„Keine Ahnung", antwortete Hinrichsen geistesabwesend, weil er bereits dabei war, den weiteren Inhalt des Kästchens zu erforschen. Mit äußerster Präzision teilte er die Serviette auseinander und stieß plötzlich auf etwas Hartes.

Die beiden Kripobeamten sahen zwei Spitzkugeln, auf denen jeweils zwei Buchstaben eingeritzt waren.

„Wenn der Kerl so weiteragiert, können wir bald eine Sammlung aufmachen", meinte der Däne sarkastisch.

„Eine Sammlung, auf die ich gern verzichte." Hinrichsen nahm eine der Kugeln in die Hand und betrachtete sie von allen Seiten. „Sie sieht genauso aus wie die von Rasmussen, Groth und Neumann. Die mutmaßlichen Opfer haben anscheinend Namen mit den Anfangsbuchstaben PE und MH. Es sei denn, er ändert seine Meinung und will uns mit diesem Spiel in die Irre führen."

„Das glaube ich leider nicht. Bisher waren seine Hinweise immer sehr eindeutig", gab Lundgaard zu bedenken.

„Ja, dieser verdammte Scheißkerl spielt mit uns. Er verhöhnt uns."

„Na ja, das würde ich nicht zu persönlich nehmen."

„Aber er hat diesen Jungen missbraucht, um uns seine Botschaft zu bringen. Das gefällt mir nicht."

„Ach was, das siehst du ein wenig zu schwarz. Der Junge war ihm nur Mittel zum Zweck. Nichts gegen eure Deutsche Post, aber vielleicht war die Lösung mit dem Jungen für ihn einfacher und schneller."

„Möglich", gab sich Hinrichsen geschlagen. „Wir werden den Jungen erstmal befragen. Außer Rigalski ist er der Einzige, der den Mann aus der Nähe gesehen hat. Selbst Dirks Aussage war leider ungenau."

„Dein Kollege hat den Mann ja auch nur aus einiger Entfernung gesehen. Da kann der Junge uns sicher eher weiterhelfen."

Hinrichsen steckte die Spitzkugeln und das Blatt Papier in das Kästchen zurück, schloss es wieder und steckte es in eine durchsichtige Kunststofftüte. Dann gingen sie beide nach draußen in den Flur, wo die anderen auf sie warteten und froh waren, dass sich das Päckchen als ungefährlich erwiesen hatte. Frau Markowski marschierte sofort an ihren Platz zurück, während Hinrichsen Martina Seefeldt das Kästchen überreichte.

„Bring es Dirk. Er soll es so schnell wie möglich zu den Kollegen nach Kiel schaffen. Vielleicht finden sie irgendwelche Spuren."

„Okay", sagte Seefeldt nickend und nahm die Kunststofftüte entgegen. „Wird sofort gemacht."

„Gut. Und wir kümmern uns um den Jungen", sagte Hinrichsen mit ernster Stimme. Er ging mit Philipp, der ängstlich neben einer Polizistin im Flur gewartet hatte, zum Lift.

Philipp konnte ihnen jedoch nicht viel weiterhelfen. Er hatte den Mann in der Ladenstraße getroffen, und die Beschreibung „so groß wie Sie, Herr Kommissar, nur dünner, mit braunen, kurzen Haaren und einem schmalen Gesicht" ließ ihn irgendwie aufhorchen, half aber letztendlich nicht weiter, sodass er ihn zu Martina Seefeldt geschickt hatte, damit sie eventuell mehr aus ihm herausbekam.

Nachdenklich betrachtete Hinrichsen die ausgedruckten Fotos des Päckchens, der Kugeln und des Papiers, auf dem diesmal zwei Texte standen.

„Der Feind sah sich bald auf der ganzen Linie von Stenderup bis zur Büffelkoppel mit Heftigkeit angegriffen. An der Büffelkoppel, wo ein Verhau den Weg sperrte, wurde ein kurzer Widerstand versucht; aber rechts und links ausschwärmende Schützenzüge, sowie ein paar Granatschüsse gegen die aus Baumstämmen aufgeführte Barrikade, säuberten die Chaussee und die angrenzenden Gehölze, das Stenderuper Holz und die Büffelkoppel, wurden im ersten Anlauf genommen.“

Hinrichsen hob eine Augenbraue. Was war das denn? Das hörte sich nicht nach Fontane an, aber Prof. Diekmann von der Universität Kiel klärte ihn wenige Minuten später am Telefon auf.

„Doch, es ist wieder ein Fontane-Text, aber diesmal ist es kein Zitat aus *Unwiederbringlich*, sondern aus *Der Schleswig-Holsteinische Krieg im Jahre 1864*, Seite 119 der Ullstein-Fontane-Bibliotheks-Ausgabe. Ich habe herausfinden können, dass es in dem Text um ein kleines Gefecht vom 18. Februar 1864 westlich vor Düppel geht.“

„Und was glauben Sie, was der Mörder uns mit dieser Textstelle speziell sagen will?“, hakte Hinrichsen nach und hoffte auf eine unbefangene Meinung des Literaturprofessors, doch schnalzte der nur mit der Zunge.

„Ich habe nicht die leiseste Ahnung. Ich bin kein Psychologe und kein Historiker. Vielleicht kann Ihnen ein Kollege vom Historischen Seminar weiterhelfen. Tut mir leid. Der zweite Text hingegen ist wieder aus dem dreißigsten Kapitel von *Unwiederbringlich*.“

Hinrichsen runzelte die Stirn, nachdem er den Hörer aufgelegt hatte und nochmals die Worte, die Fontane vor über hundertvierzig Jahren über Flensburg geschrieben hatte, las:

„Als aber der Abend hereinbrach, trieb es ihn doch hinaus, durch die Straßen und Gassen der Stadt, und überall, wo die Fensterläden noch offen oder nicht dicht geschlossen waren, tat er einen Blick hinein, und vor mehr als einem Hause, wenn er das Glück da drinnen und das Kind auf dem Arm der Mutter sah, und wie der Vater seiner Frau die Hand entgegenstreckte, wandelte

ihn doch plötzlich eine Furcht vor dem Kommenden an, und auf Augenblicke stand nur all das vor ihm, was er verloren hatte, nicht das, was er gewinnen wollte.“

Hinrichsen kratzte sich gedankenverloren am Hinterkopf. Der Text berührte in ihm eine sensible Saite und beunruhigte ihn, aber er konnte nicht genau sagen, warum. Das Zitat handelte von einem Menschen, der eine heile Familienwelt in Flensburg beobachtete. Ein Mensch, der so etwas anscheinend verloren und Angst vor dem Kommenden hatte.

Warum schickte der Mörder ihm ausgerechnet diesen Text? War es ein Hilferuf des Mörders, der um Verständnis für seine Taten bat? Der sich selbst als Opfer wähnte? Der die heile Welt anderer Familien nicht mehr ertrug und sie deswegen zerstören musste?

Hinrichsen reichte die Bilder mit den beiden Texten an Lundgaard weiter und betrachtete dann die Fotos der beiden Spitzkugeln mit den eingeritzten Monogrammen. Es gab sicherlich mehrere Hundert Personen in Flensburg und Umgebung, deren Namen mit den Initialen PE und MH begannen. PE … PE … PE … Hinrichsen stützte seinen Kopf in die rechte Hand und bedeckte mit den Fotos seine Augen, um in sich hineinzuhorchen, als in seinem Inneren eine laute Alarmglocke zu schrillen begann. Er zuckte plötzlich zusammen, riss die Hand weg und sah Lundgaard mit großen Augen an, der seinen Blick im selben Moment ungläubig erwiderte. In Fontanes Text ging es um eine Mutter, um einen Vater, und um ein …

„Kind!“, riefen beide gleichzeitig. Sie sprangen von ihren Stühlen hoch und rannten zur Tür.

„Wo ist der Junge! Wo ist Philipp Erichsen?“ Hinrichsen riss die erste Tür im Flur auf. „Ist er bei euch?“

Doch in Seefeldts und Rickerts Büro saß nur seine Kollegin, die ihren Chef verständnislos ansah.

„Der Junge? Nein. Ich habe ihn zu Achim geschickt, damit er nach der Beschreibung des Jungen ein Phantombild zeichnet. Vielleicht ist er ja noch bei ihm“, antwortete sie irritiert, während

Hinrichsen mit wenigen Schritten neben ihrem Schreibtisch stand, nach dem Telefonhörer griff und schnell die Nummer des Kollegen wählte.

„Achim? Martin hier. Ist der Junge bei dir, den wir zu dir geschickt haben? Philipp Erichsen?"

Lundgaard betrachtete das angespannte Gesicht seines deutschen Kollegen, der mit der Antwort seines Gesprächspartners anscheinend nicht zufrieden war.

„Er ist vor einer Viertelstunde gegangen? Weißt du wohin? Hat er was gesagt? Nicht? Okay. Gib das Phantombild des Täters sofort zur Fahndung raus." Er knallte den Hörer aufs Telefon zurück und rannte in sein Büro, um in seinen Notizen nach der Telefonnummer der Eltern zu suchen. Dicht gefolgt vom Dänen, der sich äußerst überflüssig vorkam, da er im Augenblick nicht helfen konnte, ehe nicht die ersten Informationen eingeholt waren.

Hinrichsen fand die Nummer und hämmerte auf die Tastatur ein. Dann drückte er auf den Lautsprecherknopf, sodass der Däne mithören konnte.

Es meldete sich eine weibliche Stimme. „Erichsen."

„Frau Anne Erichsen?"

„Ja."

„Mein Name ist Martin Hinrichsen, ich bin von der Flensburger Mordkommission, aber Sie brauchen sich keine Sorgen zu machen", versuchte er sie zu beruhigen, als er hörte, wie seine Gesprächspartnerin überrascht nach Luft schnappte. „Ihrem Mann und Ihrem Sohn ist nichts passiert." Noch nicht, dachte er und biss sich auf die Zunge. „Ihr Sohn hat vor ungefähr einer Stunde bei uns ein Päckchen abgegeben, das ihm ein Fremder in die Hand gedrückt hat."

„Was? Unser Sohn? Wie kommt er denn dazu?"

„Der Mann hat ihm zwanzig Euro geboten. Philipp hat vor einiger Zeit das Polizeigebäude verlassen, und ich wollte jetzt nur wissen, ob er vielleicht direkt zu Ihnen nach Hause gegangen ist."

„Nein, er ist nicht hier. Aber ich versteh das alles nicht. Zu dieser Zeit müsste er doch eigentlich in der Schule sein. Er hat bis um zwölf Uhr Unterricht", stotterte Frau Erichsen verwirrt.

„Wo geht er zur Schule?“

„Auf die *Duborg-Skolen*.“

„Wenn er dort nicht ist, wo könnte er sich sonst aufhalten?“

„Wie … wie meinen Sie das? Mein Sohn ist ein vernünftiger Schüler! Der treibt sich nicht einfach irgendwo in der Stadt herum.“

„Natürlich nicht, und normalerweise nimmt er sicherlich auch keine Päckchen von Fremden an“, knirschte Hinrichsen ungnädig durch die Zähne, „aber ich muss trotzdem wissen, wo er sonst noch sein könnte. Es ist wirklich wichtig.“

Anne Erichsen bekam von der eindringlichen Stimme des Kommissars eine Gänsehaut. „Ich … ich weiß nicht. Nach dem Unterricht geht er manchmal zu seinen Freunden, aber zu dieser Zeit sind die ja alle in der Schule.“

Hinrichsen merkte, dass er von Frau Erichsen keine andere Antwort mehr bekommen konnte, notierte sich schnell die Namen der befreundeten Kinder und deren Adressen, bat Frau Erichsen, sofort in der Leitstelle anzurufen, wenn ihr Junge zu Hause auftauchen sollte, und legte dann den Hörer auf. Martina Seefeldt stand in der offenen Tür und sah ins Büro ihres Chefs, der das Notizblatt vom Block riss. Er stand auf und drückte es ihr in die Hand.

„Hier. Ruf bei den Leuten an und frag nach, ob Philipp Erichsen bei ihnen ist. Und hol dann die anderen zur Besprechung in mein Büro.“

Sie nickte und verschwand in den Flur, während Hinrichsen zum Fenster ging und sich schwer gegen die Wand lehnte. Seine Atmung ging schwerer und sein Brustkasten zog sich wieder zu. Mit der rechten Hand griff er schnell nach seinem Inhalator, schüttelte ihn, nahm einen tiefen Atemzug und hielt die Luft an. Beim Ausatmen schloss er kurz die Augen und atmete dann wieder ruhig ein.

Lundgaard sah ihn besorgt an. „Geht’s dir gut?“

„Ja, es wird schon. Danke.“ Er drehte sich wieder zu ihm um und steckte das Dosieraerosol ein.

Der Däne versuchte Hinrichsens Asthmaanfall zu überspielen, lehnte sich hinter ihm gegen seinen Schreibtisch und verschränkte die Arme vor der Brust. „Glaubst du wirklich, dass der Junge in Gefahr ist?“

„Ja. Ich traue diesem verdammten Mistkerl alles zu. Er hat vor aller Augen einen Mann auf dem *Dampf rundum* erschossen. Er hat keine Angst vor uns, ganz im Gegenteil: Er spielt mit uns. Er hält uns sein nächstes Opfer direkt vor Augen, um es später zu töten und um uns zu zeigen, dass wir den Jungen nicht vor ihm haben schützen können.“ Er schlug mit der Faust auf die Fensterbank. „Wenn ich mich täuschen sollte, wäre ich dankbar, aber ich will kein Risiko eingehen. Philipp Erichsen trägt die Initialen PE, so, wie sie auf einer der Spitzkugeln standen. Der Junge hat uns sein eigenes Todesurteil gebracht!“

„Möglich“, sagte Lundgaard beherrscht, um seinen deutschen Kollegen zu beruhigen. „Trotzdem kann es sich auch um eine andere Person handeln.“

„Ich glaube nicht an Zufälle, Erik. Solange der Junge nicht heil und gesund wieder bei seinen Eltern oder in der Schule ist, werden wir ihn suchen. Du weißt, dass bei den früheren Mordserien auch Kinder unter den Opfern waren. Ich will so etwas hier nicht erleben, hörst du? Und wenn ich die ganze Stadt umsonst aufscheuchen muss, um diesen Jungen zu finden! Das ist mir vollkommen egal!“

Seefeldt stand wieder im Türrahmen. „Philipp ist nicht bei seinen Freunden. Ob er in der Schule ist, konnte man mir nicht so schnell am Telefon sagen. Die Sekretärin des Rektors lässt gerade überprüfen, ob er in seiner Klasse ist, und ruft uns dann zurück.“

Hinrichsen nickte nur. Inzwischen waren alle anderen zu ihnen ins Zimmer gekommen, sodass er ihnen schnell die neuesten Informationen übermitteln konnte. „Phantombild und Beschreibung des Tatverdächtigen sind bereits draußen. Jochen, du legst für unsere Kollegen noch eine Beschreibung des Jungen nach. Wir müssen ihn finden, bevor ihm etwas passiert. Erik und ich fahren zur *Duborg-Skolen* und ihr fahndet in der Stadt. Also los, lasst ihn uns suchen!“

Sie standen alle auf und gingen zu ihren Schließfächern, aus denen sie ihre Dienstpistolen nahmen. Nur eine Person fehlte.

„Wo ist Karsten eigentlich?“, fragte Hinrichsen Martina Seefeldt, die gerade an ihm vorbeiging.

„Beim Zahnarzt. Er kommt später nach, hat er gesagt.“

„Immer, wenn man Rickerts braucht, ist er nicht da“, knurrte Hinrichsen. Missmutig öffnete er seine oberste Schreibtischschublade, griff nach seiner Dienstwaffe und steckte sie sich ins Gürtelholster, während er beobachtete, wie der Däne seine Heckler & Koch in die Hand nahm, sie überprüfte und wieder ins Leder unter die linke Achsel zurücksteckte. Er warf seinem Kollegen einen skeptischen Blick zu, da er sich auch an die Verfolgungsjagd nach dem Rigalski-Mordanschlag erinnerte.

„Es könnte Probleme geben, wenn du als dänischer Beamter auf deutschem Boden deine Dienstwaffe benutzt.“

Lundgaard blieb unbeeindruckt. „Ich weiß. Du kannst allerdings nicht erwarten, dass ich tatenlos neben euch stehe und einfach zuschaue, wie der Kerl weiter Menschen umbringt. Falls irgendetwas passiert, werde ich nur in Notwehr schießen, versprochen. Aber ich werde auf keinen Fall unbewaffnet hier rausgehen.“

Hinrichsen nickte nur und folgte seinen Kollegen zu den zivilen Einsatzwagen im Hof.

14

Wenige Minuten später fuhren sie die Toosbüystraße hoch, als der Däne das Wort ergriff.

„Da ist noch etwas, das mich irritiert, Martin.“

„Und das wäre?“

„Die zweite Spitzkugel von heute trägt deine Initialen.“

Ein Ziehen in seinem Brustkorb, das er schon die ganze Zeit unterdrückt hatte, machte sich bei Hinrichsen bemerkbar und ließ ihn nach Luft schnappen. „Ich weiß, aber das muss nichts bedeuten. Es gibt viele MHs in Flensburg und Umgebung.“

„Lenk nicht ab. Einerseits glaubst du, dass es kein Zufall war, dass der Mörder uns diesen Jungen geschickt hat, und dann adressiert er das Päckchen genau an dich. Er kennt deinen Namen, obwohl du nie in den Zeitungsartikeln genannt wurdest. Er will, dass das Päckchen genau bei dir auf dem Tisch landet. Nirgendwo anders. Ich glaube auch nicht an Zufälle. Was ist, wenn er dich auf seiner Liste hat?"

Hinrichsens Hände umfassten das Lenkrad eine Nuance fester. „Vielleicht wäre das gar nicht so schlecht? Dann könnte ich Lockvogel spielen und ihr schlagt zu, wenn er mich umbringen will."

„Tolle Idee", ätzte Lundgaard. „Mir ist nur entgangen, dass du für dich Personenschutz beantragt hast oder deine Kollegen dir folgen."

„Wozu? Ich habe doch dich als Bodyguard."

Lundgaard wollte darauf etwas erwidern, aber Hinrichsen hob beschwichtigend eine Hand und schlug damit leicht gegen den linken Oberarm seines dänischen Kollegen.

„Reg dich ab. Wir müssen jetzt erst mal den Jungen finden. Das ist wichtiger als alles andere. Danach sehen wir weiter." Sie näherten sich einer kleinen Kreuzung, auf der Hinrichsen nach rechts abbiegen wollte, als sich plötzlich sein Handy meldete. Er drückte die Freisprecheinrichtung, sodass Lundgaard mithören konnte. „Ja, Jochen, was gibt's?"

„Wir haben gerade eine Meldung bekommen, dass ein Junge, auf den Philipps Beschreibung passt, in der Neustadt gesehen wurde."

„War er allein?"

„Nein, ein Mann begleitete ihn."

Hinrichsen fluchte leise. „Okay. Lundgaard und ich fahren sofort hin." Er beendete das Gespräch, bog nach Norden in die Duburger Straße und fuhr bis zum Nordertor runter, wo er nach links in die Neustadt einbog. Sie fuhren die gesamte Straße entlang, doch Philipp war nirgends zu sehen. Auch nicht in den Nebenstraßen. Es dauerte schließlich eine gefühlte Ewigkeit, ehe sie hundert Meter entfernt einen Jungen mit hellblauer Jacke, einer dunklen Jeans und einem schwarz-gelben Schulranzen auf dem Rücken erkannten. Neben ihm ging ein Mann im braunen Jackett, der anscheinend sehr freundlich mit ihm redete. Jedenfalls hatte der Junge offenbar keine Angst vor ihm und folgte ihm widerstandslos.

Hinrichsen biss die Zähne zusammen, als er den Jungen so ahnungslos neben dem Unbekannten sah. Er versuchte sich die unwahrscheinliche Möglichkeit einzureden, dass es sich bei dem Mann um einen Freund der Familie oder um einen Onkel handelte, aber aus welchem Grund ging jemand mit einem Kind spazieren, das zu dieser Uhrzeit zweifellos in der Schule sein musste? Er beschleunigte den Wagen, was der Mann anscheinend bemerkte. Der Fremde blickte sich um, sah den heranbrausenden Passat und begann sofort, den Jungen mit sich zu ziehen. Nach wenigen Metern schubste er ihn in ein leer stehendes, altes Fabrikgebäude und eilte ihm nach.

Einige Sekunden später hielt der Wagen mit quietschenden Reifen vor der gelben Backsteinwerkhalle und die beiden Kommissare sprangen mit gezückten Pistolen heraus. Sie liefen zum Eingang, doch rannten sie nicht sofort ins Haus, da der Fremde ihnen an diesem Engpass auflauern konnte. Beide stellten sich neben den Eingang. Lundgaard gab Hinrichsen einen Wink und schaute auf die alte Tür. Der deutsche Kommissar verstand, was Lundgaard vorhatte, und nickte kurz. Dann packte der Däne auch schon die verrostete Klinke und zog die Tür mit einer raschen Bewegung auf. Hinrichsen steckte für einen kurzen Augenblick den Kopf durch die Öffnung und zog ihn sofort wieder zurück, aber es folgte kein Schuss. Gleichzeitig hörten sie weiter hinten im Haus etwas rumpeln und den Jungen schreien. Ohne zu zögern, stürmten sie nun durch den Eingang und folgten den Schreien in den hinteren Bereich der Werkhalle.

Hinrichsen gab Lundgaard ein Zeichen, sich nach links zu halten, während er sich auf der rechten Seite zum hinteren Teil des Gebäudes schleichen würde. Der Junge schrie immer noch, doch selbst wenn sich diese Schreie tief in Hinrichsens Herz bohrten und sich seine Bronchien wieder zusammenzogen, war er froh sie zu hören, denn einerseits zeigten sie, dass der Junge noch lebte, und andererseits führten sie sie direkt zu ihm und dem Mörder. Mit raschen Schritten und der Dienstwaffe im Anschlag durchquerte er mehrere kleinere Räume, die früher anscheinend zu einem Bürokomplex gehört hatten. Lundgaard hatte er inzwischen aus den Augen verloren, aber er war sich sicher, dass der Däne sich von der anderen Seite bis zu den hinteren Räumen durcharbeiten würde. Schales Licht fiel durch die milchigen Fenster unterhalb des Daches und beleuchtete die kleinen Zimmer, sodass Hinrichsen kein Winkel verborgen blieb, wo der Fremde sich eventuell hätte verstecken können.

Der Kommissar öffnete eine alte Holztür und ließ sie aufschwingen, ohne sofort in den nächsten Raum zu gehen. Zwei Sekunden lang horchte er nach einem Geräusch, aber der Junge war verstummt und auch der Unbekannte gab keinen Laut von sich.

Es war unheimlich still.

Zu still für Hinrichsens Geschmack. Warum war der Junge nicht mehr zu hören? Was hatte der Mann mit ihm gemacht? Würde er zu spät kommen, um Philipp zu retten?

Ohne lange nachzudenken, schritt er in den nächsten Raum. Er bemerkte den Jungen, der sich in eine Ecke kauerte und ihn ängstlich anstarrte. Erst zu spät erkannte Hinrichsen, dass der Junge ihm nicht ins Gesicht sah, sondern etwas betrachtete, das sich hinter seiner rechten Schulter befand. Ihm stellten sich die Nackenhaare auf, als er einen kalten Hauch an seiner rechten Wange spürte.

Der Kommissar wollte im Drehen schießen, doch bevor er reagieren konnte, schlug sein Gegner ihn von hinten nieder. Er verlor seine Pistole und fiel nur zwei Meter vom Jungen entfernt zu Boden. Der Fremde, der sich inzwischen eine schwarze Sturmmaske aufgesetzt hatte, stieß die Dienstwaffe einige Meter beiseite und richtete seine Luger auf den Kommissar.

„Wie schön, dass Sie auch noch gekommen sind, Herr Hinrichsen. Dann werde ich zwei von euch auf einen Streich erledigen können. Vielen Dank, dass Sie es mir so einfach machen, denn eigentlich waren Sie heute noch nicht vorgesehen. Aber wenn Sie so sehr darum betteln, kann ich es Ihnen natürlich nicht abschlagen."

Hinrichsen richtete seinen Oberkörper auf und hielt sich den schmerzenden Kopf. Sein Schädel brummte wie eine Dampfmaschine und ihm war schwindelig, während er aufzustehen versuchte, um den Jungen hinter sich mit seinem Körper zu schützen.

Der Unbekannte erkannte sein Vorhaben und wedelte mit der Luger in seine Richtung. „Nicht doch, Herr Kommissar, bleiben Sie ruhig da unten sitzen. Dort gefallen Sie mir besser."

Widerwillig gehorchte ihm Hinrichsen und ließ sich langsam wieder zu Boden sinken. Allerdings hatte er sich dabei bis auf einen Meter dem Jungen genähert, sodass er ihn im Notfall mit einem Sprung erreichen konnte, falls der Fremde auf Philipp schießen würde.

Der Unbekannte warf ihm einen hämischen Blick zu. „Haben Sie keine Kollegen mitgebracht, Herr Kommissar? Lernt man das nicht auf der Polizeischule, dass man einen Gegner nie allein stellen sollte?"

Hinrichsen griff sich mit der rechten Hand an den Hinterkopf und fluchte leise, als er etwas Feuchtes spürte. Er zog die Hand zurück und sah hellrotes Blut an seinen Fingern. „Meine Kollegen sind unterwegs. Ich habe sie benachrichtigt, ehe ich Ihnen folgte. Sie wissen, wo ich bin. Wahrscheinlich ist das gesamte Gebäude bereits umstellt. Sie werden nicht entkommen."

Der Fremde lachte hysterisch, als er die Worte seines Opfers hörte. „Sie werden mich nicht aufhalten. Sie nicht und auch nicht Ihre Kollegen." Er zielte weiterhin auf den Kommissar.

Hinrichsen schluckte hart, als er in die Mündung der alten Waffe starrte. Er musste Zeit gewinnen und den Mann ablenken. Wo blieb denn nur Lundgaard, verdammt!

„Warum tun Sie das alles? Warum töten Sie Deutsche und Dänen? Und warum wollen Sie diesen Jungen umbringen? Er ist doch noch ein Kind! Er hat Ihnen nichts getan!"

„Das stimmt. Aber er muss trotzdem sterben. Und Sie auch."

„Weil Sie es so bestimmt haben?"

„Genau."

Hinrichsen wurde allmählich unruhig. Angstschweiß bildete sich auf seiner Stirn und rann ihm übers Gesicht, und seine Atemwege verkrampften sich immer mehr, doch würde der Mann ihn wohl kaum seinen Inhalator benutzen lassen. Schwerfällig versuchte er, den Fremden weiter in ein Gespräch zu verwickeln. Er wusste, dass er ihn nicht mehr lange hinhalten konnte. Im Augenblick genoss der Mann seine Überlegenheit, aber wie lange würde das anhalten? Wann würde er den Spaß an dieser Situation verlieren? Hinrichsen befürchtete, dass ihm nur wenige Sekunden blieben. Er versuchte weiter auf den Mann einzureden, um wertvolle Zeit zu gewinnen.

„Dann waren mit den Initialen auf den Spitzkugeln wirklich der Junge und ich gemeint?"

„Natürlich! Was dachten Sie denn sonst?"

„Nun, Sie haben in Kopenhagen, Hamburg, Graz und Flensburg gemordet …"

„Sie vergessen Århus", unterbrach ihn der Mann.

„Århus?"

„Wissen Sie etwa noch nichts von Bjarne Thomsen aus Århus? Sie enttäuschen mich. Sie hätten Ihre Arbeit gewissenhafter machen müssen."

Hinrichsen seufzte. Es gab also ein weiteres Opfer dieses Verrückten, das Lundgaard und ihm bisher unbekannt war. Er sah seinem Gegner wieder in die Augen. „Haben die Initialen eigentlich eine Bedeutung? Gehen Sie nach einem Muster vor? Nach dem Alphabet oder einem bestimmten Buchstabenrhythmus?"

Der Fremde lachte wieder. „Sie haben es also immer noch nicht herausgefunden. Sie hätten vielleicht mal Ihre Frau fragen sollen. Die hätte ihnen eventuell weiterhelfen können, aber dafür ist es jetzt zu spät."

Hinrichsens Atemzüge wurden immer kürzer und schneller. „Meine Frau?", rief er wütend. „Was wissen Sie über Lisa? Ich schwöre Ihnen, wenn Sie ihr etwas antun …"

„Was dann? Machen Sie sich nicht lächerlich, Hinrichsen. Sie werden sie nie wiedersehen. Und falls es Ihnen wichtig ist: Nein, die Initialen hatten keine besondere Bedeutung. Sie stehen nur für die Opfer, die ich richte."

Er spielt Richter und Henker, scholl es Hinrichsen durch den Kopf. „Welchen Vergehens habe ich mich denn schuldig gemacht, dass Sie mich richten wollen?“, fragte er schwerfällig. „Und welches Vergehen haben Jesper Rasmussen, Andreas Groth, Hans-Werner Neumann und all die anderen in Århus oder sonst wo begangen, dass sie den Tod verdient haben?“

Der Fremde wurde auf einmal sehr gerade im Rücken. Hinrichsen wusste sofort, dass er die falsche Frage gestellt hatte, und wollte den Mann schnell mit einer anderen ablenken, doch sein Gegner schnitt ihm das Wort ab.

„Sie sind alle geboren worden! Das ist euer aller Verhängnis!“, erklärte er mit tiefer Stimme und richtete seine Pistole gezielt auf das Herz des Kommissars.

Kalter Schweiß rann Hinrichsen den Rücken herunter, als er in die kalten Augen des Mörders sah. Er zuckte zusammen, als ein Schuss fiel. Fast gleichzeitig sah er, wie der Fremde einige Schritte zurücktaumelte. Reflexartig sprang der Kommissar mit letzter Kraft auf und warf sich auf den Jungen, während mehrere Schüsse um ihn herumpfiffen und sich neben ihn ins morsche Holz einer alten Wandverkleidung bohrten.

Im nächsten Moment stand Lundgaard auf der Türschwelle und warf seinem deutschen Kollegen einen einschätzenden Blick zu. Unter Hinrichsen sah er die zappelnden Beine des Jungen und hörte dessen hysterische Schreie. Erleichtert atmete er auf. „Seid ihr okay?“

„Ja! Aber der Kerl ist abgehauen! Hol ihn dir!“

Lundgaard bemerkte die blutende Wunde am Hinterkopf seines Kollegen und seine schwere Atmung. „Du kommst zurecht?“

„Verdammt, ja! Verschwinde!“

Der Däne nickte und eilte dem Unbekannten durch einen länglichen Flur und mehrere Räume hinterher.

Nur wenige Sekunden später hörte Hinrichsen Martina Seefeldts Stimme, die nach ihm und Lundgaard rief.

„Ich bin hier hinten!“

Seefeldt, Rickerts und zwei Schutzpolizisten schauten durch die Tür. Sie und weitere Beamte schwärmten in den Raum und rannten zusammen mit Rickerts nach rechts, von wo sie Schüsse hörten.

Beunruhigt schrie Hinrichsen ihnen nach: „Seid vorsichtig! Lundgaard verfolgt den Kerl. Nicht dass ihr zufällig auf ihn schießt!"

Seefeldt betrachtete ihren verschwitzten Chef und den Jungen. „Seid ihr beide in Ordnung?"

„Geht so", log Hinrichsen, um Philipp nicht zu beunruhigen, der apathisch weinend in seinen Armen lag. „Habt ihr einen Krankenwagen dabei?", krächzte er atemlos.

„Wir haben einen angefordert. Er ist sicherlich gleich da. Soll ich dir Philipp abnehmen?", fragte Martina Seefeldt und beugte sich zu dem Jungen herunter, doch der drehte sich von ihr weg. Er wollte so lange bei dem Mann bleiben, der ihn gerettet hatte, bis seine Mutter und sein Vater kommen und ihn holen würden. Bis dahin würde er keinem anderen Erwachsenen mehr trauen.

Seefeldt half Hinrichsen beim Aufstehen, während sich Philipp krampfhaft an ihm festhielt. Dann gingen sie auf einen alten Hof, der neben der Fabrikhalle lag. Inzwischen waren auch ein Krankenwagen und ein Notarztwagen eingetroffen, dessen Ärzte und Sanitäter sich sofort um den Jungen und um Hinrichsen kümmerten.

Der Notarzt schaute einschätzend auf die kleine Platzwunde am Kopf des Kommissars, entschied sich aber für eine Sofortbehandlung der Kurzatmigkeit seines Patienten und setzte ihm eine Sauerstoffmaske auf. Hinrichsen war ihm dankbar. Einige Minuten später zog er sich die Maske von Mund und Nase.

„Ich glaube, das genügt fürs Erste, Doc."

Der Notarzt nickte und untersuchte die Platzwunde. „Das muss genäht werden", erklärte er und säuberte die Wunde mit einem Desinfektionsmittel. „Am besten kommen Sie beide mit in die Diako. Dem Jungen wird es auch besser gehen, wenn Sie neben ihm im Krankenwagen sitzen. Hier, bitte halten Sie mal kurz die Kompresse."

Er drückte den Verband auf die blutende Platzwunde, die Hinrichsen für ihn fixierte, und legte dem Kommissar einen leichten Kopfverband an. Der Mann beendete seine Arbeit gerade, indem er die beiden Enden mit Leukotape zusammenklebte, als Hinrichsen Lundgaard und einige seiner Kollegen aus einer Seitentür des Hallengebäudes kommen sah. Er bemerkte, dass sie ihre Waffen wieder weggesteckt hatten und mit unzufriedenen Gesichtern auf ihn zukamen.

Der Däne erreichte ihn als Erster. „Wie geht es dir und dem Jungen?“

Hinrichsen zuckte kurz zusammen, als er seinen Verband befühlte. „Es hätte schlimmer kommen können. Philipp hat vermutlich einen Schock, und ich, na ja, der Kerl hat mir eins über die Rübe gegeben. Ist aber nur ein Kratzer.“

„Ein Kratzer, der im Krankenhaus genäht werden muss“, mischte sich der Notarzt ein, doch sein Patient winkte ab.

„Und ihr? Wart ihr erfolgreich? Bitte sag mir, dass ihr diesen Schweinehund erwischt habt.“

Lundgaard atmete einmal tief durch, da sich die Anspannung der Verfolgungsjagd allmählich legte. „Nein, leider nicht. Deine Kollegen suchen im Augenblick das gesamte Gebiet ab. Vielleicht kriegen sie ihn ja noch.“

Hinrichsen nickte skeptisch. Es war also noch nicht vorbei.

Einige Stunden später fuhr Lundgaard seinen deutschen Kollegen die wenigen Meter von der Diakonissen-Anstalt zur Wrangelstraße. Im Krankenhaus hatte er, während Hinrichsen von den Ärzten versorgt wurde, sich nach Rigalski erkundigt, der schwer verletzt auf der Intensivstation lag. Leider war der Antikhändler immer noch nicht ansprechbar, sodass sie ihn nicht nach dem Täter befragen konnten, aber immerhin hatte er überlebt und die Ärzte machten Lundgaard Hoffnung, dass er in den nächsten Tagen mit ihm würde reden können.

Ein unbefriedigendes Ergebnis, das Lundgaard in tiefen Gedanken vor der Gründerzeitvilla anhalten ließ, doch Hinrichsen bemerkte nichts von der dunklen Stimmung seines Kollegen, da ihn im Augenblick andere Dinge beschäftigten. Er zögerte kurz, ehe er ausstieg. Er hatte Seefeldt und die anderen gebeten, Lisa noch nichts von seinem „Unfall“ zu erzählen. Er wollte nicht, dass sie sich wegen dieser kleinen Platzwunde unnötig Sorgen machte und zu ihm in die Diako kam. Es war bisher schon schwer genug gewesen, ihr die Angst vor seinen Außeneinsätzen zu nehmen, bei denen man nie wusste, auf was für Menschen man traf und in welcher psychischen Verfassung oder Ausnahmesituation sie sich gerade befanden. Bisher war er nur selten in wirklich gefährliche Situationen geraten, aber das lag auch daran, dass er einige Male Einsatzkommandos aus Eutin angefordert hatte, die für bestimmte Situationen besser ausgebildet waren. Wenn er und seine Leute jemanden in einem Haus aufgespürt hatten, war es oft sinnvoller, die Eutiner hinzuzuziehen, um das eigene Leben, das von Unbeteiligten und letztendlich auch das des Tatverdächtigen zu schützen. Doch heute hatten sie dazu keine Zeit gehabt. Der Junge war in unmittelbarer Gefahr gewesen. Sie hatten handeln müssen. Und Hinrichsen bereute keine einzige Sekunde, in die alte Fabrikhalle gegangen zu sein. Auch wenn ihn der heutige Einsatz beinahe das Leben gekostet hätte. Wäre Lundgaard auch nur eine Sekunde später gekommen, säße er jetzt nicht hier im Auto vor seinem Haus, sondern läge vermutlich bei seinen Kieler Kollegen in der Rechtsmedizin.

„Weißt du, was mich an der Sache in der Werkhalle irritiert?", fragte er Lundgaard plötzlich, als ihm ein anderer Gedanke kam.

„Nein, was denn?"

„Dass der Kerl dem Jungen sein Gesicht gezeigt hat, aber mir gegenüber plötzlich eine Sturmhaube trug."

Lundgaard sah seinen deutschen Kollegen ernst an. „Vielleicht hat er sein Gesicht vor dir versteckt, weil du ihn kennst?"

„Ich weiß nicht", sagte er zweifelnd. „Ich kann mich nicht an seine Stimme erinnern. Aber was mich viel mehr beunruhigt, ist, dass er Lisa kennt."

„Was?"

„Ja, verdammt. Er wusste ihren Namen und machte so eine merkwürdige Bemerkung, dass sie mir im Fall eventuell weiterhelfen könnte."

Lundgaard merkte, dass sein Kollege sich große Sorgen um seine Frau machte, und versuchte dessen Bedenken zu vertreiben.

„Lisas Vornamen kann er auch aus dem Telefonbuch oder vom Einwohnermeldeamt haben. Das muss nichts bedeuten." Er warf ihm einen zerknirschten Blick zu. „Allerdings …"

„Allerdings *was*?"

„Du solltest Lisa tatsächlich mal dein Notizbuch geben. Vielleicht entdeckt sie als Außenstehende etwas, das wir bisher übersehen haben."

„Du weißt, dass ich das nicht darf."

Lundgaard zuckte mit den Schultern. „Wenn es darum geht, Menschenleben zu retten, würde ich so einiges machen. Außerdem merkt es doch niemand. Und wenn sie etwas findet, hast du es eben entdeckt."

Mit einem leisen Seufzen strich sich Hinrichsen über das Pflaster an seinem Hinterkopf, während er seine Frau beobachtete, die in der Küche neben dem Eingang etwas aus einem weißen Hängeschrank herausholte. Sie sah so zufrieden aus, doch gleich würde sie ihm wahrscheinlich die Hölle heiß machen, wenn er ihr eine geschönte Version über die Entstehung der Platzwunde erzählte.

„Wie viele Männer lügen eigentlich ihre Frauen an, damit die sich keine Sorgen machen?", fragte er zerknirscht.

„Viele. Vermutlich alle irgendwann in ihrem Leben. Aber Lisa ist nicht dumm. Sie wird dich besser kennen, als du denkst. Je mehr du die Sache von heute herunterspielst, desto weniger wird sie dir glauben. Und desto mehr schürst du ihre Angst. Wenn du meine Meinung wissen willst: Sag ihr, wie es war. Und bitte vergiss nicht, meinen heldenhaften Einsatz zu erwähnen."

Hinrichsen lachte, da ihm der sarkastische Ton seines Kollegen guttat. „Nein, werde ich nicht. Ohne dich wäre ich tot."

„Tja, mein Fehler. Das nächste Mal warte ich ab, bis er dich erledigt hat, damit Lisa für mich frei wird."

„Das wird wohl die beste Lösung sein, denn solange ich lebe, wirst du bei ihr keine Chance haben, mein Lieber."

„Das befürchte ich auch. Deswegen werde ich dich demnächst irgendwie mit einer Spitzkugel in der Hosentasche in der Flensburger Förde entsorgen müssen, denke ich. Ein Kinderspiel, da der Mörder dich ja sowieso auf der Liste hat. Ich frage mich nur, wo ich so eine Spitzkugel herbekomme, aber na ja, vielleicht breche ich in der Asservatenkammer ein oder im Düppel-Center. Oder bei Rigalski."

Hinrichsen hatte ihm nicht mehr richtig zugehört, da er wieder Lisa beobachtete. Er zögerte immer noch mit dem Aussteigen, aber seine Ehefrau hatte ihn inzwischen gesehen und winkte den beiden Männern im Passat fröhlich zu. Ihr Ehemann winkte kurz zurück, während der Däne ihr nur freundlich zunickte.

„Sie wartet auf dich, Martin. Vermutlich mit einem wunderbaren Essen. Also geh endlich, bevor es kalt wird."

Hinrichsen stieg aus, doch ehe er die Tür schloss, sah er seinem dänischen Kollegen mit einem tiefen, ernsten Blick ins Gesicht. „Danke noch mal, dass du mir das Leben gerettet hast."

„Gern geschehen. Und gib Lisa dein Notizbuch."

Hinrichsen nickte kurz, schlug die Tür dann zu und ging zur Villa rüber. Der Däne sah, wie Lisa ihn an der Tür empfing und nach wenigen Worten über das Pflaster an seinem Hinterkopf strich. Dann umarmte sie ihn und weinte, während er seine Frau nur festhielt und anscheinend beruhigend auf sie einredete.

Lundgaard wartete noch ab, bis beide ins Haus gegangen waren, ehe er den Wagen beschleunigte und zur Polizeidirektion zurückfuhr, um den Passat abzugeben. Die einzige Spur zum Mörder verlief nur über Martin und den Jungen. Eine Möglichkeit, die dem Dänen nicht gefallen wollte. Es hatte schon zu viele Opfer gegeben. Das Morden musste endlich aufhören.

Lundgaard bog in die Rathausstraße ein und hielt an der Fußgängerampel bei der Ladenstraße an, als die Lichtanzeige auf Rot sprang. Gedankenverloren beobachtete er die vielen Menschen, die die Straße überquerten. Einer von ihnen konnte das nächste Opfer sein.

Oder der Mörder.

15

Am nächsten Freitagmorgen erschien Martin Hinrichsen etwas steif und schwerfällig in seinem Büro. Er hatte Lisa noch am selben Abend nach seiner Beichte und einem kurzen Streit sein Notizbuch gegeben, was sie sofort wieder auf andere Gedanken brachte. Mehrere Stunden opferte sie den Aufzeichnungen und Fotos in dem Buch, doch hatte sie leider keinen Hinweis auf den Mörder finden können.

Hinrichsen ging zu seinem Schreibtisch und legte seine Jacke um seinen Stuhl, während Lundgaard bereits am Computer saß und einen Bericht schrieb. Er sah auf, als sein deutscher Kollege zur Tür hereinkam.

„Na, wie geht es dir? Hast du nachts noch die Vögel zwitschern gehört, anstatt Schafe zu zählen, oder konntest du schlafen?"

„Nein, an Schlafen war nicht zu denken. Ich glaube, ich hab nur zwei Stunden gehabt, ehe der Wecker klingelte."

Der Däne sah ihn einschätzend an. „Vielleicht solltest du wieder nach Hause gehen und dich für heute krankschreiben lassen. Es wird niemand merken, wenn du fehlst."

Mit einem schwerfälligen Grinsen sah Hinrichsen auf. „Na, vielen Dank. Du bist ja charmant heute."

Erst jetzt bemerkte Lundgaard, was er gesagt hatte. „Ich meinte nur, dass du …"

„Ja, ja, schon gut. Ich weiß, was du gemeint hast, aber es wird schon gehen. Ich bin zu hundert Prozent einsatzfähig."

Lundgaard wagte das zu bezweifeln. „Du tust niemandem einen Gefallen, wenn du wegen heftiger Kopfschmerzen oder einem Asthmaanfall Fehler machst oder deswegen mit deiner Pistole auf eine falsche Person zielst. Ich glaube, deine Kollegen wären dir wirklich dankbar, wenn du wenigstens für heute wieder nach Hause gehen würdest. Mich inbegriffen."

Hinrichsen wischte sich über die müden Augen. „Was ist denn los mit dir? Warum bist du so darauf versessen, mich loszuwerden? Ist irgendetwas passiert?"

„Na ja“, versuchte Lundgaard dieser direkten Frage auszuweichen und bemühte sich um eine Ausrede, doch fiel ihm keine ein. Also sagte er die Wahrheit. „Du hast wieder Post bekommen.“

„Was?“ Hinrichsen horchte sofort auf. „Wann?“

„Heute Nacht. Ein Päckchen auf der Eingangstreppe. An dich adressiert.“

„Und was war drin?“

„Komm, ich zeig's dir“, erklärte der Däne und ging mit ihm eine Etage höher, wo das Päckchen und der Inhalt gerade erkennungsdienstlich bearbeitet wurden. Krüger sah die beiden auf sich zukommen und hielt ihnen mit seinen behandschuhten Fingern eine quadratische Holzschachtel entgegen.

Der Ermittler betrachtete Hinrichsen mit einem nachsichtigen Blick und fragte sich, ob dessen Blässe von seinem gefährlichen Einsatz am Vortag herrührte oder ob es am Anblick der vielen Eheringe lag.

„Bist du in Ordnung, Martin? Du siehst nicht ganz fit aus.“

Hinrichsen strich sich kurz übers Kopfpflaster und winkte ab. „Geht schon. Was hat er mir diesmal geschickt?“

„Fünfundzwanzig Eheringe. Laut den Gravuren sind ein paar von ihnen hundert Jahre alt, andere erst fünfzig. Wir sind gerade dabei, alle Namen und Daten der Gravuren aufzunehmen, und werden dann nach DNA-Spuren suchen. Außerdem hat er elf Spitzkugeln mitgeschickt. Aber sie besitzen keine Initialen.“

Der Anblick der vielen Eheringe setzte Hinrichsen mehr zu, als er zugeben wollte. Die Opfer der früheren Mordserien waren für ihn bisher nur Zahlen auf einem Papier oder auf der Magnettafel in seinem Büro gewesen, doch diese Ringe in der Schachtel, die Krüger ihm entgegenhielt, hatten realen Menschen gehört. Unbewusst griff er sich an seinen Ehering und drehte mehrfach das warme Gold an seinem Finger.

„Wir haben Listen von den Opfern. Vielleicht hilft euch das bei der Identifizierung der Namen“, schlug Hinrichsen müde vor. „War sonst noch etwas in dem Kästchen?“

„Wieso, reicht dir das nicht?“

„Danke. Mehr als genug. Hätte gern drauf verzichtet. Aber du weißt, was ich meine.“

„Es war diesmal kein Liebesbrief oder Fontane-Zitat dabei, wenn du das meinst. Nur diese Ringe und Kugeln.“ Er warf Lundgaard einen hoffnungsvollen Blick zu. „Der Täter verändert sein Verhalten, finden Sie nicht?“

Der Däne nickte und erklärte, wie froh er sei, dass keine Initialen auf den Spitzkugeln eingraviert waren. Gleichzeitig verschwieg er jedoch seine Besorgnis darüber, dass zwei Opfer, Philipp und Martin, noch nicht außer Gefahr waren. Oder hatte der Täter aufgegeben? Das Päckchen konnte tatsächlich auch bedeuten, dass sie es geschafft hatten, ihn in die Enge zu treiben, und er ihnen seine Trophäensammlung als letzten Triumph übersandte, um ihnen ihre Unfähigkeit vor Augen zu halten. Ein Gedanke, mit dem sich der Däne trotz der Häme anfreunden konnte, wenn es keine weiteren Toten geben würde. Doch glaubte er nicht so recht daran, solange der Mörder noch frei herumlief.

Mit einem unguten Gefühl in der Magengegend begleitete er seinen Kollegen ins Büro zurück, wo Hinrichsen allerdings nicht lange blieb, da er wieder einen Termin bei einem der Staatsanwälte hatte. Erst zur Mittagspause trat er in sein Büro und fand Lundgaard lesend an seinem Schreibtisch vor. Er war in ein weißes Buch, auf dessen Vorderseite eine blaue Grafik das herzogliche Schloss Gottorf zeigte, vertieft.

Hinrichsen setzte sich ihm gegenüber hin und betrachtete es mit einem unguten Gefühl. „Du liest Fontanes Buch über den Schleswig-Holsteinischen Krieg?“

„Ja. Ich denke, wir sollten uns damit beschäftigen. Schließlich tut unser Mörder es auch.“

Hinrichsen seufzte. „Ich glaube, wir haben das Buch bei uns zu Hause im Regal stehen. Es ist ein Standardwerk unserer Landesgeschichte.“

Lundgaard sah kurz auf. „Ein Standardwerk der schleswig-holsteinischen oder der preußischen Geschichte?“, erkundigte er sich beiläufig und blätterte eine Seite weiter.

„Dein *oder* gefällt mir. Es ist Lisas Buch. Ich interessiere mich nicht für diesen Kram." Schwerfällig griff er nach einer Mappe auf seinem Tisch und öffnete sie. „Außerdem muss ich es nicht lesen, da ich darauf vertraue, dass uns der Mörder mit den wichtigsten Textstellen auf dem Laufenden hält."

Lundgaard legte ein Lesezeichen zwischen die Seiten und klappte das Buch zu. „Ich werde das Gefühl nicht los, dass wir irgendeinen Hinweis übersehen haben. Na ja, ich werde heute Abend weiterlesen. Ich will wissen, wie euer Fontane die Schlacht von Düppel beschreibt, die für uns ja leider nicht so gut ausging." Er legte das Buch beiseite und sah auf die Uhr. Es war kurz nach Zwölf. „Wie sieht es aus? Kommst du mit in die Flensburg Galerie? Ich will mir einen Salat holen."

„Nein danke. Ich esse heute Mittag zu Hause. Ich habe mein Notizbuch vergessen und mich kurzfristig bei Lisa angemeldet."

Lundgaard stand auf und griff nach seiner Lederjacke, die am Garderobenständer hing. „Hat sie denn schon schulfrei?"

„Sie hat heute keinen Unterricht."

„Na, das passt ja." Er zog sich die Jacke an, blieb dann jedoch unschlüssig neben seinem Schreibtisch stehen.

Hinrichsen warf ihm einen fragenden Blick zu. „Ist noch was?"

Der Däne zögerte kurz. „Ich weiß nicht, aber nachdem, was gestern und heute geschehen ist, solltest du nicht allein durch die Stadt marschieren. Der Mörder hat dir klargemacht, dass er dich umlegen will. Also sollte mindestens einer von uns immer in deiner Nähe sein."

„Das klingt so, als wenn du etwas von Lisas Rehrücken abhaben wolltest", neckte ihn Hinrichsen.

„Eigentlich gern, doch darum geht es mir nicht. Ich meine es ernst."

„Ich weiß. Aber wenn man sich die Todesdaten der Opfer anschaut, hat er nie an zwei Tagen nacheinander gemordet, oder?" Er deutete auf die Magnettafel an der Wand.

„Das beweist gar nichts", gab Lundgaard zu bedenken. „Du weißt nicht, was in diesem Kerl vorgeht. Er hat dir seine Trophäensammlung geschickt, doch seine Sammlung ist noch nicht komplett."

„Philipp fehlt noch in seiner Sammlung.“
„Philipp ist zu jung für einen Ehering.“
„Das hat den Täter nicht davon abgehalten, ihn umbringen zu wollen.“
„Der Junge wird jetzt bewacht, du aber nicht.“
„Hör auf, Erik“, wischte Hinrichsen die Bedenken des Dänen beiseite und versuchte ihn zu beruhigen. „Ich werde meine Waffe mitnehmen, okay? Wenn der Mörder kommt, kann ich ihn gleich festnehmen und dingfest machen.“ Er öffnete eine Schublade seines Schreibtisches und holte seine Dienstwaffe hervor.

Lundgaard seufzte resigniert, als er die Pistole sah. Vielleicht hatte sein Kollege recht und er sah alles viel zu negativ. „Na gut. Tu, was du nicht lassen kannst. Bestell Lisa Grüße von mir. Und lasst es euch gut schmecken“, meinte er und verließ das Büro, während Martin noch einige Berichte durchlas und sich dann später zu Fuß auf den Weg nach Hause machte.

16

In der Wrangelstraße warf Lisa gerade einen kurzen Blick auf den Rehrücken im Backofen und füllte dann Salzkartoffeln in eine Schüssel, ehe sie zwei Teller und Gedecke zum Esstisch ins Wohnzimmer brachte. Sie wollte gerade Martins Notizbuch neben seinen Teller legen, als einige Fotos und Zettel herausfielen. Sie schaute sie sich an und blätterte nochmals im Notizbuch herum. Wo gehörten die Fotos hin? Dabei stieß sie auf zwei Seiten, die mit männlichen Vor- und Nachnamen und Todesdaten vollgeschrieben waren. Sie wusste noch, wie entsetzt sie gewesen war, als ihr Mann ihr erklärte, dass es sich bei allen tatsächlich um Opfer zweier früherer Mordserien handelte. In der Nacht war ihr nichts Besonderes bei den Daten aufgefallen, doch jetzt bemerkte sie, dass der jeweilige Mörder nur an bestimmten Tagen zuschlug. Beunruhigt trommelte sie mit den Fingern ihrer rechten Hand auf dem dunklen Esstisch, während es in ihrem Kopf rumorte. Mehrere Opfer waren am 6.2. und am 18.4. ermordet worden. 6. Februar, 6. Februar … was war denn noch am 6. Februar? Und am 18. April?

Gedankenverloren sah sie auf ihr Bücherregal an der Wand, ohne die Bücher wirklich wahrzunehmen. Mechanisch blätterte sie eine Seite im Notizbuch weiter und las einige Namen, die ihr bekannt vorkamen. Rasmussen, Groth, Neumann … Ja, sie erinnerte sich an diese Opfer des Serienmörders. Doch plötzlich klingelte eine Alarmglocke in ihrem Kopf und ihr wurde klar, dass sie diese Namen nicht zum ersten Mal in dieser Reihenfolge las. Lisa wurde blass, als eine vage Erinnerung in ihr aufstieg. Eine Erinnerung an eine Liste auf braunem, altem Papier, in der mit geschwungenem Federstrich dieselben Namen eingetragen waren. Nur die Vornamen waren nicht identisch. Rasmussen, Groth, Neumann … Und zuletzt die Namen Erichsen und Hinrichsen.

Lisa blinzelte ungläubig. Dann schreckte sie hoch und lief in ihr Arbeitszimmer. Mit zittrigen Händen durchsuchte sie ihre genealogischen Unterlagen und suchte nach einer bestimmten Fotokopie, die ihr die Helfer der Flensburger Stadtgeschichte im Archiv vor einigen Wochen gemacht hatten, als sie sich auf einmal daran erinnerte, dass sie genau diese Kopie in eine grüne Mappe auf ihren Schreibtisch gelegt hatte. Schnell griff sie nach der Mappe und blätterte sie durch, bis sie auf die zusammengefaltete Fotokopie stieß und sie aufklappte. Sofort erkannte sie die Namen, die sich in dieser Aufstellung befanden. Ein Blick auf die Überschrift der Liste genügte, und in Lisas Kopf fügte sich einiges zusammen, das eigentlich nicht zusammengehören konnte. Doch da war noch etwas anderes, etwas Bedrohlicheres, das sie zutiefst beunruhigte: Am Ende der Aufstellung stand der Name „Jacob Hinrichsen".

Lisa wurde schwindelig. Sie setzte sich auf ihren Schreibtischstuhl und hielt sich den Kopf, während sie an das Foto der Spitzkugel mit Martins Initialen denken musste. Er würde das letzte Opfer sein! Welcher Tag war heute? Der 29.6.? Mit einer schrecklichen Vorahnung rannte sie wieder ins Wohnzimmer und sah im Notizbuch erneut auf die Todesdaten der früheren Mordserien. Allein zwölf Menschen waren an einem 29.6. ermordet worden!

Hastig blätterte sie weiter in den Aufzeichnungen, als sie ein Foto mit den beiden letzten Fontane-Zitaten zwischen den Seiten fand, die sie aus Müdigkeit in der Nacht übersehen haben musste. Ungläubig las sie die beiden Texte durch, die ihr kalte Schauer über den Rücken sandten. Irritiert legte sie das Foto in das Notizbuch zurück, als ihr Blick auf zwei handschriftliche Eintragungen ihres Mannes fiel: „Büffelkoppel" stand rechts am Rand neben einem längeren Text und die Bemerkung „soll Rickerts mit Kieler Uni klären". Die beiden Worte „Büffelkoppel" und „Rickerts" standen genau untereinander, waren aber durchgestrichen, als ob der Hinweis sich bereits erledigt hätte. Lisa blinzelte verwirrt, da eine kurze Erinnerung ihre Gedanken streifte. Sie schaute auf die beiden Notizen. Dann auf das Foto mit den Fontane-Texten. Ein weiteres Mal auf die Notizen. Und noch mal auf das Foto.

War das möglich? Oder täuschte sie sich? Konnte es sein …?

Eilig rannte sie in ihr Arbeitszimmer zurück und holte aus einer Schublade ihres Schreibtisches einen Karton mit losen Papieren hervor, die sie zum Schreddern vorgesehen hatte. Hektisch riss sie die Seiten aus dem Karton und breitete sie auf ihrem Schreibtisch aus, um etwas zu suchen, das sie gar nicht finden wollte. Plötzlich hatte sie es in der Hand: die Kopie einer Seite des Düppeler Heiratsregisters von 1861, die sie vor wenigen Wochen wegen eines entfernten Cousins von Martin erstellen ließ. Nachdem sie dessen Daten im Stammbaum aufgenommen hatte, legte sie die Kopie wie viele andere in ihren Schredder-Karton, doch nun war dieses Papier wahrscheinlich viel wichtiger, als sie geahnt hatte. Ihr Blick überflog die Einträge oberhalb der Daten des Cousins, wo es einen Vermerk über ein Ehepaar gab, das 1861 einen Bauernhof auf der Büffelkoppel bewirtschaftete.

Ihr wurden die Beine weich, als sie die Namen des Paares las. Schnell setzte sie sich wieder auf den Stuhl, holte ihr Handy aus der Hosentasche und wählte die Telefonnummer ihres Mannes. Sie wollte ihm erzählen, was sie gerade herausgefunden hatte, und sich dann von seiner souveränen Stimme beruhigen und erklären lassen, dass ihre Gedanken und Vorahnungen völliger Unsinn waren, doch in seinem Büro nahm niemand den Hörer ab. Schnell drückte sie per Kurzwahltaste Martins Handynummer, aber er nahm das Gespräch nicht an. Nur die Umleitung auf die Mailbox funktionierte. Martin hatte sein Handy scheinbar ausgeschaltet. Aber das tat er doch nie! Allein schon wegen seines Jobs nicht! Ängstlich probierte Lisa einige Nummern seiner Kollegen, doch anscheinend hielt sich zur Mittagszeit niemand in den Büros auf.

Sie war kurz davor, die 110 anzurufen, als sie bedachte, dass sie die Notrufnummer nicht als Auskunft missbrauchen konnte. Martin wäre sicher ziemlich wütend, wenn sie in ihrer „übertriebenen Angst“ zu diesem Mittel greifen würde. Ganz davon abgesehen, dass sie ihn lächerlich machen würde, wenn ihre Angst und ihr Verdacht wirklich unbegründet waren.

Es gab also nur drei Möglichkeiten: Entweder misstraute sie ihrem Instinkt und wartete ab, bis Martin zum Mittagessen vorbeikäme. Oder sie würde inzwischen weiter versuchen, ihn oder einen seiner Kollegen telefonisch zu erreichen. Oder sie würde so schnell wie möglich zu ihm ins Büro fahren. Ohne lang zu überlegen, entschied sie sich für die dritte Variante, nahm das Notizbuch, die Fotokopien und den Autoschlüssel ihres Wagens in die Hand und lief aus dem Haus.

Wenige Minuten später parkte sie direkt vor der Polizeiwache, rannte durch die Eingangstür und die Treppe hinauf zum Empfangszimmer, doch betrat sie es nicht, sondern lächelte Frau Markowski gespielt fröhlich durch die Glastür zu und riss nach der erteilten Freigabe die weiße Schleusentür auf. Mit wenigen Schritten war sie beim Fahrstuhl des Gebäudes. Ungeduldig drückte sie auf die Anforderungstaste und wartete, bis der Lift im Erdgeschoss hielt und sich die Tür öffnete. Eine junge Frau grüßte sie kurz und ging an ihr vorbei in ein nahe gelegenes Büro, während Lisa schnell in die Kabine trat und die Taste des dritten Stockwerks drückte. Der Aufzug schien eine Ewigkeit zu brauchen, ehe er sich wieder öffnete und Lisa eilig in den Flur hinaustrat. Sie rannte nach links den alten Korridor entlang bis zur letzten Tür und öffnete sie, ohne anzuklopfen, mit einer hektischen Bewegung.

„Martin?“ In Sekundenbruchteilen lief ihr Blick über einige Kunstdrucke und eine Pinnwand mit Urlaubsgruß-Postkarten, über Martins und Lundgaards Schreibtische zum Drucker, der auf einem Aktenschrank stand, und den Tisch mit sechs Schwingsesseln, die ihr leer entgegenlächelten.

„Martin ist nicht hier“, sagte Erik Lundgaard, der gerade an ihr vorbei ins Büro ging und eine Kunststoffschale mit Salatresten und einer Gabel in seinen Papierkorb warf. „Ist irgendetwas passiert? Kann ich dir vielleicht weiterhelfen? Du siehst so blass aus.“

Lisa sah ihn verständnislos an. „Wo ist Martin?“

„Ich dachte, er wäre bei dir. Er sagte, dass er zum Mittagessen nach Hause gehen wolle.“

„Aber er ist nicht bei mir angekommen!“

„Er ist sicher aufgehalten worden. Wahrscheinlich sitzt er jetzt bei euch zu Hause am Tisch und fragt sich, wo du bist.“

„Nein. Dann hätte er mich schon längst per Handy angerufen!“, widersprach sie ihm energisch. „Ich habe es jedenfalls bei ihm versucht. Es meldet sich nur seine Mailbox!“

„Das ist allerdings merkwürdig.“

„Es gibt noch mehr, das merkwürdig ist!“ Sie zeigte auf die dritte Spalte der Daten der Ermordeten, die auf der Magnettafel an der Wand standen. „Einige der Namen auf eurer Liste kenne ich aus dem Stadtarchiv! Aus einer Aufstellung preußischer Soldaten!“

„Was?“

„Ja. Hier!“ Sie hielt ihm die Kopie hin, die er langsam entgegennahm und durchlas. Lisa stellte sich neben ihn und zeigte auf einige Zahlen. „Siehst du das? Der Grazer wurde an einem 6.2. getötet, dem Tag des Gefechts bei Oeversee! Der dänische Bankdirektor am 18.2. Ein Tag, an dem es einen Kampf um die Büffelkoppel vor Düppel gab! Der Hamburger wurde am 18.4. ermordet. Das sind alles Daten von Gefechten vor Düppel und der Düppeler Schlacht selbst! Er tötet seine Opfer immer an entscheidenden Tagen des Deutsch-Dänischen Krieges!“

Lundgaard betrachtete schnell die Zahlen der Kopie und verglich sie mit denen an der Magnettafel. „Möglich, aber dann hätte er in letzter Zeit diesen Rhythmus verlassen, denn Rasmussen, Groth und Neumann wurden alle im Mai oder im Juni ermordet, und soweit ich weiß, bestand 1864 zu dieser Zeit ein Waffenstillstand zwischen den Dänen und Preußen.“

Lisa knabberte verzweifelt an ihrem rechten Zeigefinger. „Ja, aber heute ist wieder einer dieser Tage! Heute ist der 29. Juni! Der Tag, an dem die Preußen nach dem Ende des Waffenstillstands einen Angriff durchführten, nach Alsen übersetzten und den endgültigen Sieg erzwangen! Der Mörder wird heute sein nächstes Opfer töten!“ Sie sah ihn mit Tränen in den Augen an. „Das nächste Opfer ist Martin! Denk an die Initialen auf der Spitzkugel!“ Verzweifelt sah sie, wie Lundgaard ungläubig den Kopf schüttelte. Doch dann kam ihr wieder ein anderer Gedanke in den Sinn, ein böser Verdacht, der sie ursprünglich hierher getrieben hatte. Sie riss ihm die Liste aus der Hand. „Wo ist Rickerts?“

„Ich bin hier“, kam eine dunkle Stimme hinter Lundgaards Rücken hervor. Karsten Rickerts stellte sich in voller Breite und mit tiefen Stirnfalten in die offene Tür. „Was gibt es für ein Problem?“

„Ein Problem?“, stieß Lisa heftig hervor. Sie wäre ihm am liebsten an die Kehle gesprungen. „Wo ist mein Mann?“

„Woher soll ich das wissen? Es ist Mittagszeit. Vielleicht ist er ja im *Vigo* oder im *Kritz*.“

„Verdammt!“ Lisa baute sich vor ihm auf. Sie war keine zehn Zentimeter von seinem Gesicht entfernt. „Sie wissen ganz genau, dass er im Augenblick nicht im *Vigo* oder im *Kritz* ist! Los! Sagen Sie es mir! Wo haben Sie ihn hingebracht?“

Rickerts fühlte sich von ihrer Nähe bedrängt und lehnte sich gegen den linken Türpfosten, um sie ein wenig auf Abstand zu halten. „Was soll der Blödsinn? Ich habe ihn nirgendwo hingebracht.“

„Das ist eine Lüge!“ Lisa stellte sich genau vor ihn hin und

drängte ihn aus der Tür. „Wann waren Sie zum letzten Mal in Urlaub?"
„Wie bitte?", fragte Rickerts verwirrt.
„Wann waren Sie das letzte Mal in Urlaub?", wiederholte sie unerbittlich und zeigte auf die Sammlung von Postkarten an der Pinnwand hinter Martins Schreibtischstuhl, an der auch eine Karte von Rickerts mit einer Winterlandschaft hing.
Der deutsche Kommissar wandte sich von der Türschwelle ab und ging rückwärts in den Flur, wo er nach einigen Schritten von einer Holzbank aufgehalten wurde.
„Ich hatte im Februar Urlaub. Warum fragen Sie?"
„Am 6. Februar?"
„Ich glaube schon."
„Wo waren Sie an diesem Tag?"
Rickerts sah sie verständnislos an. „In Österreich. Ist das wichtig?"
„Wo genau in Österreich?"
Rickerts Stimme wurde ein wenig lauter. „Bei allem Respekt, Frau Hinrichsen, ich denke, dass Sie mit Ihren Fragen allmählich ein wenig zu weit gehen!"
„Wo waren Sie?", schrie sie ihn an.
Rickerts zögerte kurz. Er hatte die Frau seines Vorgesetzten noch nie so außer sich gesehen. „Ich war in der Steiermark", stammelte er irritiert.
„Sie waren in Graz, nicht wahr?", fragte Lisa siegessicher und drängte ihn weiter zurück den Flur entlang, was Lundgaard mit einem unguten Gefühl beobachtete. Warum verdächtigte Lisa diesen Mann? Was wusste sie über Rickerts? Lag es an den Fotokopien in ihrer rechten Hand, mit denen sie vor seinem Gesicht herumwedelte? Konnte dieser Mann, der tagtäglich mit ihnen zusammengearbeitet hatte, dieser verdammte Serienmörder sein? Ein Mann aus den eigenen Reihen? Ein Kripobeamter? Lundgaard betrachtete ihn von oben bis unten. Von der Statur her musste er zugeben, dass Rickerts ins Täterprofil passte. Auch hatte er zu den Zeiten, in denen der Mörder zuschlug, immer Urlaub oder irgendeine andere Ausrede gehabt, um erst verspätet

oder manchmal sogar ungewöhnlich früh am Tatort zu erscheinen.

Rickerts fuhr sich nervös durchs Haar. „Nein, ich war nicht in Graz, sondern bin in Schladming Ski gefahren."

„Ja, Sie sind Ski gefahren, aber zwischendurch waren Sie auch in Graz und haben dort den Tischler Wilhelm Meier getötet!"

Rickerts sah sie völlig verständnislos an, während Lundgaard seine Pistole aus dem Schulterholster zog und sie auf ihn richtete. Der Mörder hatte in der alten Werkhalle, als er vor Martin stand, eine Sturmmaske getragen. Jetzt wurde ihm klar, warum.

Der deutsche Beamte war völlig perplex. „Nein! Was ist das für ein Blödsinn! Warum sollte ich so etwas tun! Ich war eine Woche lang Ski fahren in Schladming! Das kann jeder meiner Busgruppe beeiden! Ich bin in meinem ganzen Leben noch nie in Graz gewesen!"

Sekundenlang starrte Lisa regungslos in sein entsetztes Gesicht, das ehrliche Entrüstung zeigte. Sie machte einen Schritt zurück. „Sie waren wirklich noch nie in Graz?"

„Nein!"

„Und in Kopenhagen?", fragte Lundgaard mit vorgehaltener Pistole.

„Nein!", antwortete Rickerts, der hilflos seine Hände hob. „Lundgaard! Was soll der ganze Hokuspokus?"

Lisa sah ihm in die Augen. „Oh mein Gott", stöhnte sie und taumelte rückwärts. Sie hielt sich den Kopf und lehnte sich dann schwer gegen den Mauersims eines Fensters. „Sie sind es nicht?"

Rickerts blinzelte verwirrt. „Wer? Der Mörder? Dieser Irre? Aber ... um Himmels willen, haben Sie mir das etwa zugetraut?"

Sie stützte sich auf dem Fenstersims ab, dann wandte sie sich wieder mit neuer Kraft Rickerts zu. „Ihre Vorfahren wohnten in der Nähe von Düppel?"

„Nein."

„Sie lügen!"

„Nein! Meine Großeltern kamen, soweit ich weiß, aus Freienwill. Meine Familie wohnt da schon seit über zweihundert Jahren!"

Auf Lisas Stirn zeigte sich eine tiefe Falte. „Das ist nicht wahr! Ich habe bei meinen Nachforschungen diese Urkunde gefunden, auf der der Name Rickerts steht. Es handelt sich um eine Besitzurkunde eines Bauernhofes auf der Büffelkoppel vor Düppel!"

Rickerts hob überrascht den Kopf. „Du liebe Güte. Seit wann interessieren Sie sich denn für meine Familie?"

„Gar nicht! Ich fand die Urkunde zufällig, als ich für den Stammbaum meines Mannes forschte."

„Und da sind Sie auf mich gestoßen? Bitte sagen Sie mir jetzt nicht, dass ich mit Martin verwandt bin."

„Nein, das sind Sie nicht! Aber Ihre Familie hat einen Bauernhof in der Nähe von Düppel besessen!"

Auf einmal stutzte Rickerts. „Stimmt, ich erinnere mich. Davon wurde bei uns in der Familie erzählt. Meine Vorfahren haben allerdings nicht auf dem Bauernhof gewohnt. Sie waren nur eine Zeit lang die Eigentümer. Dann haben sie ihn an jemand anderen weiterverkauft. Warten Sie mal … wie hieß die Familie noch? Ich meine, die hießen Marquardsen."

Der Name traf Lisa wie ein Schlag und ließ sie taumeln. „Marquardsen?", hauchte sie ungläubig.

Lundgaard hatte seine Pistole ein wenig gesenkt und legte seine linke Hand beruhigend auf Lisas rechte Schulter, da er glaubte, dass ihre Beine gleich nachgeben würden.

Bilder tauchten in ihrem Kopf auf. Urkunden auf vergilbtem Papier in dicken, jahrhundertealten Büchern, die sie mit jemandem austauschte, der im Stadtarchiv neben ihr gesessen und ihr oft mit einem gutmütigen Lächeln weitergeholfen hatte. Der freundliche Herr Marquardsen in seinem braunen Jackett. Hatte dieser Mann sie nicht sogar vor einigen Wochen darauf hingewiesen, dass Martins Urgroßvater auf dieser Soldatenliste stand?

Sie erschauerte.

Nein, sie musste sich täuschen und alles, was sie sich zusammenreimte, war nur ein wildes Hirngespinst. Es gab sicherlich mehrere Familien dieses Namens in Flensburg und in der Umgebung. Aber wenn es eventuell doch *dieser* Marquardsen war, fiel ihr nur ein einziger Ort ein, an dem er ihrem Mann zu diesem Zeitpunkt auflauern würde.

Sie blinzelte. Und blinzelte noch mal.

Neben ihr stand Lundgaard, der äußerst beunruhigt feststellte, wie sie kreidebleich wurde. „Lisa, was ist los? Kennst du diesen Marquardsen?“

Sie wischte seine Hand von ihrer Schulter und taumelte schlafwandlerisch an ihm vorbei, ohne ihn zu beachten.

Lundgaard senkte endgültig seine Waffe. „Lisa! Wo ist dieser Mann? Und wo ist Martin?“

Plötzlich rannte sie den Flur entlang zur Treppe.

Der Däne warf Rickerts einen wütenden Blick zu. „Verdammt!“, fluchte er, ehe er seine Pistole einsteckte und Lisa nacheilte. „Was ist los? Warum hast du Rickerts diese Fragen gestellt?“

Doch sie lief bereits die Stufen zum Erdgeschoss hinunter.

„Lisa!!! Warte auf uns! Wo willst du hin?“ Mit einem lauten Fluch folgte er ihr und wenig später auch Rickerts, der schnell seine Dienstpistole aus seinem Büro geholt hatte. Wenn er Lisa Hinrichsens Fragen und ihre Reaktionen auf seine Antworten richtig deutete, war sein Vorgesetzter im Augenblick in Gefahr. Nach wenigen Schritten war er neben dem Dänen, sodass sie gemeinsam den schmalen Treppengang hinuntereilten.

„Lisa!“, rief Lundgaard ihr zu. „Was ist denn bloß los?“

Rickerts verpasste eine Stufe und kam ins Rutschen. Der Däne musste ihn auffangen, um nicht selbst über ihn zu stolpern, als Lisas Stimme zu ihnen hinaufhallte.

„Ich weiß, wer es ist! Er heißt Henning Marquardsen. Er wird Martin in eine Falle locken! Ich muss ihn warnen!“

„Warte!“

Doch sie hörten nur noch das laute Knacken der Schleusentür, die hinter Lisa ins Schloss fiel. Die beiden Kriminalbeamten folgten ihr, aber sie war bereits die Eingangstreppe hinuntergeeilt und hatte das Gebäude verlassen. Vor dem Haupteingang schauten sich beide um. Lundgaard sah nach Norden zum Hafen, während Rickerts nach Süden zum ZOB schaute.

„Da ist sie!“, rief er und lief sofort los. Der Däne folgte ihm.

Lisa war inzwischen schon um die Alte Post herumgebogen und rannte die Rathausstraße zum Museumsberg hoch.

Rickerts zögerte kurz an der Ecke und starrte zweifelnd die Straße hinauf, als Lundgaard ihn einholte. „Wie kommt sie nur darauf, dass Martin dort oben wäre?“, fragte Rickerts kopfschüttelnd, doch sein dänischer Kollege zögerte keine Sekunde und folgte ihr.

„Es ist sein täglicher Heimweg“, erklärte er, als er an Rickerts vorbeilief. „Optimal, um ihn abzufangen, verdammt noch mal!“

Lisa hatte inzwischen das Landestheater passiert und hastete bereits die breiten Stufen der Bornstedt-Treppe zum Museumsberg hinauf, während Lundgaard und sein deutscher Kollege sich durch die Menschenmengen zwängten, die von der Ladenstraße zum ZOB strebten. Rickerts griff im Laufen nach seinem Handy und drückte eine bestimmte Kurzwahltaste.

„Dirk? Hier ist Karsten. Ruf die anderen. Martin braucht uns sofort alle in der Nähe des Museumsbergs, Alter Friedhof, Christiansenpark, keine Ahnung, wo die Reise hingeht. Auf jeden Fall irgendwo hier. Der Kerl mit den Spitzkugeln hat es auf ihn abgesehen. Ja, verdammt noch mal, es *ist* ernst, sonst würde ich dich nicht anrufen!“, ätzte er ins Handy, beendete das Gespräch und eilte Lundgaard nach, der inzwischen die Treppenstufen erreicht hatte. Lisa war nicht mehr zu sehen, da sie bereits zwischen den alten Bäumen oberhalb des Museumsberges verschwunden war.

Als sie am Sauermann-Haus vorbeilief, hörte sie einen Schuss. Ihr stockte der Atem. Von Weitem sah sie, wie zwei junge Frauen vom Alten Friedhof auf sie zugerannt kamen. Sie eilte ihnen entgegen.

„Was ist passiert? Ist jemand von Ihnen verletzt?“, wollte sie wissen, doch nur eine der Frauen antwortete ihr, während die andere an ihr vorbei um ihr Leben zu laufen schien.

„Da ist jemand mit einer Waffe! Er hat auf einen Mann geschossen!“

Lisa hielt die Frau am linken Oberarm fest, damit sie nicht wegrennen konnte. „Was ist mit dem Mann, auf den geschossen wurde? Ist er tot?“

„Lassen Sie mich los! Ich will hier weg!“, kreischte die fremde Frau und sah Lisa ängstlich an. Sie versuchte sich von ihr loszureißen.

„Ist er tot?“, schrie Lisa, packte sie an den Schultern und schüttelte sie mit aller Kraft.

„Das weiß ich nicht! Der Mann fasste sich an den Oberschenkel und fiel um! Wir sind sofort abgehauen, als wir das sahen.“

Lisa ließ sie los und rannte mit Tränen in den Augen und pochendem Herzen an Brütts grimmiger Fischermann-Statue vorbei.

17

Zur selben Zeit saß Martin Hinrichsen auf dem Alten Friedhof vor einem schwarzen Grabkreuz und hielt sich mit schmerzverzerrtem Gesicht die blutende Wunde an seinem linken Oberschenkel, während der Mann im braunen Jackett ihn mit einer Luger bedrohte. Der Mann hatte ihn auf dem Abkürzungsweg über den Alten Friedhof abgefangen, auf ihn geschossen, ihm die Dienstwaffe abgenommen und ihn gezwungen, zu diesem Grabkreuz zu humpeln, vor dem er nun erschöpft zu Boden sank. Mit einem kurzen Blick auf das schwarze Kreuz erkannte er den Namen, der dort in weißen Lettern stand und ihn erschauern ließ: Jacob Hinrichsen, sein Urgroßvater.

Der Mann lächelte zufrieden unterhalb der Sturmmaske. Es tat gut, den Hauptkommissar vor seinen Füßen zu sehen. „Jetzt werde ich das beenden, was mein Großvater begonnen hat.“

Hinrichsen seufzte gequält. „Warum haben Sie Jesper Rasmussen, Groth und Neumann umgebracht?“

„Weil sie schuldig am Tod meines Urgroßvaters Thomas Marquardsen waren.“

Hinrichsen schüttelte ungläubig den Kopf. „Das kann nicht sein. Wann genau ist Ihr Urgroßvater gestorben?“

„Am 18. Februar 1864."

Der Kommissar glaubte, sich verhört zu haben, während er in seinem dröhnenden Kopf nach einigen Details der Morde suchte. „1864? Aber Hans-Werner Neumann wurde erst 1942 geboren. Wie kann er für den Tod Ihres Urgroßvaters verantwortlich sein?"

Sein Gegenüber betrachtete ihn voller Verachtung. „In Neumanns Adern floss das Blut seiner Vorfahren, die meinen Urgroßvater 1864 vor Düppel ermordet haben!" Der Mann kam einen Schritt näher und legte Hinrichsen den Lauf der Pistole direkt auf die Stirn. Er atmete schwer. „Er war ein unschuldiger Zivilist! Er besaß auf der Büffelkoppel vor Düppel einen Bauernhof, genau zwischen den Fronten! Seine Familie, seine Frau und ihren gemeinsamen Sohn hatte er vor Beginn der Kampfhandlungen zu einem Freund nach Sonderburg geschickt, doch er selbst wollte den Hof nicht einfach den Soldaten überlassen und verschanzte sich mit einer Lütticher Jägerbüchse und fünfzig Spitzkugeln Munition im Wohnzimmer, bereit jeden zu erschießen, der sich dem Hof nähern würde, egal ob Däne oder Preuße!"

Hinrichsen schaute ungläubig, während sich seine Atemwege wieder zusammenzogen. Er hatte das Gefühl, gleich ohnmächtig zu werden, aber so einfach wollte er es seinem Mörder nicht machen. Er versuchte, ihn weiter zum Reden zu bringen. „Fünfzig Kugeln gegen zwei Armeen?", keuchte er. „Das war doch der reinste Selbstmord! Vor und hinter ihm standen Tausende Soldaten, die den Hof einfach überrennen würden!"

„Stimmt, aber er war nicht bereit, irgendjemandem seine Heimat kampflos zu opfern. Er war in dem Haus geboren worden, so wie sein Großvater." Der Mann riss sich die Sturmmaske vom Kopf und warf sie beiseite.

Hinrichsen kniff die Augen zusammen, da er die Gestalt vor sich nur noch verschwommen sah. Dann erkannte er ihn. „Sie waren einer der Männer im Flensburger Stadtarchiv! Sie saßen Lisa am Tisch gegenüber, als wir in den Raum kamen."

Der Mann lächelte zufrieden. „Da haben Sie recht. Ich habe dort recherchiert und nach meinen Opfern gesucht."

Hinrichsens Kopf wurde immer schwerer. Verwirrende Gedanken jagten einander. „Warum haben Sie bei den Toten unterschiedliche Spitzkugeln hinterlassen?“, fragte er atemlos.

Henning Marquardsen war das laute Pfeifen aus Hinrichsens Lunge nicht entgangen, aber er hatte kein Erbarmen mit dem Kommissar. Er würde dessen Leiden bald mit einer Kugel beenden.

„Ah, das ist Ihnen aufgefallen? Sehr schön. Das freut mich.“ Seine Stimme wurde eine Nuance milder. „Sehen Sie: Vor zehn Jahren fand ich einen Koffer mit einem alten Gewehr, der Luger und einer Holzschachtel auf dem Dachboden meines Hauses. In der Schachtel lagen die Spitzkugeln, alte Zeitungsberichte, die Eheringe und ein Brief von einem Cousin meines Urgroßvaters. Er war 1864 einer der Ersten, der in das Haus eindrang, da er, wie alle anderen preußischen Soldaten, vermutete, dass ein dänischer Heckenschütze aus dem Bauernhof gefeuert hatte. Umso erschrockener war er, als er meinen Urgroßvater selbst unterhalb eines zerschossenen Fensters liegen sah. Er war davon ausgegangen, dass sein Cousin, wie alle anderen Zivilisten in diesem Gebiet, vor den Kämpfen evakuiert worden war. Stattdessen fand er ihn von mehreren Kugeln getroffen im Wohnzimmer, in dem er vor zwei Jahren die Taufe seines neugeborenen Sohnes – meines Großvaters! – gefeiert hatte. Er hatte jedoch keine Zeit, um sich um den Leichnam zu kümmern, und musste mit den anderen Soldaten weiterstürmen. Erst einige Stunden später genehmigte sein Vorgesetzter ihm, nach seinem Cousin zu forschen. Er lag immer noch im Wohnzimmer. Die Wände des Bauernhofes waren von allen Seiten mit Einschusslöchern übersät.“

„Ihr Urgroßvater war also ins Kreuzfeuer geraten.“

„Ja. Von der einen Seite schossen die Dänen, von der anderen die Preußen. Er hatte keine Chance.“

„Er hätte den Hof zusammen mit seiner Familie verlassen sollen“, sagte Hinrichsen gnadenlos.

„Das sagen Sie so einfach, aber der Bauernhof sicherte ihm sein einziges Einkommen. Wäre er mit seiner Familie nach Sonderburg geflohen, wäre er auf die gutmütige Hilfe seiner Freunde und Bekannten angewiesen gewesen. Für ihn ein unerträglicher Gedanke. Man würde seiner Frau und seinem Kind schon helfen, da war er sich sicher, aber er wollte nicht als Bettler oder Tagelöhner leben. Dann doch lieber in dem Haus sterben, in dem er geboren worden war."

Das Pflaster an Hinrichsens Kopfwunde war inzwischen abgerissen und frisches Blut lief in sein linkes Auge. Es mischte sich mit dem Angstschweiß, der ihm die Stirn herunterlief, und brannte höllisch. Sein Keuchen wurde auch immer schlimmer. Er musste mehr Zeit gewinnen, musste diesen Mann weiter zum Reden animieren. Das war seine einzige Chance. Vielleicht würden die Frauen, die eben schreiend weggelaufen waren, Hilfe holen? Blinzelnd sah er zu seinem Peiniger auf.

„Ihr Urgroßvater hat seine Frau und das Kind also feige ihrem Schicksal überlassen?"

Marquardsens Zeigefinger zuckte und schloss sich fester um den Abzug. „Er hat sie gerettet!"

„Um selbst in den Tod zu gehen."

„Ich wusste, dass Sie das nicht verstehen würden."

„Nein, das verstehe ich wirklich nicht. Ich wäre sicher bereit, für meine Frau zu sterben, aber nicht für ein Haus!"

Genau in dem Augenblick rief jemand seinen Namen. Er wandte den Kopf und sah zu seinem Entsetzen Lisa quer über den Rasen und an den Rhododendronbüschen vorbei auf sie zurennen.

„Nein! Lisa, nicht! Verschwinde!", schrie er ihr zu, aber davon ließ sich seine Frau nicht aufhalten. Erst kurz bevor sie die beiden Männer erreichte, verlangsamte sie ihre Schritte und blieb atemlos einige Meter neben ihnen stehen.

„Ah, da sind Sie ja, Lisa", begrüßte Marquardsen sie mit einem bösen Lächeln. „Das trifft sich gut, denn Ihr Mann hat mir gerade erzählt, dass er bereit wäre, für Sie zu sterben." Er nahm seine Waffe von Martin Hinrichsens Kopf weg und richtete sie auf Lisa. „Das ist doch richtig, Herr Kommissar, oder nicht?", fragte er prüfend.

Hinrichsen schluckte hart. „Marquardsen, um Himmels willen! Sie wollen doch mich! Lassen Sie Lisa in Ruhe! Sie hat nicht Ihren Urgroßvater auf dem Gewissen."

Marquardsen nickte bedächtig. „Das stimmt." Er lächelte ihr beruhigend zu und richtete die Waffe wieder auf ihren Mann.

Lisa wurde schlecht. Sie hatte tatsächlich monatelang neben einem pathologischen Serienmörder gesessen und mit ihm Kirchenbücher ausgetauscht. Benommen taumelte sie einige Schritte zur Seite, doch dann riss sie sich wieder zusammen und versuchte Marquardsen von ihrem Mann abzulenken.

„Sie haben in den Archiven also wirklich ganz gezielt die Nachfahren der deutschen und dänischen Soldaten gesucht, die an dem Gefecht auf der Büffelkoppel beteiligt waren, nicht wahr?", fragte sie fassungslos. „Aber das waren mehrere Kompanien! Das ist doch Wahnsinn! Wie wollten Sie die alle töten?"

„Sie täuschen sich, Lisa. Vor dem Gefecht waren die Kompanien in einzelne Züge aufgeteilt worden, von denen einige an unserem Hof vorbeimarschierten. In den Angriff auf meinen Urgroßvater waren nur wenige Züge verwickelt, und von diesen Soldaten hatten mein Vater und mein Großvater schon über dreißig auf dänischer Seite erledigt, wenn ich die Liste noch richtig im Kopf habe. Außerdem ergaben meine Recherchen, dass viele preußische Soldaten in den Kriegen gegen Österreich und Frankreich starben und dort ihre gerechte Strafe fanden. Einige ihrer Nachfahren blieben auch kinderlos oder sie hatten Glück, nur Töchter zu bekommen."

„Deswegen haben Sie nie eine Frau umgebracht."

„Natürlich nicht. Wir haben immer nur den Erstgeborenen der direkten männlichen Erbfolge getötet. Die jüngeren Geschwister hatten das Glück des Spätgeborenen. Mortensen, Rasmussen, Groth, Thomsen und der kleine Erichsen waren sehr leicht zu finden. Neumann war auch keine Schwierigkeit. Ich hatte mir bereits einen Plan gemacht, wie ich ihn zu Hause in Husum ermorden könnte, aber dann hat er das Preisausschreiben mit der Reise auf der ‚Alex' gewonnen und wurde mir am richtigen Tag auf dem Präsentierteller geliefert."

„Sie sind ein großes Risiko eingegangen, ihn während des *Dampf rundums* zu töten", warf Martin Hinrichsen ein.

Doch Marquardsen winkte ab. „Nein, fand ich nicht. Je mehr

Leute, desto unauffälliger ist man. Es war ein Kinderspiel, in der Menschenmenge unterzutauchen. Ich brauchte nur den richtigen Moment abzuwarten, und dann war es um den Mann geschehen. Dagegen war Rasmussen neben der Campushalle schon schwieriger. Der Streifschuss von den Sicherheitsleuten schmerzt noch immer."

„Sie erwarten hoffentlich kein Mitleid", ätzte Hinrichsen, während Lisa fieberhaft überlegte, wie sie Marquardsen ablenken konnte, bis ihr hoffentlich jemand zu Hilfe kommen würde. Warum nur hatte sie nicht auf Lundgaard gewartet?

„Und der österreichische Tischler?", fragte sie mit fordernder Stimme, obwohl ihr die Beine zitterten. „In dem preußischen Regiment gab es keine Österreicher. Die waren nach dem Gefecht bei Oeversee zur Festung nach Fredericia abkommandiert, um Jütland zu erobern. Nur die Preußen zogen östlich nach Düppel. Warum haben Sie also einen Österreicher ermordet?"

Marquardsen lachte höhnisch. „Sie denken zu simpel. Wilhelm Meiers Urgroßvater wurde 1820 in Glagow in der Mark Brandenburg geboren, so wie mehrere preußische Generationen vor ihm. Seine Familie hatte bereits dem Alten Fritz Rekruten gestellt. Sie waren Preußen durch und durch. Meiers Vorfahr hat sich allerdings in eine Österreicherin verliebt, ist nach dem Ersten Weltkrieg zu ihrer Familie nach Graz gezogen und hat aus Schande des verlorenen Krieges die österreichische Staatsbürgerschaft angenommen."

Lisa war erschüttert, da Marquardsen auf alles eine Antwort parat zu haben schien.

Der meinte stattdessen, in ihrer Miene Unglaube zu erkennen, und versuchte sich zu rechtfertigen. „Bitte verstehen Sie mich nicht falsch, Lisa. Sie wissen, ich habe immer gewissenhaft recherchiert, um keine Fehler zu machen. Ich hätte es mir nie verzeihen können, einen Unschuldigen zu töten, aber ich habe die wahren Schuldigen immer erst gerichtet, wenn ich mir hundertprozentig sicher war."

Lisa sah aus dem Augenwinkel Lundgaard mit gezogener Waffe den Sandweg heranstürmen. Der Däne suchte keine Deckung, sondern kam direkt auf sie zu, stellte sich neben sie und zielte auf

Marquardsen, der davon nicht im Geringsten beeindruckt war. Immerhin bemerkte er Rickerts nicht, der sich hinter ihm durch die alten Eiben und Rhododendren des Friedhofgeländes an ihn heranschlich.

„Schuldig? Aber wie können all diese Menschen schuldig sein!“, rief Lisa verzweifelt und allmählich auch wütend über Marquardsens selbstgefällige Richtersprüche.

„Sie trugen alle Mörderblut in sich! Sie trugen alle Sünde in sich! Das musste gesühnt werden!“

Lisa sah ihn zweifelnd an und schüttelte den Kopf. Dieser Mann war verrückt! Wie sollten sie, Lundgaard und Rickerts ihn nur stoppen? Wie ihn davon abhalten, ihren Mann direkt vor ihren Augen zu erschießen? Verzweifelt fasste sie sich an die Stirn, als ihr plötzlich ein neuer Gedanke kam.

Lisa blinzelte ungläubig, dann sah sie ihrem Gegner entschlossen ins Gesicht. „Dennoch haben Sie einen großen Fehler gemacht.“

Er warf ihr einen irritierten Blick zu. „Nein, das ist nicht möglich.“

„Doch. Erinnern Sie sich daran, wie ich Ihnen erklärte, dass Martin mit Ihnen verwandt sei?“

„Ja, natürlich. Sie zeigten mir die Einträge von Jacob Hinrichsen im Heiratsbuch von Quern, woraufhin ich Ihnen die Liste der Soldatennamen gab, auf der auch er zu finden war. Ihr Mann ist ein entfernter Cousin von mir.“

„Genau. Und? Was sagt Ihnen das?“

Marquardsen erstarrte, als diese fatalen Worte langsam in sein Gedächtnis eindrangen und er sich ihrer Bedeutung bewusst wurde. Sein Gesicht wurde aschfahl.

„Nein“, stöhnte er.

Nervös fuhr sich Lisa mit der Zunge über ihre ausgetrockneten Lippen, ehe sie ihren einzigen Trumpf mit fester Stimme wiederholte. Hoffentlich erinnerte sie sich korrekt an alle Details! Wenn sie jetzt einen Fehler machte, konnte das für Martin tödliche Konsequenzen haben!

„Ihre Großmutter hieß Margarethe Hinrichsen, geboren 1877

in Quern. 1898 heiratete sie Johannes Marquardsen aus Groß-Solt, Ihren Großvater. Erinnern Sie sich?"

„Ja, aber ..."

„Der Vater von Margarethe Hinrichsen hieß Jacob Hinrichsen. Verstehen Sie? Er war *Ihr* Urgroßvater – und auch der meines Mannes!"

Marquardsen sah zweifelnd auf den Mann zu seinen Füßen herunter. „Das kann nicht sein! Ich habe so lange nach den letzten Schuldigen gesucht! Über zehn Jahre lang! Ich habe sie alle gefunden!" Wütend schaute er auf seine Hand, die die Waffe hielt. An seinem Handgelenk perlte hellrotes Blut aus einer schmalen Risswunde, die er sich vorhin an einem Dornenbusch zugezogen hatte, als er auf sein Opfer gewartet hatte. Blut, das er jetzt zu hassen begann. „Aber dann ... dann bedeutet es, dass auch in mir dieses Mörderblut fließt?"

Lisa schluckte hart, da sie nicht einschätzen konnte, wie Marquardsen auf die Wahrheit reagieren würde, doch sie war bereits zu weit gegangen, um noch einen anderen Weg einschlagen zu können. Sie nahm allen Mut zusammen und hob zu ihrem vernichtendsten Argument an.

„Das stimmt. Sie sind mütterlicherseits mit Jacob Hinrichsen verwandt, dem Mann, der zusammen mit einem Teil seiner Kompanie die Büffelkoppel stürmte." Sie machte eine kurze Pause und sah ihm direkt in die Augen. „In Ihnen fließt das Blut des Opfers – und des Täters!"

Marquardsen schüttelte nur verständnislos den Kopf. „Meine Großmutter ...", murmelte er ungläubig und starrte verzweifelt auf das tropfende Blut an seinem Handgelenk. „Aber – das ist nicht – ist nicht – die direkte männliche Linie!"

Lundgaard hatte das Gefühl, schon seit Ewigkeiten auf Marquardsen zu zielen. Er wusste nicht, ob er jetzt schießen und das alles beenden sollte, doch hatte der Mann Rickerts bisher nicht bemerkt, der sich von hinten an ihn heranschlich. Er würde seinem deutschen Kollegen noch eine halbe Minute geben, aber länger würde er nicht warten können. Deutlich hörte er Lisas Stimme neben sich.

„In Ihnen fließt genauso viel ‚mörderisches Blut' wie in den Adern meines Mannes!"

Gedankenverloren starrte Marquardsen auf Martin Hinrichsen herunter, der blutend und keuchend vor ihm kniete und seinen Tod erwartete. Es dauerte lange, bis Lisas Worte ihre volle Wirkung in ihm entfalteten. Er war mit diesem Mann verwandt. Ja, Lisa hatte ihn tatsächlich vor einigen Wochen darauf hingewiesen, dennoch hatte er nicht daran gedacht, als er Martin Hinrichsens Urgroßvater auf der Soldatenliste fand. Oder hatte er es unbewusst verdrängt? Hatte er nicht wahrhaben wollen, dass auch in ihm dieses verfluchte Blut floss, das er, sein Vater und sein Großvater seit hundert Jahren auszutilgen versuchten?

Ja, er musste es tun. Dieses Blut austilgen. Es vernichten. Noch hatte er die Möglichkeit dazu. „Sie haben recht, Lisa", sagte Marquardsen schließlich leise und enttäuscht. „Ich habe versagt. Ich muss es beenden." Mit einer raschen Bewegung wandte er die Waffe von Martin Hinrichsen ab und richtete sie an seine eigene rechte Schläfe.

„Nein!", schrien Lisa und Martin gleichzeitig. Es fielen zwei Schüsse.

Lundgaards Schuss erfasste Marquardsen an der rechten Schulter. Gleichzeitig traf ihn Rickerts von hinten. Die Schüsse ließen ihn um die eigene Achse wirbeln und zu Boden sinken. Stöhnend lag er auf dem Rasen neben dem eisernen Grabkreuz von Jacob Hinrichsen.

Rickerts war sofort über ihm und nahm seine Waffe an sich, während Lundgaard sich zusammen mit Lisa um Martin kümmerte.

„Martin! Ist alles in Ordnung mit dir?", fragte sie ängstlich.

„Geht schon", sagte er schwerfällig und erwiderte Lisas Küsse, mit denen sie ihm neues Leben einhauchte. „Ist nur ein Kratzer", log er mit verzerrter Miene, da sein Oberschenkel und seine Lunge höllisch brannten. Er versuchte aufzustehen, knickte aber zusammen und wurde vom Dänen aufgefangen, der ihm einen beunruhigten Blick zuwarf.

„Ich glaube, es geht doch nicht“, sagte Hinrichsen mit einem schwachen Lächeln und verlor das Bewusstsein.

Lundgaard ließ ihn vorsichtig zu Boden sinken, zog seine Lederjacke aus und legte sie unter Martins Kopf.

„Rickerts! Wir brauchen sofort einen Arzt!“, rief er seinem deutschen Kollegen zu, welcher bereits sein Handy am Ohr hatte und zwei Krankenwagen anforderte.

18

In der Diakonissen-Anstalt wurden Martin Hinrichsen und Henning Marquardsen sofort operiert, während Lisa in einem Behandlungszimmer eine Beruhigungsspritze bekommen sollte, was sie erst nach viel gutem Zureden zuließ. Rickerts war vor den Operationsräumen geblieben, und Lundgaard wartete einige Etagen tiefer auf Lisa. Es dauerte nicht lange, dann öffnete sich eine der Schwingtüren und sie erschien im Flur.

„Wie geht es Martin? Hast du schon etwas gehört?“, fragte sie besorgt, doch Lundgaard schüttelte den Kopf.

„Nein, ich weiß auch noch nichts Genaues.“

„Dann lass uns sofort zu ihm gehen“, forderte sie und marschierte mit unsicheren Schritten auf den Lift zu, doch wurde ihr plötzlich schwindelig, sodass Lundgaard sie in seine Arme nahm und sie stützte, da er merkte, dass sie Halt brauchte. Sie legte erschöpft ihren Kopf an seine Schultern. „Ich danke dir, dass du Martin gerettet hast.“

Der Däne sah gutmütig auf sie hinab und brachte sie zu einer Sitzecke, auf der sie sich einige Minuten ausruhen konnte. „Nicht ich hab ihn gerettet, sondern du. Ohne deine Erklärung hätte Marquardsen ihn umgebracht, und wahrscheinlich hätte ich ihn nicht daran hindern können. Du warst es, die ihn irritiert und mit ihren Argumenten von seinem Plan abgebracht hat.“

„Ich hatte so eine Angst", schluchzte sie, während Lundgaard ihr beruhigend über den Rücken strich.

„Du hast alles richtig gemacht. Genau richtig", flüsterte er milde.

Sie hob ihren Kopf und sah ihn aus verweinten Augen an. „Aber ich habe zuerst Rickerts verdächtigt!"

„Du hattest deine Gründe. Wenn ich an deiner Stelle gewesen wäre, hätte ich ihn auch verdächtigt."

„Wirklich?"

„Natürlich."

„Das sagst du nur, um mir ein gutes Gewissen einzureden", krächzte sie mit rauem Hals.

„Nein. Ich meine es ernst. Außerdem hast du uns zum Alten Friedhof geführt. Du wusstest gleich, was los war. Wir hätten Martin ohne dich nie gefunden. Glaub mir, ohne dich wäre er jetzt tot."

Lisa entfuhr bei diesem Gedanken ein lautes Schluchzen, und er bemerkte, dass seine Worte sie eher schmerzten als beruhigten. „Entschuldige bitte, ich rede mich gerade um Kopf und Kragen."

Da drückte sich Lisa von ihm ab und sah ihm mit einem schmerzvollen Lächeln in die Augen. „Ich weiß ja, wie du es meinst. Und ich bin trotzdem froh, dass du da warst und Marquardsen angeschossen hast. Ich hätte es nicht ertragen, wenn er sich vor meinen Augen getötet hätte."

„Rickerts und ich konnten nicht zulassen, dass er sich umbringt. So einer wie er muss die Konsequenzen seiner Taten spüren. Lange spüren. Er hat so viele unschuldige Menschen getötet. Dafür soll er büßen. Sein Leben lang."

Lisa schnäuzte in ein Taschentuch. „Irgendwie ist es tragisch, dass er genau wie sein Vorfahr von einem Dänen und einem Deutschen angeschossen wurde. Auch er wurde von beiden Seiten angegriffen."

Lundgaard nickte. „Nur haben wir ihn nicht getötet."

Sie steckte das Taschentuch wieder ein und schaute ihm in die Augen. „Glaubst du an Gerechtigkeit?"

„Ich bin Kriminalbeamter."
„Das ist keine Antwort."
Er seufzte. „Ich könnte in diesem Job nicht arbeiten, wenn ich nicht an Gerechtigkeit glauben würde. Aber ich gestehe, dass es mir nicht immer leichtfällt. Ich hätte diesen Kerl am liebsten abgeknallt."
Lisa hob den Kopf und sah ihm in die Augen. „Er glaubte, dass er im Recht sei."
„Ja, das ist immer das Problem, dass Gerechtigkeit von jedem Menschen subjektiv empfunden wird."
„Marquardsen meinte, die Schuld bis zur siebenten Generation sühnen zu müssen."
„Aber er hat die siebente Generation ja nicht einmal abgewartet", gab Lundgaard zu bedenken.
„Für ihn war eben jede Generation für die Taten der vorherigen schuldig."
„Das ist doch Wahnsinn, einer Generation die Schuld an den Taten der vorherigen zu geben", wiegelte der Däne ab.
Sie senkte wieder ihren Kopf und legte ihn schwer gegen seine Schulter. „Es ist schön, dass du das sagst. Aber viele denken leider anders."
Lundgaard verstand, dass sie nicht nur an die Wunden von 1864 dachte, und drückte sie noch fester an sich.
„Es gibt Dinge, die kann man nicht vergessen, und man darf sie auch nicht vergessen, weil sie zu grausam waren. Aber man muss lernen mit den Narben zu leben und versuchen, das Geschehene zu überwinden und gemeinsam neue Wege zu gehen."
„Gemeinsam ... so wie wir heute: Ich lenke den Mörder ab, und du und Rickerts nehmt ihn fest."
Lundgaard nickte. „Du warst heute sehr tapfer. Immerhin hätte Marquardsen dich erschießen können. Du warst unbewaffnet."
„Ich hoffte, dass er nicht auf mich schießen würde, da ich nicht zu seinen potenziellen Opfern gehörte."
„Aber du hast ihm schon sehr zugesetzt. Du hast Marquardsen mit deiner Diplomatie erledigt."

„Ich würde es nicht Diplomatie nennen“, widersprach sie ihm. „Ich habe versucht, ihn mit seinen eigenen Waffen zu schlagen.“

Lundgaard musste lächeln. „Gehört das nicht zur Diplomatie: wissen, wie der Gegner denkt, und dies ausnutzen?“

Sie sah ihn an. „Hättest du das als trainierter Kripobeamter etwa nicht gekonnt?“

„Wahrscheinlich nicht mit der historischen Fachkompetenz und solch treffenden Argumenten, wie du sie parat hattest. Waren die eigentlich echt?“

„Natürlich!“, antwortete sie empört. „Traust du mir etwa in so einer Situation einen Bluff zu?“

Lundgaards Mundwinkel zuckten. „Wenn es darum geht, den Menschen zu retten, den man liebt, traue ich jedem grundsätzlich alles zu.“

„Stimmt, aber ich bin eine miese Lügnerin und bluffe äußerst schlecht.“

„Umso besser, dass die Wahrheit diesmal ausgereicht hat.“

„Das hört sich so an, als wenn du Geiselnehmern nicht immer die Wahrheit erzählen würdest.“

„Ich bin Kriminalbeamter.“

„Du wiederholst dich. Außerdem ist das immer noch keine gute Antwort auf meine Frage.“

Er seufzte. „Ich habe bei mindestens gefühlten tausend Seminaren gelernt, dass man bei einigen Geiselnehmern manchmal mit einem Bluff weiterkommt als mit der Wahrheit. Das hängt mit deren Psyche zusammen.“

Lisa zog die Stirn kraus. „Na, da bin ich aber froh, dass ich vor euch auf dem Alten Friedhof angekommen bin.“

„Ich auch, glaub mir.“

Sie hatte sich inzwischen wieder so weit erholt, dass sie mit Lundgaard den Aufzug nehmen konnte. Nach wenigen Sekunden erreichten sie das gewünschte Geschoss und am anderen Ende des Flurs sahen sie Rickerts auf einem Stuhl sitzen. Er stand sofort auf, als er sie bemerkte, und ging ihnen entgegen.

Lisa ließ von Lundgaard ab und stürmte auf ihn zu. Er empfing sie mit einer guten und einer schlechten Nachricht. „Einer der

Ärzte hat gesagt, dass es ein glatter Durchschuss war", erklärte er.
„Und was ist die schlechte Nachricht?", wollte Lisa mit zitternder Stimme wissen.
„Er hat viel Blut verloren. Sie mussten ihm mehrere Blutkonserven verpassen. Aber er wird es sicherlich schaffen."
Lisa war über die Nachrichten so froh, dass sie den deutschen Kriminalbeamten umarmte. „Vielen Dank. Sie sind ein Engel."
Rickerts wusste nicht, wie ihm geschah, und ließ Lisa gewähren. „Na ja, vor einigen Stunden haben Sie noch ganz anders über mich gedacht", sagte er mit leicht beleidigtem Unterton.
„Das müssen Sie ganz schnell vergessen", bat sie und löste sich von ihm.
„Hab ich schon vergessen", antwortete er sofort mit einem schiefen Grinsen. „Hauptsache, der Mörder sitzt hinter Gittern. Das haben Sie gut gemacht, Lisa."
Sie fasste sich an den Kopf. „Ich weiß nicht", sagte sie verwirrt. „Ich bin nur froh, dass es jetzt vorbei ist."
„Ich auch", antwortete Rickerts und sah Lundgaard an, der ihm anerkennend auf die rechte Schulter klopfte.
„Das sind wir alle."

19

Während Marquardsen zwei Tage auf der Intensivstation unter Beobachtung bleiben musste, konnte Martin Hinrichsen bereits die erste Nacht im Krankenhauszimmer verbringen. Sein Zustand hatte sich stabilisiert, sodass Lisa, Lundgaard und die deutschen Kollegen ihn in den nächsten Tagen immer abwechselnd besuchen konnten. An einem Nachmittag kamen Lisa, Lundgaard und Rickerts in sein Zimmer. Rickerts deutete auf die vielen Postkarten und Briefe mit Genesungswünschen, Blumensträuße, Pralinenschachteln und mehrere Präsentkörbe, die sich inzwischen auf der langen Fensterbank angesammelt hatten.

„Na toll, du kriegst die ganzen Geschenke, und deine Kollegen schauen alle in die Röhre." Gierig griff er nach zwei Jahresdauerkarten der SG Flensburg-Handewitt, die zusammen mit einem Grußschreiben des Geschäftsführers neben einem Handball, einer SG-Tasse, einem blau-weiß-roten Schal mit der Aufschrift „Handball ist unser Leben, Flensburg ist unser Verein", diversen anderen Fan-Artikeln und einem Trikot mit Spieler-Autogrammen in einem Weidenkorb lagen.

„Lass die Finger davon", verteidigte Martin sofort die SG-Karten. „Die gehören mir und Lisa."

Unverfroren nahm Rickerts sie trotzdem in die Hand. „Geldwerter Vorteil. Musst du versteuern, aber das weißt du ja. Falls es nicht sogar schon Bestechung ist." Neidisch betrachtete er die Sitzplatzangabe auf den Tickets. „Westtribüne, Block C. Du verdammter Glückspilz."

Martin winkte ab. „Tut mir leid, wenn ich mich im Augenblick nicht wie ein Glückspilz fühle", sagte er und deutete auf sein linkes Bein, das unter der Decke lag. „Wer hat eigentlich die Champions League in diesem Jahr gewonnen? Ich hab das irgendwie gar nicht mehr mitgekriegt."

Lisa tätschelte gutmütig seinen linken Arm. „Das sag ich dir, wenn du wieder gesund bist".

Ihr Mann seufzte, da er wusste, was das bedeutete. Er wandte sich wieder an Rickerts.

„Du kannst den großen Geschenkkorb ins Büro mitnehmen. Der ist vom Oberbürgermeister der Stadt."

„Ach, du hattest hohen Besuch? Ich fragte mich schon, als ich neben seinem silbernen Mercedes parkte, wen er wohl beehren würde?" Rickerts legte die Karten zurück und betrachtete stattdessen den großen Präsentkorb mit norddeutschen Spezialitäten.

„Ließ sich nicht vermeiden", erklärte Martin schicksalsergeben. „Ich hatte zwar gehofft, dass meine Ärzte ihn abwimmeln würden, aber sie winkten ihn leider zu mir durch. Außer dem SG-Präsentkorb kannst du alles mitnehmen. Gib die Blumen den

Kolleginnen und denk auch an Frau Markowski. Die anderen Sachen aus den Präsentkörben könnt ihr unter euch aufteilen. Die werden sonst noch alt, ehe ich hier wieder rauskomme."

„Ach, so lange wird es wohl nicht dauern", meinte Lisa fröhlich, gab ihm einen liebevollen Kuss auf den Mund und setzte sich vorsichtig neben ihn aufs Bett. „Die Verbrechensbekämpfung muss zwar noch warten, aber vielleicht kannst du das Krankenhaus bald wieder verlassen, dich zu Hause ausruhen, schonen und dich von der besten Krankenschwester der Welt verwöhnen lassen."

Martin tippte ihr mit dem rechten Zeigefinger auf die Nasenspitze. „Nichts lieber als das, mein Schatz. Ich halte das hier sowieso nicht mehr lange aus."

Lundgaard lachte. „Du bist doch erst einige Tage hier."

„Es genügt trotzdem. Nichts gegen die Pfleger und Krankenschwestern. Sie tun ihr Bestes, aber ich werd hier trotzdem verrückt. Wie geht es Philipp? Und Marquardsen? Und Rigalski?"

„Rigalski ist über'n Berg und wird gegen Marquardsen aussagen können. Und Philipp ist schon wieder bei seinen Eltern", erklärte Rickerts. „Er muss zwar von einer Kinderpsychologin betreut werden, aber sie und die Eltern sind guter Dinge, dass er das alles relativ gut verkraften wird. Es war ihm vor allem wichtig, dass der Mann erwischt wurde, der ihn entführt und ihm so viel Angst eingejagt hat."

Martin seufzte zufrieden. „Das ist uns ja glücklicherweise gelungen."

„Marquardsen hat die ersten zwei Operationen gut überstanden", erklärte Rickerts. „Er war gestern sogar vernehmungsfähig und hat mir in Anwesenheit seines Anwalts einige Fragen beantwortet."

„Gut", meinte Martin leise und schloss für einen kurzen Moment die Augen. Immer wieder kehrten die Erinnerungen zurück, in denen der Mann ihm die Luger an die Stirn gedrückt und er geglaubt hatte, dass er sterben würde. Martin schluckte hart. Wahrscheinlich würde er diese Bilder nie vergessen. Es war so verdammt knapp gewesen. „Wie ist es nur möglich, dass jemand so einen Hass auf Menschen verspürt, die er gar nicht kennt?", fragte er immer noch ungläubig, während die Szene auf dem Alten Friedhof sich immer wieder in seinem Kopf wiederholte.

Rickerts stellte sich neben das Bett und sah auf ihn herunter. „Es wird dich vielleicht interessieren, dass wir Marquardsens Haus durchsucht und dort tatsächlich ein altes Gewehr aus dem 19. Jahrhundert gefunden haben. Eine Lütticher Jagdbüchse, sozusagen ein Familienerbstück aus dem Schleswig-Holsteinischen Erhebungskrieg."

Rickerts machte eine Pause, da Hinrichsen für einen kurzen Moment die Augen schloss. Dann fuhr er leise fort. „Marquardsen sagte aus, dass ein Cousin damals die Büchse, eine goldene Taschenuhr und die Brille des Toten an sich genommen und sie einige Tage später der Witwe in Sonderburg gebracht habe."

„Und der Sohn der Witwe war Marquardsens Großvater."

„Genau. Er begann die erste Mordserie 1912 mit der Luger. Er hat die Spitzkugeln der Preußen und der Dänen aus dem Mörtel der Hauswände und aus den Bäumen ihres Bauernhofes gekratzt, um sie als Zeichen seiner Rache neben die Opfer zu legen."

Martins Kehle war plötzlich wie ausgedörrt. Er bat Lisa um ein Glas Wasser, das neben ihm auf dem Nachttisch stand. Sie reichte es ihm. Er nahm einen kleinen Schluck, ehe er es ihr zurückgab und sie es wieder auf den Tisch stellte. Danach nahm er noch einen beruhigenden Zug aus dem Dosieraerosol.

„Abartig", murmelte er. „Diese Marquardsen-Sippe ist doch verrückt."

„Ja, aber sie waren auch zu intelligent, um erwischt zu werden. Bei Henning Marquardsen kam dann noch hinzu, dass er vor zehn Jahren seine Frau und zwei Kinder bei einem Autounfall verloren hat und durch dieses Unglück völlig aus der Bahn geworfen wurde. Kurze Zeit später verlor er seinen Job und war jahrelang in psychiatrischer Behandlung, da er sich schwere Selbstvorwürfe machte, gleichzeitig jedoch auch starke Rachegefühle gegen den dreiundzwanzigjährigen Unfallverursacher hatte, der ebenfalls beim Unfall verstorben war. Er hatte also nie die

Möglichkeit, sich an dem Mann zu rächen, der ihm so viel Schmerz zugefügt hatte. Seine Therapiestunden wurden nach zwei Jahren beendet, da seine Krankenkasse sie nicht weiter bezahlen wollte. Marquardsens psychischer Zustand galt als stabil."

„Dachten die Ärzte."

„Dachten die Ärzte", stimmte Rickerts ihm zu. „Leider begannen zu dem Zeitpunkt die ersten Spitzkugelmorde der dritten Serie. Marquardsen hatte den Koffer seines Vaters auf dem Dachboden entdeckt. Und auf einmal fühlte er wieder, dass er noch eine Aufgabe zu erledigen hatte."

„Seine Morde gaben ihm eine Art Befriedigung und linderten seinen Schmerz", warf Lundgaard ein. „Aber warum hat er dann nicht nach der Familie des Unfallverursachers gesucht? Sie hätten eigentlich das erste Ziel seiner Rache sein müssen."

Rickerts nickte ihm zu. „Hat er auch. Das Problem war nur, dass es keine Familie gab, an der er sich rächen konnte. Der Unfallverursacher war ein Adoptivkind, hatte keine Geschwister, und die Adoptiveltern waren bereits verstorben. Trotzdem empfand Marquardsen ein tiefes Verlangen, jemanden umzubringen. Es sollte jemand für den Verlust, den er und seine Familie seit Generationen erleiden mussten, bezahlen. Zu dem Zeitpunkt fand er die Luger seines Großvaters."

Martin lehnte seinen Kopf in die Kissen zurück. „Also bekam jeder erstgeborene, männliche Nachfahre eine Neunmillimeter-Kugel verpasst und wurde bei der Gelegenheit, wenn möglich, auch von seinem Ehering befreit."

„Korrekt."

„Na toll", seufzte Martin. Er starrte an die Decke, als ihm etwas einfiel, das ihm unklar war. „Und warum hat er mir für Jesper Rasmussen eine preußische Spitzkugel geschickt, obwohl er für seine dänischen Mordopfer immer eine Minié benutzte?"

Rickerts stutzte. „Stimmt. Darüber habe ich noch nicht nachgedacht. Habe ich vergessen, ihn zu fragen, aber das hole ich beim nächsten Mal nach."

Doch da drückte Lisa sanft den rechten Arm ihres Mannes. „Ich glaube, ich weiß, warum. Auf der Soldatenliste, die ich kopiert habe, steht auch der Name Rasmussen und der Geburtsort Gravenstein. Ich vermute, dass Jesper Rasmussens Urgroßvater wie auch deiner hier aus Flensburg sich der Königlich-Preußischen Armee angeschlossen hatte. Jesper war Däne, da seine Familie in Gravenstein nach der neuen Grenzziehung von 1920 zu Dänemark gehörte, aber seine Vorfahren hatten sich anscheinend eher als deutsche Schleswiger gefühlt und der Preußischen Krone gedient. Deswegen hat Marquardsen dir für ihn keine dänische Minié-Kugel geschickt."

Lisa hörte ihren Mann erneut seufzen und drehte sich zu ihm um. „Du bist müde, mein Schatz. Wir strengen dich zu sehr an. Ich denke, wir gehen jetzt, damit du ein bisschen schlafen kannst." Sie küsste ihn zum Abschied und strich ihm abermals über seinen rechten Arm, ehe sie, von Rickerts begleitet, zur Tür ging, sich umdrehte und ihm kurz zuwinkte.

„Geht bitte schon vor", bat Lundgaard. „Ich muss noch etwas mit Martin besprechen."

Lisa und Rickerts nickten beide und verschwanden aus dem Raum, während Lundgaard sich auf Martins Bettkante setzte.

„Ich wollte mich nur von dir verabschieden. Ich verlasse Flensburg heute Abend und fahre nach Kopenhagen zurück. Meine Arbeit hier ist beendet."

Martins Augen wurden plötzlich hellwach. „Du fährst wieder nach Hause? Schade. Ich war gerade dabei, mich an dich zu gewöhnen", erklärte er mit einem verschmitzten Lächeln. „Wer soll denn nun auf mich aufpassen, wenn du weg bist?"

„Deine Kollegen werden mich vertreten. Es sind gute Leute. Du wirst mich nicht im Geringsten vermissen."

„Ja, meine Leute sind in Ordnung. Trotzdem waren wir beide auch ein gutes Team, oder nicht?"

Lundgaard lachte. „Am Anfang war es ein bisschen anstrengend mit dir, aber Lisas Kalbsschnitzel hat vieles wieder rausgerissen und meinen Glauben an die Deutschen gerettet."

Jetzt musste Martin auch lachen.

Der Däne stand auf und reichte ihm die Hand. „Wenn du wieder fit bist, kannst du mich ja in Kopenhagen besuchen kommen", meinte Lundgaard mit seinem offenen, sympathischen Lächeln.

Martin schüttelte seine Hand. „Gut möglich. Vielleicht schau ich mal bei dir vorbei, mein Freund."

„Du bist willkommen. Ein Büro am Ende des Flurs steht dir bei uns jederzeit zur Verfügung", flachste der Däne, als er sich an ihr erstes Gespräch erinnerte.

„Das glaub ich dir aufs Wort. Hau bloß ab. Ich bin froh, wenn ich dich nicht mehr sehen muss und dein Schreibtisch endlich aus meinem Büro verschwindet."

„Ja, stimmt. Endlich wirst du wieder Platz haben. Siehst du, es hat eben doch etwas Gutes, dass ich abreise."

Martin ließ Lundgaards Hand los und wurde wieder ernst. „Du hast mir zweimal das Leben gerettet", sagte er, aber der Däne zuckte nur mit den Schultern.

„Das ist mein Job. Außerdem ging es mir nicht um dich, sondern um den Mörder. Ich wollte ihn schnappen."

Die Mundwinkel des Deutschen hoben sich zu einem minimalen Grinsen. „Schon klar. Dass ich überlebt habe, war nicht unbedingt geplant."

„Nicht zwingend. Aber das konnte ich Lisa ja nicht antun."

„Verstehe. Du hast es für sie getan."

„Natürlich. Und für mich, da ich keine Lust auf den ganzen Papierkram hatte. Du weißt ja, die ellenlangen Berichte, die ich sonst hätte schreiben müssen. Dann auch noch für zwei Dienststellen in deutscher und dänischer Ausführung. Einfach grauenhaft."

Martin seufzte zufrieden. „Hau endlich ab, bevor ich Rickerts wieder reinrufe, damit er dich bis zur Grenze bringt."

Lundgaard nickte ihm kurz zu, stand auf und ging langsam zur Tür, als ein Ruf ihn zurückhielt.

„Erik?"

Er drehte sich um. „Ja?"

„Danke für alles."

Lundgaard hielt zwei Finger gegen die Stirn und salutierte salopp. „Gern geschehen. Aber du solltest dich nicht nur bei mir bedanken. Es war Lisa, die dich gerettet hat." Ihm kam ein Gedanke. „Vielleicht solltest du mit ihr nicht immer nach Lanzarote in Urlaub fahren, sondern lieber mal eine Kreuzfahrt machen. Karibik, Mittelmeer, Ostsee oder so."

Martin hob den Kopf. „Was? Wie kommst du denn jetzt da drauf?"

„Nur so als Tipp", meinte Lundgaard mit einem geheimnisvollen Lächeln, öffnete mit einem kurzen Nicken die Tür und ging aus dem Zimmer.

20

Draußen stand Lisa allein im Flur an einem großen Fenster.

Lundgaard ging zu ihr hin. „Wo ist Rickerts?"

Sie zuckte kurz zusammen, da sie in Gedanken gewesen war, und drehte sich zu ihm um. „Er bekam einen Anruf und musste weg. Er lässt dich aber grüßen und wünscht dir alles Gute."

Der Däne hob eine Augenbraue. „Ob er das wohl ernst gemeint hat?"

„Ich denke schon. Es tut mir leid, dass ich mich so sehr in ihm getäuscht habe. Er scheint doch kein schlechter Kerl zu sein."

„Scheint so." Er stellte sich neben sie ans Fenster und schaute auf die Straße herunter.

Eine ganze Zeit lang standen sie wortlos nebeneinander. Schließlich räusperte Lundgaard sich und wandte sich an Lisa. „Ich muss zurück ins Büro und einige Dinge erledigen."

Sie nickte. „Selbstverständlich. Rickerts meinte, dass du heute abreisen würdest."

„Ja, ich bleibe nur noch einige Stunden."

Sie hob den Kopf. „Ist der Fall denn bereits abgeschlossen?"

„Nicht ganz, aber ich kann hier nicht mehr helfen. Den Rest erledigen die deutschen Kollegen. Und meine Berichte kann ich auch in Kopenhagen schreiben, dazu muss ich nicht in Flensburg sein."

Sie sah auf ihre Hände, die auf einem Stahlgeländer vor dem Fenster ruhten. „Es ist schade, dass du schon wieder fährst."

„Ich wäre gern länger bei euch geblieben, aber mein Vorgesetzter wird mir keine weiteren Hotelübernachtungen mehr genehmigen. Leider."

Lisa ließ das Geländer los und umarmte Lundgaard herzlich. „Ich danke dir für alles, was du für uns getan hast", sagte sie mit fester Stimme. „Werden Martin und ich dich wiedersehen?"

Erik Lundgaard drückte sie an sich und in seine stahlgrauen Augen schlich sich ein zuversichtliches Lächeln. „Natürlich", sagte er sanft. „Ich werde gern nach Flensburg zurückkommen."

Glossar

Alex:	Die „Alexandra“ ist das letzte deutsche seegehende Passagierdampfschiff. Benannt nach Prinzessin Alexandra Viktoria zu Schleswig-Holstein-Sonderburg-Glücksburg, die 1908 den Dampfer auf ihren Namen taufte.
Anstalt:	Petuh für die Diakonissen-Anstalt, ein Krankenhaus in Flensburg.
brottig:	Plattdeutsch für „schwül“. Es herrscht eine hohe Luftfeuchtigkeit, dass man die Luft beinahe „auswringen“ kann.
Diako:	Abkürzung für „Diakonissen-Anstalt“.
Dickenissen:	Petuh für „Diakonissen“, die Schwestern der Diakonissen-Anstalt.
Exe:	Kurzform für den ehemaligen Exerzierplatz bzw. die Exerzierlücke.
Förde:	Durch eine Gletschereiszunge der letzten Eiszeit entstandenes Tal, das sich nach dem Rückzug des Eises mit Wasser gefüllt hat. Im Fall von Flensburg, Eckernförde und Kiel mit Verbindung zum Meer (Ostsee).
Franzisko:	Petuh-Abkürzung für das St.-Franziskus-Hospital in Flensburg.
Granitfindling:	Große Granitsteine, die durch die Gletscher der Eiszeiten von Skandinavien ins östliche Schleswig-Holstein transportiert wurden.
Hölzung:	Petuh-Abkürzung für die Marienhölzung, ein Waldgebiet westlich Flensburgs.
Lassen, Käte:	Geboren am 7. Februar 1880 in Flensburg, gestorben am 22. Dezember 1956, ebenfalls in Flensburg. Bekannte Malerin, die u. a. die Fenster der Marienkirche gestaltete.
lummerig:	Plattdeutsch für „schwül“.

Molzen, Gerty: Gerty Margarethe Molzen, geboren am 30. Januar 1906 in Flensburg, gestorben am 31. Juli 1990 in Glücksburg. Sängerin, Schauspielerin, Kabarettistin, Autorin diverser Bücher über ihre Heimatstadt, Flensburger Originale und die Petuh-Tanten.

Nolde, Emil: Eigentlich Hans Emil Hansen, geboren am 7. August 1867 in Nolde, gestorben am 13. April 1956 in Seebüll. Einer der bekanntesten Maler des Expressionismus.

Nordertor: Eines der Flensburger Wahrzeichen. Das letzte erhaltene Stadttor. Erbaut 1595.

Nordschleswig: Nach der Volksabstimmung und der Grenzziehung von 1920 wurde das ehemalige Herzogtum Schleswig in Nord- und Südschleswig getrennt. Nordschleswig ist das Gebiet zwischen der heutigen deutsch-dänischen Grenze und der Königsau südlich von Kolding.

(Deutscher) Nordschleswiger: Mitglied der deutschen Minderheit (BDN = Bund Deutscher Nordschleswiger) in Dänemark.

Petuh: Kurzform von „Petuh-Sprache". Ein Sprachengemisch aus Hochdeutsch, Dänisch, Angelner Plattdeutsch und Plattdänisch (Sønderjysk), das u. a. von den Petuh-Tanten (s. u.) vor dem Ersten Weltkrieg in Flensburg gesprochen wurde. Grammatik und Satzbau bestehen aus niederdeutschen und dänischen Elementen, während der Wortschatz hauptsächlich hochdeutsch ist.

Petuh-Tanten: Bezeichnung für ältere Damen, die sich oft zu Schiffsfahrten auf den Fördedampfern trafen, wo sie dann Petuh (s. o.) miteinander sprachen. Der Begriff „Petuh" entstand durch die Verballhornung des Namens der Jahresdauerkarte, die zur damaligen Zeit vor dem Ersten Weltkrieg „Partoutkarte" (partout, frz. = immer) hieß. Zur Petuh-Tante gehörte eine handgehäkelte Paas (ein Beutel, heute würde man eine Handtasche nehmen), ein Schultertuch und ein Parapluie (Regenschirm).

Røde Pølser: Dänisch für „Rote Würstchen". Die mit einer Lebensmittelfarbe rot gefärbten Würstchen sind typisch für einen original dänischen Hot Dog.

Spitzkugel: Spitzkugeln wurden u. a. als Munition für Gewehre des 19. Jahrhunderts benutzt.

Südschleswig: Nach der Volksabstimmung und der Grenzziehung von 1920 wurde das ehemalige Herzogtum Schleswig in Nord- und Südschleswig geteilt. Südschleswig ist das Gebiet zwischen der heutigen deutsch-dänischen Grenze und der Eider.

Danke

Sie sehen, liebe Leserinnen, liebe Leser, dass mein Buch noch immer nicht zu Ende ist, denn ich muss so vielen Menschen danken, ohne die dieser Kriminalroman in dieser Form nicht zustande gekommen wäre. Ich hoffe, dass ich niemanden vergessen habe, denn es waren unglaublich viele Menschen, die mir Tipps, Ideen und Hinweise gaben:

Vielen Dank an die Geschäftsführung der SG Flensburg-Handewitt, vor allem an die Pressesprecherin Zita Newerla, die sich die Zeit nahm und mich bei meinen Recherchen in der Campushalle mehrfach unterstützt hat. Vielen Dank!

Kriminalhauptkommissar Lothar Carstensen, Leiter der Mordkommission Flensburg, der mit viel Geduld meine Fragen beantwortete und mir einen kurzen Einblick in die tägliche Arbeit der Kriminalpolizei gab.

Holger Heurs von der Nord-Ostsee Sparkasse, der mir den Besuch eines THW-Spiels in der Campushalle ermöglichte. Vielen Dank auch für die drei Tage Tinnitus auf dem rechten Ohr nach diesem Spiel.

Ulf Hansen von Bücher Rüffer am Holm, wo meine erste Lesung in Flensburg stattfand.

Peer Holdensen für die interessante Führung durchs Kraftwerk der Stadtwerke Flensburg, aus der sich neue Ideen ergaben, die aber leider nicht zur Story dieses Kriminalromans passten.

SBV, dem Selbsthilfe-Bau-Verein, der mir für die drei Monate des Stipendiums die Gästewohnung in der Schulze-Delitzsch-Straße auf dem Sandberg zur Verfügung gestellt hat.

Vor allem danke ich Herrn Jürgen Möller vom SBV, der mir einen Internetzugang in der Wohnung ermöglichte, ohne den ich nicht vernünftig hätte arbeiten können.

Aktiv Bus, die mir für die drei Monate des Stipendiums eine Freikarte für alle Busse im Flensburger Stadtverkehr sponserten. Besonders meine Knie und mein rechter Knöchel möchten sich für die Schonung bedanken, da sie bereits nach zwei Wochen Recherchegänge heftig in Mitleidenschaft gezogen waren.

Prof. Dr. Ulrich Schulte-Wülwer, ehemaliger Museumsdirektor des Museumsbergs Flensburg, der mich durch das Sauermann- und Christiansen-Haus führte und wunderbare Details über Emil Nolde und Käte Lassen erzählte, die mir bis dato noch nicht bekannt waren.

Dr. Broder Schwensen, Leiter des Stadtarchivs Flensburg und Geschäftsführer der Gesellschaft für Flensburger Stadtgeschichte e. V., der mir das Arbeiten im Stadtarchiv zeigte.

Dr. Inge Adriansen, Leiterin des Museums Sønderborg Slot, die mir freundlicherweise über einige spezielle Details der Schlacht bei Düppel ausführliche Auskunft gab.

Frank Lubowitz für das interessante Gespräch über den jährlich stattfindenden Oeversee-Marsch.

Thomas Messerschmidt, der mir die Einzigartigkeit des Alten Friedhofs und des Christiansenparks näherbrachte und erklärte.

Prof. Dr. Helmuth Nürnberger von der Theodor-Fontane-Gesellschaft, Sektion Glücksburg, für das Ausleihen der Bücher mit Fontanes Briefen und Tagebucheinträgen und für das Gespräch über Theodor Fontane, dessen Verhältnis zur Stadt Flensburg und zu seinem Schriftstellerkollegen Theodor Storm.

Peter Meihs, der immer mit viel Geduld meine Fachfragen zu Schuss- und Blankwaffen beantwortete.

Stefanie Oeding, die ehemalige stellvertretende Leiterin der Flensburger Stadtbibliothek, und alle Mitarbeiter, die mir bei meinen Recherchefragen geholfen haben. Vielen Dank auch dafür, dass dort im Rahmen der Flensburger-Hofkultur-Veranstaltungen eine meiner Lesungen im Lesehof stattfinden konnte.

Hilke Rudolph, die mir vieles über die Petuh-Sprache erzählte und die entsprechende Szene meines Romans lektoriert hat. Als Grundlage der Petuh-Szenen diente das Buch „Ohaueha, was'n Aggewars“ von Renate Delfs, erschienen im Husum Verlag, 7. Auflage 2009.

Frau Dr. Annemarie Jensen, die mir freundlicherweise kurzfristig per E-Mail bei den plattdeutschen Texten geholfen hat.

Helmut Raths, nach dessen ausführlicher Besichtigung der Campushalle ich diverse Details meines Romans verändern musste.

Ingrid Anderson-Jensen, Astrid Jöhnck, Michael Ewoldt, Wolfgang Weiß, Herbert Danielsen, Sven Jensen, Marina Petersen und Eckhard Buscher vom SG Fan-Club „Die Wikinger“, die mir mit ihren Anekdoten einen wunderbaren Einblick in die Fan- und Vereinsgeschichte der SG Flensburg-Handewitt gewährten. Vielen Dank vor allem an Astrid Jöhnck, die mit viel Engagement an einem Abend schnell diverse Fernseh-Interviews einiger dänischer Handballspieler zusammenstellte, die als Grundlage des Interviews meiner fiktiven Figur Jesper Rasmussen dienten. Ihr Fans seid wirklich unschlagbar! Und ich hoffe, ihr werdet mir verzeihen, dass ich in diesem Roman so oft „das verbotene Wort“ und „die verbotene Stadt“ genannt habe.

Ein sehr, sehr großer Dank an Herrn Torge Korff, den Leiter des Flensburger Kulturbüros, und an seinen Mitarbeiter Thomas

Frahm, die jederzeit bereit waren, mir zu helfen, und die mir erst durch ihren Einsatz und durch Telefonate viele der oben genannten Gespräche ermöglichten! Es war eine tolle Zusammenarbeit mit Ihnen! Genauso Frau Helmle, die zu der Zeit meines Aufenthalts in Flensburg ein Soziales Jahr im Kulturbüro absolvierte und mir ebenfalls so manches Mal weitergeholfen hat.

Zu guter Letzt möchte ich mich nochmals bei den Sponsoren des „Flensburger Krimistadtschreiberpreises Nordfälle“ bedanken, die uns Autoren die Möglichkeit gegeben haben, diese wunderbare Stadt zu erkunden und unsere kriminalistischen Gedanken hier auszuleben:

Stadtwerke Flensburg
Bücher Rüffer
SBV (Selbsthilfe-Bau-Verein)
Nord-Ostsee Sparkasse

Ihnen allen gebührt mein Dank!

Ohne Sie wäre dieser Flensburg-Krimi in dieser Form nicht möglich gewesen!

Danke !

In memoriam:

Nils Weißenberg
Hans-Walter (Buschi) Martens
Oleg Velyky
Heinrich Dahlinger (Hein Daddel)